UN AMOUR SINCÈRE

CAROLINE MICKELSON

Traduction par
LUCIE MERCY

BON ACCORD PRESS

CHAPITRE 1

Une splendide pleine lune brillait dans le ciel de Londres et offrait une parfaite lumière aux avions allemands déterminés à tout détruire sur leur passage. Le soleil n'allait pas se lever avant plusieurs heures et les habitants de la ville étaient plongés dans une énième nuit houleuse, rythmée par des bombardements incessants et des sirènes de raid aérien.

Emma Bradley remerciait silencieusement le destin pour ce clair de lune alors qu'elle se hâtait de traverser Cumberland Road. Tout comme ses camarades londoniens, elle avait appris à se sentir en sécurité dans l'obscurité de la nuit qui offrait une protection contre les frappes ennemies. Ce soir, Emma fuyait la ville qu'elle aimait et l'homme qu'elle haïssait. Le clair de lune tombait à point nommé.

Le son d'un chant rauque et mal articulé parvint aux oreilles d'Emma quelques secondes seulement avant que trois soldats ne se dirigent vers elle. Luttant contre une crise de panique, elle serra fort le bébé dans ses bras. Elle observa rapidement autour d'elle, à la recherche d'une porte ou d'une cachette.

Il n'y avait aucun endroit sûr.

À mesure que les soldats se rapprochaient, Emma constata que leur état d'ivresse et d'agitation était bien plus fort qu'elle ne le pensait. Un sentiment de peur l'envahit. Elle redressa les épaules et tira la couverture sur le visage du bébé. « Tout ira bien, mon ange », murmura-t-elle à l'oreille du nouveau-né endormi. Elle fera tout pour s'en assurer.

Quelques heures plus tôt seulement, Emma avait pris soin d'emporter quelques objets de Londres avec elle, tout en sachant pertinemment qu'elle devrait se limiter à transporter le bébé et une valise. Quant au reste de ses effets personnels, elle en avait fait don à ses voisins ou les avait laissés dans son appartement de location afin que le propriétaire les redistribue. Ce fut facile d'abandonner certaines choses qui représentaient peu à ses yeux, mais un réel dilemme pour toutes les autres.

Elle leva les yeux vers les trois hommes qui lui bloquaient désormais le passage.

Le soldat le plus proche d'elle siffla d'une voix grave. « Qu'avons-nous là ? Une bien jolie demoiselle à raccompagner à la maison ? »

Emma tenta de lui échapper, mais l'homme l'intercepta et l'attrapa. « On ne va pas vous faire de mal, Mademoiselle. Qu'est-ce qui vous arrive ? » Il la tira pour la rapprocher de lui. L'odeur de bière qui émanait de son haleine était insoutenable. « On veut simplement passer un peu de temps en votre compagnie. »

« Laissez-moi passer ! » ordonna Emma. Elle secoua son bras brusquement pour se libérer de son emprise. Elle n'allait pas les avertir deux fois. Personne, et certainement pas un groupe de soldats éméchés, ne s'approchera de son bébé. Pas tant qu'elle sera en vie.

L'homme s'approcha pour l'attraper à nouveau alors que les deux autres soldats s'avançaient vers elle. Emma recula, serrant instinctivement le bébé contre sa poitrine.

« Je vais crier au meurtre si vous ne vous éloignez pas de moi immédiatement ! » Emma entendait sa peur résonner à mesure qu'elle parlait. Elle prit une profonde inspiration. C'était le moment de faire preuve de courage, d'être forte. « Vous êtes ivres, tous autant que vous êtes, allez-vous-en. »

« La ferme ! » grogna le plus grand des soldats. Son regard s'arrêta sur le paquet qu'elle tenait dans ses bras. « C'est quoi ça ? Qu'est-ce que vous essayez de cacher ? »

Il approcha sa main pour toucher le bébé, mais Emma le gifla.

« Espèce de salope… »

Son monologue fut interrompu par un grondement grave accompagné d'une ombre obscure derrière lui.

Un cri de surprise se bloqua dans la gorge d'Emma. Les deux autres soldats se reculèrent lentement, l'air apeuré. Déterminée à empêcher le soldat de toucher le bébé, elle n'avait plus qu'à prier pour que cette imposante ombre ne soit pas la menace d'un autre homme encore plus dangereux.

En un instant, rapidement et silencieusement, l'homme de l'ombre saisit le soldat qui se trouvait devant elle, avant de le plaquer contre le bâtiment. « Je vais te relâcher pour que tu puisses présenter tes excuses à la dame. »

Médusée, Emma regarda son sauveur relâcher brusquement sa victime. Le soldat trébucha avant de se relever. Il prit une inspiration très profonde. Le clair de lune mettait bien en évidence sa mine effrayée. « Je suis désolé m'dame », bégaya-t-il. « Je ne voulais pas vous faire de mal. »

« Allez-vous-en ! Immédiatement ! »

Les soldats obéirent sans discuter. Ils s'enfuirent en courant sans se soucier de la sécurité de la jeune femme désormais en compagnie de l'homme qui les terrifiait autant. Lorsqu'ils eurent disparu, Emma se retourna vers l'homme mystérieux.

Mais il n'était plus derrière elle. « Attendez une minute, Monsieur, s'il vous plaît », s'écria-t-elle alors qu'il s'éloignait.

Il continua de marcher comme s'il n'avait rien entendu.

Emma hésita. Elle se devait de le remercier. Dieu sait de quel malheur cet homme l'avait sauvée. Mais elle hésitait. Et si cet homme avait été envoyé par Malcolm ?

Cependant, cela n'avait aucun sens. S'il avait effectivement été envoyé par Malcolm, alors pourquoi serait-il venu à sa rescousse ? Et pourquoi se serait-il enfui s'il était venu pour la ramener ? Sa peur la faisait délirer.

Allait-elle vivre ainsi pour toujours ? Allait-elle subir les menaces de Malcolm et vivre dans la peur toute son existence ? Emma regarda le bébé et caressa sa douce joue.

Qu'il aille au diable !

« Attendez, s'il vous plaît », cria-t-elle à l'homme qui s'en allait. « Je vous en prie, laissez-moi vous remercier pour ce que vous avez fait pour moi. »

L'homme s'arrêta et se retourna pour lui faire face : « Avez-vous besoin que je vous raccompagne chez vous ? » demanda-t-il.

Il avait un accent. Emma fut surprise. Et pourtant, depuis le début de la guerre, il n'était pas rare de croiser des étrangers. Mais elle n'arrivait pas bien à deviner sa nationalité. Il n'était pas américain sans pour autant avoir l'accent allemand.

« Je ne rentre pas chez moi. », dit-elle en s'avançant vers lui. « J'ai un train à prendre à Paddington dans deux heures. » Emma ne pouvait pas distinguer son visage dans l'ombre, mais sa peur s'atténuait à mesure qu'elle s'approchait de lui.

« Il serait peut-être plus prudent que je vous accompagne ? » Sa voix était grave et méfiante, mais beaucoup moins abrupte que lorsqu'il s'adressait aux soldats quelques instants plus tôt.

Emma hésita. *Il serait certes plus prudent de marcher dans les rues sombres de Londres aux côtés de cet homme plutôt que de s'y aventurer seule, non ?*

Elle observa autour d'elle. Les rues étaient désertes. Le ciel était calme. Emma savait que des gardiens de raid aérien étaient en service à travers toute la ville, mais pourraient-ils l'entendre si elle appelait à l'aide ? Probablement pas.

L'homme tendit sa main et hocha la tête en direction de sa valise.

Elle la lui confia. Ce geste lui permit de mieux maintenir le bébé. C'était le plus important pour elle : assurer la sécurité du bébé et le tenir à l'écart de Malcolm.

« Je vous remercie », déclara Emma alors qu'elle déplaçait le bébé de son épaule gauche vers le creux de son bras droit. Il était toujours endormi, c'était une bénédiction pour elle. Elle priait pour que ce calme soit signe d'un voyage sans heurts jusqu'à leur nouveau foyer.

L'homme commença à marcher et Emma lui emboîta le pas. Il était bien plus grand qu'elle et sa cadence était si rapide qu'elle avait du mal à le suivre. Mais, il était hors de question de lui demander de ralentir. Il en avait déjà bien assez fait pour elle en une seule nuit.

Le bruit des chaussures à talons d'Emma remplissait le vide entre eux. Cet homme derrière elle ne semblait pas enclin à discuter. Ses bras s'engourdissaient à mesure qu'elle tenait le bébé, mais son cœur s'allégeait à chacun de ses pas. Cela faisait des jours qu'elle s'attendait à un imprévu, persuadée qu'un obstacle allait se dresser sur sa route pour l'empêcher de fuir Londres. Mais elle commençait enfin à oser espérer qu'elle et le bébé étaient sur la bonne voie, celle de la sécurité. Le hurlement d'une sirène de raid aérien brisa le silence nocturne, déclenchant des pleurs glaçants de la part du bébé. Emma maudissait intérieurement la Luftwaffe. *Pourquoi maintenant ?* Elle observa le ciel sombre. *À quelle distance pouvaient se trouver les avions de la ville ?*

L'homme se tourna vers elle. « Il faut vous trouver un abri. » Il regarda autour de lui. « Cet endroit de la ville vous est-il familier ? »

« Non, enfin oui », dit-elle en élevant la voix afin qu'il puisse l'entendre malgré la sirène. Si elle suivait ceux qui quittent leur maison pour se réfugier dans un abri antiaérien, Dieu sait quand l'alerte prendrait fin. Elle pourrait attendre des heures, et elle n'avait pas une minute à perdre. « Je ne cherche pas un abri. »

Il fronça les sourcils d'un air grave. « Vous devez emmener votre bébé dans un endroit sûr. »

« C'est exactement ce que je fais. » Emma ignora les propos de l'homme et tendit sa main pour attraper la valise. « Je vous remercie pour votre aide, mais je dois prendre un train. Je ne peux pas rester ici. » Elle devait partir si elle voulait mettre le bébé en lieu sûr.

« Inconsciente. »

Malgré le hurlement de la sirène d'alerte, elle l'avait entendu assez clairement. Surprise, elle leva les yeux. Cette fois-ci, le clair de lune jouait en sa faveur et lui offrait une meilleure visibilité sur le visage de l'homme.

Il avait une forte mâchoire carrée. Son nez était long et droit, et ses cheveux avaient des reflets blonds. Une force silencieuse émanait de lui. Mais Emma fut captivée par une chose : ses yeux. Ils étaient de couleur claire, bleus ou verts, elle n'était pas certaine dans l'obscurité, mais ils étaient hypnotisants. Emma pouvait déceler une incertitude méfiante dans son regard.

Une femme âgée heurta le coude d'Emma en passant, ce qui ne manqua pas de déclencher les pleurs du bébé. Emma ferma les yeux pour ne pas céder à la folie de l'instant. Entre les pleurs du bébé, les hurlements incessants de la sirène, le rire des enfants qui se dirigeaient vers les abris, les efforts des adultes pour essayer de les calmer, tout laissait croire à une folie surréaliste.

Emma cherchait à se libérer du bruit, de la foule, de la menace des bombes et du sentiment écrasant et constant d'une catastrophe imminente. Les avions nazis avaient largué des bombes pendant dix-sept jours consécutifs et personne ne pouvait prédire quand le bombardement serait terminé. Allait-elle devoir se résoudre à attendre des jours, des semaines voire des mois avant de vivre une nuit tranquille et pouvoir voyager ? Non. Il était hors de question d'attendre. Il existait un endroit où elle et le bébé seraient en sécurité, près de la mer. Tout ce qu'elle avait à faire était de s'y rendre.

Elle regarda à nouveau les yeux de l'homme. Il ne l'avait pas quittée du regard. Soudainement, elle se sentit prise d'une gêne. Elle secoua la tête. Elle n'avait pas le temps de débattre sur le sujet. « Je vais à la gare. Je ne vous demande pas de comprendre. Je ne le demande à personne. »

Au lieu de lui répondre, il glissa sa main sous son coude et la guida à travers la marée de personnes qui se dirigeaient vers la station de métro.

Elle poussa un soupir de soulagement lorsqu'elle comprit qu'il ne l'emmenait pas vers l'abri, mais au contraire qu'il s'en éloignait. À sa grande surprise, Emma réalisa qu'elle ne craignait pas ses gestes. Dieu sait qui était cet homme, mais ce soir, elle le considérait comme son ange gardien, car il l'aidait à se rendre à la gare à temps.

Ils continuèrent leur chemin, croisant des dizaines d'individus aux vêtements tristement délabrés, la plupart éméchés ou à moitié endormis, en direction d'un abri. De nombreuses femmes portaient un bébé ou avaient plusieurs enfants en bas âge en charge. Comme ce devait être effrayant pour une mère de devoir s'occuper de ses enfants dans une ville assiégée ? Elle remerciait le ciel de ne pas avoir à connaître ce sentiment. Elle s'était montrée réticente, dans un premier temps, à quitter Londres, car elle refusait catégoriquement de donner aux Nazis la satisfaction de la chasser de son pays. Mais aujourd'hui, elle pensait pour deux.

Si elle était restée, les premiers sons que son bébé aurait entendus auraient été des éclats de verre, des frappes ennemies et des sirènes d'alarme. Ses petits poumons se seraient remplis de fumée provenant des bombes autour de lui.

Mais sa plus grande peur aurait été de devoir

se retourner constamment pour vérifier que Malcolm ne les avait pas retrouvés.

~

CETTE FEMME ÉTAIT FOLLE. SEULE UNE FOLIE passagère pouvait expliquer pourquoi elle s'aventurait seule dans les rues de Londres, au beau milieu de la nuit. Il regarda furtivement dans sa direction. Elle n'était pas réellement seule. Elle tenait un minuscule bébé dans ses bras, raison de plus pour le renforcer dans sa conviction qu'elle devait chercher un abri, comme toute femme sensée l'aurait fait.

Non pas qu'il était expert en matière de femme sensée. Il n'était tout simplement pas expert en matière de femmes. Avant la guerre, il était pianiste de concert de renommée internationale. De Paris à Madrid, de Toronto à Buenos Aires, il était entouré de belles femmes partout où il se produisait. Mais passer du temps avec une femme et la comprendre sont deux choses bien distinctes. Il observa à nouveau Emma. À côté d'elle, il se sentait grand, mais en réalité, elle était assez petite. Petite et charmante. Il espérait qu'elle n'avait pas pu lire les expressions sur son visage lorsqu'il l'observait. Elle était magnifique, l'incarnation de la beauté. Son mari était un homme très chanceux.

Andrej se sentait serein à l'idée de ne pas avoir à réfléchir à ses propos puisqu'elle lui posait de nombreuses questions, les unes après les autres, mais il ajustait ses réponses pour qu'elles soient les plus courtes possible. Cependant, ses réponses évasives ne suffirent pas à la réduire au silence. Voilà qu'elle se mettait à partager ses opinions sur tous les membres du cabinet du nouveau premier ministre, Churchill. Était-elle toujours aussi bavarde ou était-ce le fruit de sa nervosité ?

Une chose ne lui avait pas échappé : elle ne parlait jamais d'elle. Lorsqu'elle refusa de s'abriter, il comprit que cette femme était déterminée et indépendante. Et désespérée par la même occasion. Pour quelle autre raison se serait-elle aventurée seule dans les rues de Londres, si ce n'était pour le bébé dans ses bras ?

« Qu'avez-vous pensé de la décision du sous-secrétaire ? »

Andrej s'arrêta et la regarda. « Comment vous appelez-vous ? »

« Emma », dit-elle après un moment d'hésitation. Elle se remit en route, et il lui emboîta le pas.

Emma. Ce nom lui allait parfaitement bien, pensa-t-il.

La chance leur souriait alors qu'ils traversaient les rues sombres. Ils n'avaient rencontré aucun garde de raid aérien et pouvaient donc continuer leur chemin sans que personne ne les interroge sur leur promenade nocturne.

Andrej se mit à penser à la nouvelle qui lui avait été annoncée la veille. Après des mois de recherches pour trouver un emploi convenable, titulaire d'un passeport non britannique, il avait finalement obtenu un poste à Brighton, et ce jusqu'à la fin de la guerre. Il avait peu d'informations sur le travail qui l'attendait, mais il savait que sa capacité à lire et écrire plusieurs langues slaves et scandinaves avait joué en sa faveur lors de la décision d'embauche. Pour être honnête, le travail en lui-même lui importait peu. Tout ce qu'il voulait, c'était jouer un rôle dans l'effort de guerre, d'une manière ou d'une autre. Il avait un passeport hollandais, mais sa profession impliquait tellement de voyages qu'il ne se sentait pas véritablement citoyen d'un seul pays. Le début de la guerre avait compromis son mode de vie nomade. Ses riches patrons l'avaient encouragé à se rendre à New York, aux États-Unis, le temps de la guerre, mais il s'était montré étrangement réticent à l'idée de quitter l'Europe. La réaction des sujets de Sa Majesté dans toute la Grande-Bretagne lui avait donné envie de contribuer à quelque chose de plus grand que sa musique. Pour lui, le moment était venu de devenir quelqu'un d'autre, d'oublier ce musicien célèbre et talentueux, qui n'avait aucune attache nulle part et se retrouvait seul à la fin de la journée. Tout ce qu'il avait à faire, c'était de se rendre à la gare, d'accompagner cette femme charmante, mais tenace pour prendre son train en direction de la mer, vers une nouvelle vie.

« J'entends des avions », s'exclama Emma. Andrej fut tiré de ses pensées.

Andrej s'arrêta et écouta attentivement. Elle avait raison. Le bruit de leurs moteurs était faible, mais s'amplifiait petit à petit. Il observa les alentours et remarqua un escalier qui semblait mener à un sous-sol. Il n'y avait que sept ou huit marches, mais toute protection était bonne à prendre.

« Venez par ici. » Il plaça sa main dans le dos d'Emma et la guida vers l'escalier. Une fois en bas des marches, il posa sa valise et l'invita à s'asseoir sur la dernière marche.

Le bébé commença à s'agiter et Andrej observa Emma déplacer l'écharpe d'une épaule à l'autre. Elle se mit à fredonner une mélodie pour essayer de l'apaiser, mais le bébé continuait de pleurer.

Andrej cherchait à dire quelque chose de rassurant après la tentative peu concluante d'Emma. Il n'avait aucune expérience avec les enfants. En réalité, il avait tout fait pour les éviter. Il ne se souvenait même pas de la dernière fois où il avait vu un bébé, il savait avec certitude qu'il n'en avait jamais tenu dans ses bras.

Il évitait les enfants pour fuir des souvenirs douloureux. Et pourtant, il se trouvait ici, debout, sur un petit escalier accompagné d'une femme et d'un enfant. En observant les efforts d'Emma pour calmer son bébé, il ne put s'empêcher de se demander si sa propre mère aurait fait de même pour lui. Un sentiment de froideur l'envahit, une sensation qui lui était bien trop familière. « Vous auriez dû aller vous réfugier dans un abri », déclara-t-il.

Emma leva les yeux vers lui : « J'ai entendu la sonnerie de fin d'alerte. »

« Au vu des sons qui nous entourent, je dirais que cette affirmation est un peu trop hâtive, ne croyez-vous pas ? » dit-il en tendant l'oreille pour écouter les avions. Il les avait bel et bien entendus, mais il lui était impossible de juger à quelle distance ces derniers se trouvaient ni combien ils étaient.

« Si un malheur devait m'arriver ce soir, j'ai besoin que vous me promettiez une chose », déclara Emma.

Andrej baissa les yeux vers elle et sentit que sa poitrine se serrait étrangement. Il pouvait entendre la peur dans sa voix. « Il ne vous arrivera rien. »

« Vous n'en savez rien. » Emma se rapprocha de lui. « Si je suis blessée, il faut que vous emportiez mon bébé… »

« Vous êtes complètement folle, ce n'est pas le moment », l'interrompit-il. Ses mots dépassaient sa pensée.

Elle s'accrocha à son bras. « Vous ne comprenez pas. Mon bébé n'a que moi. Si je ne suis plus là, emmenez-le loin de Londres. Vous pourriez aller au Pays de Galles, ou n'importe où, du moment qu'il y a un orphelinat. »

Il la fixa, secoué par sa crise de panique : « Dites-moi où se trouve votre famille. »

Elle hocha la tête d'un air résolu. « Il n'y a personne. Nous sommes seuls au monde, mon bébé et moi. » Ses yeux se remplissaient de larmes, mais sa voix restait distincte et contrôlée. « Vous devez l'emmener le plus loin possible de Londres. Promettez-le-moi. »

Elle n'attendait certainement pas un silence comme réponse. Il savait qu'il devait aider Emma à se contrôler, à se calmer, mais au lieu de cela, il acquiesça à sa requête.

Emma prit une profonde inspiration, soulagée : « Merci. »

Un élan de tendresse, qu'il n'avait jamais ressenti auparavant, envahit Andrej alors qu'il observait la main d'Emma se poser sur la manche de son manteau. Il voulait la rassurer, mais il n'était pas sûr de ce qu'il devait dire. Pourquoi cette femme avait-elle autant d'impact sur ses émotions ?

Le grondement des avions se rapprochait de plus en plus. Il faudrait être inconscient pour ne pas en saisir la menace réelle, au vu de la proximité des engins. « Allez vous asseoir sur les marches en bas et gardez le bébé près de vous », conseilla Andrej à Emma. Il retira son manteau pour le placer sur Emma, dans l'espoir de la protéger, elle et le bébé, des éclats de verre. Il se plaça sur la première marche au-dessus d'eux et adopta la meilleure position pour les abriter.

Il fallait inévitablement se préparer à une explosion.

Ils n'eurent pas besoin d'attendre longtemps avant d'entendre un faible avertissement indiquant que la bombe était prête à tout détruire. Le coup de tonnerre qui retentit fut immédiatement suivi d'un son de verre brisé, puis de sirènes d'ambulances au loin. De l'endroit où ils s'étaient réfugiés, Andrej ne pouvait rien voir. Mais la fumée n'était pas arrivée à leurs narines, la bombe se trouvait donc à une distance raisonnable.

Andrej abaissa son manteau. « Vous êtes en sécurité maintenant Emma, vous et votre bébé. » Il glissa fermement son bras sous son coude et l'aida à se relever.

Elle se retourna vers lui, pour le regarder. « Merci », dit-elle à demi-mot.

Andrej fut pris d'un élan inattendu et tendit sa main vers le visage d'Emma pour remettre en place une de ses mèches de cheveux qui avait glissé. Lorsqu'il comprit qu'elle n'avait pas peur de ses gestes, il sentit sa poitrine se serrer et prit une grande inspiration. « Venez. Laissez-moi vous emmener à la gare. » Lorsqu'ils regagnèrent le trottoir, il attrapa sa valise de sa main droite, et lui offrit son bras gauche en guise d'appui. Elle sourit en gage de reconnaissance et glissa son bras autour du sien.

Alors qu'ils marchaient silencieusement, Andrej comprit que pour une fois, cette nuit, il n'avait pas souffert en prenant le risque d'aider quelqu'un d'autre que lui. Et ce, même si la femme qu'il avait aidée lui avait dit au revoir et qu'ils ne se reverraient jamais.

CHAPITRE 2

*E*mma tira les bords de la couverture crochetée pour envelopper le petit corps de Patrick. Elle le blottit au fond de sa veste à moitié boutonnée afin de le garder au chaud. Elle aimait la sensation du battement de son petit cœur tout contre elle.

Le vent frais du mois de septembre avait envahi la gare remplie de voyageurs. En l'absence de soleil, il ne faisait pas plus chaud à l'aube que la nuit précédente. Elle observa attentivement les passagers avant de regarder à nouveau sa montre. Encore dix minutes, et le train allait pouvoir quitter Londres, et les emmener en lieu sûr, ce qu'elle espérait depuis si longtemps. Évidemment, pour atteindre cet objectif, il fallait encore que ses compagnons de voyage soient au rendez-vous, à l'heure. Elle mordit sa lèvre. *Où pouvaient-ils bien être ?*

Elle continuait de les chercher du regard en direction de la plateforme.

Elle sursauta lorsqu'elle aperçut l'homme qu'elle avait rencontré la nuit dernière. Il était debout, à l'extrémité opposée de la plateforme, sous une lumière, en train de lire un journal. Elle ne le voyait que de profil, mais elle était certaine que c'était lui. Elle l'avait reconnu à sa taille et à la largeur de ses épaules.

Attendait-il le même train qu'elle ? Emma fronça les sourcils. La nuit dernière, elle l'avait vu quitter la gare. Lorsqu'ils s'étaient dit au revoir, ils s'étaient longuement regardés et il lui avait murmuré, d'un ton délicat comme à son habitude : « Au revoir, Emma. »

Elle avait lu une telle gentillesse dans ses yeux qu'elle n'avait pas observée depuis si longtemps et s'était retrouvée submergée par tant d'émotions qu'elle avait à peine exprimé sa gratitude avant de partir.

Mais que faisait-il ici, maintenant ? Elle ne connaissait même pas son prénom. Elle se remit à croire à la possibilité que cet homme travaille pour Malcolm, avant de rapidement abandonner cette éventualité.

L'entourage de Malcolm était grossier, insensible et assoiffé de sang. Cet homme s'était montré très gentil à son égard. Non, l'hypothèse selon laquelle ces deux individus partagent un lien n'avait aucun sens.

Il l'avait traitée de manière si respectueuse la nuit précédente que ses actions lui avaient rappelé que les hommes ne sont pas toujours cruels, violents ou haineux. Elle avait besoin de s'en souvenir, surtout si elle devait élever Patrick, pour éviter à tout prix qu'il adopte le comportement tordu de son père.

« Le train de six heures et demie en direction de Brighton est prêt pour l'embarquement sur le quai huit », annonça un chef de gare en marchant le long du quai. Les bruits dans la gare s'amplifiaient tandis que les passagers se disaient au revoir.

Emma secoua ses pieds pour essayer de les sentir à nouveau. Elle pouvait supporter le froid, mais sa peur était bien plus difficile à évacuer. Que diable allait-elle faire si ses compagnons n'arrivaient pas ?

« Emma ? »

Elle se retourna, grandement soulagée d'en-

tendre une voix familière. « Dieu merci, vous êtes
là. Je commençais à m'inquiéter. » Le sourire
d'Emma s'estompa lorsqu'elle aperçut le visage
plein de larmes et les yeux gonflés de la femme
qui se tenait devant elle.

« Oh, mon Dieu, Laura, je suis tellement
désolée. »

Laura hocha la tête. « Je suis désolée pour le
retard, je ne voulais pas que tu t'inquiètes. C'est
juste que j'ai eu du mal à accepter de confier mes
enfants », dit-elle. Sa voix se brisa lorsqu'elle prononça ces deux derniers mots.

Emma observa les deux jeunes enfants qui se
tenaient à côté de leur mère. Peter, le plus jeune,
âgé de 7 ans, regardait le sol. Sa sœur aînée, Lily,
restait immobile de l'autre côté de sa mère.
Emma essaya de sourire à la petite fille, de la manière la plus rassurante possible. Mais Lily ne lui
sourit pas en retour.

La plateforme était rapidement en train de se
vider. Un vieux portier s'avança vers eux, le visage tiré et sympathique.

Laura hocha la tête : « Oui, je sais. Il faut y aller. » Elle se baissa pour enlacer son fils et sa fille
dans ses bras. « Ce n'est pas un adieu, mes
amours. Dès que vous pourrez revenir en toute
sécurité, vous rentrerez à la maison. » Elle resta

immobile et regarda ses deux enfants dans les yeux. « Vous devez me promettre d'être forts et courageux jusqu'à votre retour. »

Peter hocha la tête, sans répondre. Il regarda sa mère puis Emma. La confusion se lisait sur son visage.

« Maman, tu n'as pas à t'inquiéter pour nous », déclara Lily, certainement dans le but de la rassurer, mais ses propos laissaient deviner son jeune âge et sa vulnérabilité. « Nous ne causerons pas de problèmes. Tu viendras nous rendre visite, n'est-ce pas ? »

« J'essaierai, ma chérie. Je te le promets, mais tu sais que les hôpitaux sont saturés et que les infirmières sont indispensables dans cette ville. » Elle caressa les cheveux de sa fille, avec tendresse. « Si j'arrive à obtenir des congés en fin de semaine, je viendrai vous voir. »

Laura saisit Lily et la serra fort contre elle. Peter se jeta dans les bras de sa mère et de sa sœur, qui l'enlacèrent.

Cette scène touchante déchira le cœur d'Emma. « Je les protégerai au péril de ma vie, Laura. »

« Mesdames », interrompit le portier, d'un air désolé : « Je suis navré de vous presser, mais il faut embarquer à présent. » Il prit la valise d'Emma ainsi que les deux petites sacoches que les enfants transportaient avec eux. « Venez les enfants. »

Laura embrassa chacun de ses enfants rapidement et leur ordonna de suivre le portier. « Allez-y mes trésors, votre nouvelle aventure commence. Maman vous écrira, je vous le promets. »

Les deux femmes observèrent le portier tout en le suivant dans les marches, en direction du train. Laura agita sa main pour dire au revoir à ses enfants jusqu'à ce qu'elle ne puisse plus les voir. Elle se tourna ensuite vers Emma, le visage plein de larmes coulant sur ses joues.

« J'ai donné à Lily une enveloppe pour toi, qui contient des informations sur les enfants. Elle pourrait t'être utile. » Laura la regarda, suppliante. « Vous m'écrirez, n'est-ce pas ? »

Emma ravala la boule qu'elle sentait dans sa gorge et hocha la tête. « Oui, bien sûr Laura. Je te dirai comment ils vont. » Elle regarda par-dessus son épaule, et vit le portier qui lui faisait signe.

Elle aurait voulu dire tant de choses à son amie, elle avait tant de réconfort à lui apporter, tant de promesses à lui faire, mais les mots lui échappaient. Elle chercha à attraper la main de Laura et la serra pour la rassurer.

Après une rapide accolade, elle se précipita

vers le train. Le portier remonta les marches derrière elle, puis fit signe au responsable du quai.

Emma retrouva sans encombre l'endroit où s'étaient assis Peter et Lily, qui l'attendaient. Elle s'installa sur le siège, en face d'eux.

Elle se sentait enfin libre. Le fait de savoir qu'elle allait quitter la ville dans quelques instants la rassurait incroyablement, mais lorsqu'elle observa les enfants, et qu'elle vit leurs petits visages appuyés contre la vitre pour dire au revoir à leur mère, elle ressentit une vive douleur.

Une fois que le train eut quitté la gare, les deux enfants s'assirent sur leurs sièges et observèrent Emma. Que pouvait-elle dire pour apaiser la douleur qui se lisait sur leurs tout petits visages ?

L'énorme responsabilité qu'elle avait accepté d'endosser venait soudainement de la frapper. Elle n'avait rencontré les enfants qu'une seule fois. Laura était une collègue de la cousine d'Emma, Patricia, à l'hôpital qui se trouvait près des bureaux de Whitehall, où Emma travaillait. Les trois femmes se retrouvaient souvent pour prendre le thé. Du moins, c'était le cas jusqu'aux funérailles de Patricia, quelques semaines plus tôt. À cette occasion, Emma avait fait part à Laura de son intention de récupérer Patrick, le bébé de sa cousine, et de chercher du travail en dehors de la ville.

Trois jours plus tard, Laura lui proposait un plan. Si Emma acceptait d'emmener ses deux enfants en dehors de Londres, le beau-frère de Laura utiliserait ses relations pour lui décrocher un poste, tout en lui garantissant un logement pour elle et les trois enfants.

L'offre semblait tomber du ciel. Lorsqu'elle les avait rencontrés, un après-midi à Hyde Park, Emma les avait trouvés bien élevés et faciles à vivre. Maintenant qu'ils se trouvaient assis sur les sièges d'en face, les yeux attentifs braqués sur elle, Emma n'était plus sûre d'être à la hauteur de la responsabilité qui l'attendait. Mais face à la mort de sa cousine, Emma ne s'imaginait pas non plus capable d'élever Patrick seule, c'était impossible non ? Pourtant, elle se trouvait ici. Ils étaient tous là et il ne restait plus qu'une chose à faire : aller de l'avant.

« Nous ferons tout pour être heureux, jusqu'à notre retour », finit-elle par dire. « Je pense que le meilleur moyen de passer le temps est d'essayer de s'occuper le plus possible, chaque jour, jusqu'à ce que votre papa et votre maman viennent vous chercher. »

« Papa a disparu », s'exclama Peter, d'une voix

impassible. Il ne quittait jamais le regard d'Emma.

Son cœur se brisa. Oh, ces pauvres enfants. Pauvre Laura. Emma lutta contre sa tristesse pour faire bonne figure devant les enfants qui l'observaient attentivement.

Ce qu'elle ressentait était-il le sentiment d'une mère ? Contenir ses propres émotions et en garder soigneusement le contrôle afin de réconforter son enfant et de le rassurer par ses paroles ?

« Maman vient d'apprendre, la semaine dernière, que Papa avait été déclaré porté disparu au combat. Nous n'en savons pas plus, mais Maman dit que nous ne devons pas perdre espoir », dit Lily d'une voix claire. Elle regarda Emma, d'un ton sérieux, qui contrastait avec son visage de porcelaine et ses longues tresses brunes. « J'ai entendu Maman dire à Mamie que c'était sûrement une erreur. Et ensuite, Mamie a répondu à Maman que si quelqu'un pouvait mélanger des informations importantes, c'étaient bien les Français. »

« Oh, Lily, je suis désolée d'entendre ça. » Emma posa Patrick sur le siège libre à côté d'elle dans le petit cocon qu'elle lui avait confectionné avec son manteau, puis se retourna vers les enfants. « Je suis d'accord avec votre mère et votre grand-mère, il peut s'agir d'une erreur. Il va falloir être patients et prier tous les jours, jusqu'à la fin de la guerre et jusqu'au retour de votre père. »

Lily hocha la tête. « Vous parlez comme Maman. »

« Est-ce que les mamans savent toujours quoi dire ? » demanda Peter. Il regarda Patrick. « Oh, vous n'êtes pas maman depuis longtemps, Madame Bradley, n'est-ce pas ? »

Emma grimaça à l'idée d'entendre cette appellation de « maman » qui lui était inconnue, mais elle devait s'y habituer. Maintenant qu'elle avait Patrick à ses côtés, elle devait s'attendre à ce que les gens posent naturellement des questions au sujet de l'absence de M. Bradley. « Que diriez-vous de m'appeler Tante Emma, cela vous conviendrait-il ? »

Les deux enfants hochèrent la tête, Emma se sentit soulagée. Finalement, cette aventure n'allait peut-être pas se révéler si difficile qu'elle le pensait.

« Nous pouvons vous aider avec le bébé », rétorqua Lily. « Cela dit, je ne pense pas que Peter puisse être très utile. Mais moi, en revanche, je pense que je peux vous aider à faire plein de choses. »

Peter fronça les sourcils en direction de Lily

avant de se tourner vers Emma. « Moi aussi, je peux aider. Je peux faire autant de choses que Lily. » Il s'arrêta et se pinça le nez. « Enfin, tout sauf changer les couches, bien sûr. »

Emma se mit à rire.

« Je m'occuperai de changer les couches, ne t'en fais pas. En revanche, j'aurais bien besoin que quelqu'un aille chercher de l'eau pour remplir le biberon de Patrick. Tu penses que tu pourrais aller chercher un agent de bord et lui demander de l'eau chaude ?

Peter lança un regard en direction de sa sœur. Il partit à la recherche de la bouteille d'eau qu'Emma lui avait demandée, en prenant une démarche assurée pour montrer qu'il savait qu'il ne devait pas échouer à sa mission. Après avoir écouté les instructions d'Emma, il se dirigea vers l'espace boisson du train, confiant.

« Tu penses qu'il va y arriver ? » demanda Emma à Lily.

« Peter se débrouille toujours », dit Lily sur un ton à la fois fier et agacé.

ANDREJ HOCHA LA TÊTE DE MANIÈRE reconnaissante lorsque l'agent de bord lui proposa une tasse de thé. Il avait passé la plupart de son temps, ces trente-huit dernières années, à voyager aux quatre coins du monde. Malheureusement, depuis le début de la guerre, il vivait exclusivement en Grande-Bretagne. Son séjour là-bas l'avait curieusement amené à reconsidérer la tasse de thé, non plus comme une coutume locale pittoresque, mais comme un véritable besoin quotidien. Il prit une lente gorgée et savoura sa boisson. Certes, il aurait préféré un nuage de crème et un sucre dans sa tasse, mais c'était la guerre après tout. Avant de se permettre ce luxe, il fallait attendre la défaite d'Hitler.

Andrej observa par-dessus son épaule alors que deux femmes arrivaient en direction de la voiture des boissons. Mais il savait, sans même un regard, qu'aucune de ces femmes n'était Emma. La première avait mis beaucoup trop de parfum et l'autre riait bien trop fort. Il fut pris d'un désir de la revoir, mais il savait qu'il était plus prudent de rester assis à sa place. Ils ne s'étaient vus que quelques heures la veille, et pourtant Emma lui avait fait beaucoup d'effet, bien plus que toutes les femmes qu'il avait rencontrées auparavant.

Toutefois, une chose le tracassait. Plus tôt, lorsqu'il s'installait sur son siège, il avait regardé à travers la fenêtre et avait aperçu Emma en train de parler avec une autre femme. Elle connaissait vraisemblablement très bien cette femme, si l'on en croit la manière dont elle la réconfortait. Mais Emma n'avait-elle pas assuré qu'elle et son bébé étaient seuls au monde ?

Il secoua la tête, comme pour chasser Emma de son esprit. Il n'allait pas être amené à la revoir, et c'était sans aucun doute bien mieux comme cela.

Un écolier s'approcha du comptoir des boissons. Il déposa un biberon puis se hissa sur le siège adjacent à celui d'Andrej. Le jeune garçon cherchait un agent de bord du regard, mais finit par se tourner inopinément vers Andrej, faute d'en trouver un.

« Bonjour Monsieur. »

Andrej se mit soudainement à regretter que sa boisson ne soit pas plus costaude. Les enfants l'agaçaient. À en juger par son air confiant et la façon dont il regardait Andrej dans les yeux, celui-ci pourrait bien se révéler particulièrement déstabilisant.

« Bonjour. » Peut-être bien qu'en faisant des réponses courtes, le garçon repartirait d'où il était venu.

« Auriez-vous vu un agent de bord par ici ? »

Andrej prit une autre gorgée de thé avant de

répondre. « Il vient de partir, mais j'imagine qu'il va revenir bientôt. »

Il y eut un silence. Ce n'était pas la réponse qu'il espérait. Andrej regarda le garçon qui le fixait dans les yeux. Il leva un sourcil en signe d'interrogation.

L'enfant avala sa salive d'un grand coup, mais continuait de le fixer. « Vous rentrez chez vous, Monsieur ? »

« Non. »

« Donc, vous vivez à Londres, c'est cela ? »

Andrej acquiesça d'un mouvement de tête. Mais où pouvait bien être ce fichu agent ?

« Intéressant », rétorqua le garçon d'un air solennel. « Moi, c'est Peter. C'est anglais comme nom. » Il attendit quelques minutes avant de se remettre à parler. « Est-ce que votre nom aussi est anglais ? »

Andrej posa sa tasse sur la table et se tourna pour faire face à l'enfant. « Non, pas le mien. » Qu'aurait-il pu dire de plus ? Il ne se souvenait plus de la dernière fois où il s'était assis avec un enfant pour engager une conversation, mais il trouvait cette discussion beaucoup plus pénible que celles qu'il pouvait avoir avec un adulte. « As-tu besoin de quelque chose ? »

« Oui, je suis supposé remplir ce biberon d'eau

chaude, mais je ne trouve pas d'agent. » Il se pencha sur son siège pour poser ses coudes sur le comptoir. « Je pense qu'il est plus raisonnable de l'attendre ici. » Il observa Andrej, en cherchant une approbation dans son regard.

C'était à lui de parler maintenant. Il serait peut-être plus prudent de lui reposer les mêmes questions.

« Et toi, Peter, tu rentres chez toi ? »

Le petit garçon secoua sa tête. *Joli retournement de situation*, pensa Andrej. Quelles étaient les autres questions qu'il avait posées ? Ah oui. « Alors comme ça, tu vis à Londres donc ? »

Peter se mit à hésiter.

« Tu ne sais pas si tu vis à Londres ? » insista Andrej.

« Eh bien, j'y habitais jusqu'à ce matin », répondit Peter, d'un ton grave. « Ma Maman y vit toujours. Elle nous a envoyés vivre à Brighton, ma sœur et moi, jusqu'à la fin des bombardements. » Il se redressa sur sa chaise et le regarda, le visage plein d'espoir. « Dites-moi, vous savez quand le Blitz va s'arrêter ? »

« Non, Peter. Personne ne sait quand, ni même si la guerre va prendre fin un jour », déclara Andrej. Il regretta immédiatement ses paroles. Peter semblait avoir perdu tout espoir sur son visage. Bon sang. Il allait étrangler cet agent si jamais il revenait.

Peter glissa de son siège et attrapa le biberon qui était posé sur le comptoir. « Vous avez des informations sur les plans des Allemands ? »

« Non, bien sûr que non », répondit-il hâtivement.

Peter hocha la tête. « Je vois. »

Andrej ne comprit pas ce que le garçon avait « vu ». Il se sentait stupide en regardant le garçon partir. Soulagé, oui c'est sûr, il y avait également de cela. Mais il ne voulait pas réellement sous-entendre que la guerre ne s'arrêterait jamais. Il fronça les sourcils. Les enfants prennent-ils les choses au pied de la lettre ?

Une vieille mélancolie, bien trop familière, menaça de revenir des tréfonds de sa mémoire. Ce n'est pas vrai ! Andrej se frotta les tempes. C'était précisément pour cette raison qu'il évitait le contact avec les enfants. Ils lui rappelaient des souvenirs teintés de solitude, de confusion et le ramenaient désespérément à nourrir l'espoir consistant à croire que sa mère reviendrait pour lui. Le petit garçon effrayé qu'il était avait grandi. Il était devenu un homme et avait appris que pour être heureux, il fallait qu'il évite le contact avec les autres.

Cependant, Peter était juste un enfant.

La moindre des choses aurait été d'aider le garçon à chercher l'eau dont il avait besoin, de la lui donner et de s'excuser par la même occasion bien sûr, tout en lui assurant que la guerre n'allait pas durer éternellement. Andrej se leva, repoussa sa tasse de thé désormais vide et observa autour de lui. Toujours pas de trace de l'agent de bord, qu'allait-il bien pouvoir inventer comme excuse celui-là…

« Je vous jure, c'était un vrai "Jerry[1]" », insista Peter face à une Lily incrédule et une Emma confuse. « J'étais assis à côté de lui, et il m'a assuré que la guerre ne s'arrêterait pas. »

Emma fut vivement soulagée en voyant Peter revenir. Il était parti si longtemps, elle commençait à s'inquiéter jusqu'à ce qu'il réapparaisse, les yeux remplis de joie. Et pas une goutte d'eau dans le biberon.

Elle était sur le point de lui demander des explications à propos de la bouteille vide, mais Lily était déjà en train de cuisiner son frère.

« Tu es en train de nous dire que tu t'es assis à côté d'un espion nazi ? » interrogea Lily. « Oui, c'est ça Peter. Tu vas beaucoup trop loin. Et après, tu vas nous dire que tu as rencontré la princesse Margaret Rose dans le couloir. Oh, attends, ne te retourne pas, mais je crois que le roi Georges est juste derrière nous. » Elle poussa un soupir dramatique avant de rouler des yeux pour montrer à son frère ce qu'elle pensait de son petit récit d'aventures.

Emma ouvrit la bouche pour l'interroger sur le biberon, mais Peter répondit brusquement, pour se défendre.

« Ne sois pas stupide. Mes questions étaient assez intelligentes donc il ne se rendait pas compte que je l'interrogeais. » Peter gonfla son torse. « J'ai réussi à le faire avouer qu'il ne vivait pas à Londres et qu'il ne rentrait pas chez lui non plus. »

« C'est tout ? » demanda Lily.

« Non, ce n'est pas tout. Je l'ai aussi fait reconnaître que son nom n'était pas anglais. » Peter regarda fièrement les deux filles.

Emma attrapa rapidement sa main, de peur de perdre son tour de parole. « Dis-moi, qu'est-il arrivé à l'eau que tu es allée chercher pour le biberon de Patrick, Peter ? »

« Ah oui », répondit Peter. « J'ai attendu l'agent de bord, mais il n'est jamais arrivé. »

« Très bien. Vous deux, vous restez ici. Moi, je vais chercher de l'eau. » Emma se leva et prit Patrick dans ses bras. Ce n'était pas un bébé difficile en temps normal, mais la faim pouvait transformer le plus doux des chatons en lion féroce. « Vous deux, vous restez ici et vous vous tenez bien. » Elle ne put s'empêcher de taquiner Peter : « Et je compte sur toi, Peter, pas d'espionnage pendant que je suis partie. »

Emma était contente de se lever et de pouvoir se dégourdir les jambes. Pour être honnête, elle était enchantée de passer du temps avec Peter et Lily, mais elle se rendait également compte, petit à petit, du temps et de l'attention qu'elle allait devoir leur consacrer. Ils s'exprimaient comme des petits adultes, mais ils restaient jeunes et vulnérables au fond. Elle espérait une seule chose : que l'école de Brighton soit ouverte, et qu'ils puissent rencontrer d'autres enfants.

Avec qui Peter avait-il discuté ? Elle n'aurait probablement pas dû le laisser y aller tout seul. Elle allait devoir le surveiller de plus près maintenant qu'elle connaissait son penchant pour les interrogatoires auprès des inconnus.

Était-ce instinctif d'être une bonne mère ? Elle espérait que non. Bien qu'elle n'ait pas donné naissance à Patrick, elle l'aimait déjà plus que sa propre vie. Elle acceptait volontiers de consacrer ses jours à son éducation, afin qu'il devienne un homme respectable, dont sa mère aurait été fière. L'instinct maternel allait peut-être lui venir naturellement, au cours de sa vie. Tout ce qu'elle savait, c'était qu'elle devait faire tout son possible pour le tenir éloigné de son ignoble père criminel.

Elle cherchait tout simplement à savoir si elle s'y prenait bien. Même un tout petit signe du ciel lui suffirait à renforcer sa confiance.

La voiture commença à freiner brusquement tandis qu'elle se rendait à la porte du vestibule.

Un petit cri de surprise lui échappa du bout des lèvres alors qu'elle tenait Patrick dans ses bras. Elle recula de quelques pas, en cherchant à retrouver l'équilibre avec sa main gauche.

« Je vous ai retrouvée. » Elle sentit un bras enlacer sa taille et la tirer contre le rebord pour la stabiliser. « Vous êtes en sécurité. »

Emma sourit de soulagement. Elle connaissait cette voix. C'était la voix du signe qu'elle attendait.

CHAPITRE 3

« $\mathcal{M}$erci », répondit Emma alors qu'il ouvrait ses bras pour la relâcher. Elle se retourna et sourit chaleureusement.

Il ne lui rendit pas son sourire. L'expression sur son visage laissait deviner son inquiétude. « Vous allez bien ? »

Elle acquiesça d'un mouvement de tête : « Parfaitement bien. » Bleus. Ses yeux étaient d'un bleu incroyable. Sous le clair de lune de la nuit dernière, elle avait eu du mal à en déterminer la couleur exacte, mais ici, à la lumière du jour, ils lui apparaissaient clairement de la couleur du ciel, un beau jour d'été. « Quelle joie de vous croiser à nouveau », dit-elle sincèrement. Il y avait quelque chose de rassurant dans sa présence. Était-ce sa taille ou son attitude calme qui l'apaisait ? Elle l'ignorait.

Il hocha la tête, mais ne recula pas. Ses yeux restaient plongés dans les siens.

Elle n'arrivait pas à regarder ailleurs. « Je suis convaincue que nos retrouvailles sont un signe du destin et que vous devez me révéler votre nom. »

« Andrej. »

« C'est français ? » demanda-t-elle.

Il secoua la tête, le sourire en coin. « Non, c'est néerlandais. » Ses yeux se posèrent sur le biberon vide qu'elle tenait dans ses mains. « Vous cherchez de l'eau pour votre biberon ? »

« Oui », répondit Emma. « Comment avez-vous deviné ? » Il avait peut-être des enfants. Elle réalisa à cet instant qu'elle ne savait rien de lui.

« J'ai rencontré Peter, alors qu'il était en mission. » Andrej tenait, dans sa main droite, une théière encore fumante. « C'est votre neveu ? »

« Non. Peter et sa sœur sont sous ma responsabilité en attendant que la situation se calme à Londres. » Elle dirigea son regard en direction de Patrick, qui suçait son poing de toutes ses forces. Pauvre petit bébé affamé, elle devait le nourrir. Elle tourna son regard vers la théière puis vers

Andrej. « Seriez-vous assez gentleman pour apporter l'eau jusqu'à nos sièges ? »

« Bien sûr, » répondit Andrej. « J'aimerais dire un mot à Peter, de toute manière. »

Emma leva un sourcil, en guise d'interrogation. « Qu'a-t-il fait ? » Elle espérait intérieurement que Peter ne l'ait pas importuné avec ses théories nazies. Une minute, Peter n'aurait pas pris Andrej pour un Allemand quand même, si ? Certainement pas.

« En réalité, c'est plutôt moi qui ai fait une bêtise, ou plutôt qui ai dit une bêtise », répondit Andrej alors qu'ils traversaient les deux wagons. « J'ai peut-être laissé sous-entendre que la guerre ne s'arrêterait jamais. »

« Pour votre défense, il y a des jours où ce sentiment est réel, n'est-ce pas ? » déclara Emma par-dessus son épaule. « Je suis sûre que Peter va bien. Mais, joignez-vous à nous, qu'en dites-vous ? »

Elle se sentit soulagée lorsqu'elle vit les enfants, assis sagement, qui attendaient patiemment son retour.

L'expression sur le visage de Peter lorsqu'il aperçut son espion nazi en compagnie d'Emma valait le détour. Elle avait du mal à contenir son sourire.

« Andrej, je te présente mes petits protégés :

Peter et Lily. » Elle s'arrêta de parler alors que Lily faisait poliment signe à l'homme.

Peter salua timidement Andrej, mais resta inhabituellement silencieux. « Je vous présente Monsieur… » Emma réalisa à cet instant qu'elle ne connaissait pas le nom de famille d'Andrej. Elle le regarda d'un air désolé, mais il répondit, pour lui épargner la question.

« Andrej Van der Hoosen », dit-il en faisant un signe de la tête, en direction des enfants. « C'est un plaisir de te rencontrer Lily. Ravi de te revoir, Peter. »

Emma s'assit en face de Lily et fit signe à Andrej de s'asseoir à côté d'elle. Lily se mit à tenir Patrick le temps qu'Emma sorte un petit paquet enveloppé dans du papier brun. Il ne lui restait que très peu de lait en poudre artisanal. Elle faisait donc scrupuleusement attention, afin de ne pas en laisser échapper une goutte alors qu'elle le mélangeait dans l'eau.

En réponse aux supplications de Lily, qui voulait à tout prix être autorisée à nourrir Patrick, Emma céda, lui tendit le biberon et l'observa se régaler.

Emma se tourna pour remercier Andrej de l'avoir aidée à apporter l'eau, mais elle s'arrêta lorsqu'elle vit avec quelle intensité l'homme regardait le bébé.

La tristesse sur son visage était palpable, comme si un nuage était venu cacher le soleil. Pensait-il, à ce moment-là, à son propre enfant ? Si c'était le cas, elle comprenait son émotion. La guerre était cruelle. C'était tellement affreux de voir des familles déchirées alors qu'elles devraient vivre ensemble.

Elle observa ensuite Peter. « Peter, Monsieur Van de Hoosen a évoqué le fait que vous avez discuté de la guerre ensemble. »

Andrej quitta le bébé du regard pour s'adresser à l'enfant. « J'ai parlé sans réfléchir, Peter, quand je t'ai dit que la guerre n'allait peut-être jamais s'arrêter. Évidemment, tu le sais, la guerre s'arrêtera un jour. »

Peter acquiesça, d'un air confiant. « Oh oui, je sais bien. Maman me l'a dit. »

Emma regarda en direction d'Andrej, pour voir sa réaction face aux propos de Peter.

« Tu crois tout ce que te dit ta mère ? » demanda Andrej d'une voix basse, à tel point qu'Emma dut s'efforcer de se concentrer pour comprendre ses paroles.

« Oui, bien sûr que je crois ce qu'elle dit. Ma Maman me dit toujours la vérité. Elle ne nous cache rien, n'est-ce pas Lily ? » Quand sa sœur acquiesça, Peter semblait heureux de voir qu'ils étaient d'accord. « Ce n'était pas le cas avec votre maman ? »

Après un long moment de silence, Andrej secoua la tête. « Pour être honnête, je ne m'en souviens plus. » Il se leva de son siège et s'arrêta dans le couloir.

Emma le regarda. « Vous devez partir si tôt ? » demanda-t-elle. « Nous avons beaucoup de scones et assez d'eau chaude pour faire du thé. »

Andrej secoua la tête. « Merci, mais je ne peux pas rester. » Son regard se fixa sur le bébé pendant un long moment avant de reprendre la parole. « C'était un plaisir de faire votre connaissance, Peter et Lily. Je vous souhaite un bon voyage. »

Lorsqu'il regarda Emma, il prit son temps avant de s'exprimer. Malgré le brouhaha des autres passagers, et le regard des enfants fixé sur eux, Emma avait l'impression qu'Andrej et elle étaient seuls, exactement comme la nuit dernière, lorsqu'ils traversaient les rues désertes. « Je vous souhaite un bon voyage, Emma. » Et il disparut.

RIEN, PAS MÊME LA MENACE D'UNE INVASION nazie, ne pouvait empêcher la compagnie ferroviaire d'arriver à l'heure. Emma regarda par la fenêtre, alors que le train ralentissait. Elle observa, de haut en bas, le long du quai à la recherche d'un panneau lui indiquant le nom de la gare, mais il n'y en avait aucun.

Elle fit signe à l'agent de bord, qui se trouvait quelques rangées plus loin, à l'avant du wagon.

« Oui, Madame ? » Il s'approcha de son siège. Il observa les enfants, et esquissa un sourire.

« Auriez-vous besoin d'aide pour vos bagages ? »

« Je ne suis même pas sûre qu'il s'agisse de la bonne gare. » Elle lui présenta un bout de papier, sur lequel était inscrit le nom de l'endroit où on lui avait demandé de se rendre. « Sommes-nous dans la bonne direction ? »

Emma observait l'agent de bord déchiffrer le papier sans dire un mot. Elle s'agita sur son siège. Elle était fatiguée, plus qu'épuisée même et se sentait sale. Elle avait besoin de prendre une douche. Et elle était nerveuse, elle était vraiment nerveuse. S'il y avait bien une chose qu'elle redoutait, c'était de se tromper de gare.

« Vous ne rentrez donc pas chez vous, n'est-ce pas ? »

« Nous déménageons », répondit-elle.

Puis elle se mit à réfléchir. Elle se souvint d'avoir lu dans le journal *The Times*, que les compagnies ferroviaires avaient retiré les panneaux de signalisation des gares, pour tromper les espions allemands. C'était évidemment compréhensible, mais également très dérangeant.

L'agent de bord sourit gentiment. « C'est un triste jour au royaume de Sa Majesté, lorsque je ne peux pas dire à une jeune femme comme vous, où elle se trouve. » Il lui tendit à nouveau le papier. « Oui, vous êtes dans la bonne direction. »

Elle le remercia gentiment pour l'information qu'il venait de lui donner. Ses mots résonnaient dans sa tête alors qu'elle aidait les enfants à récupérer leurs bagages. Mais leur voyage n'était pas réellement terminé. Il venait, au contraire, tout juste de commencer.

Vingt minutes plus tard, Emma et les enfants étaient debout, seuls, sur une plateforme vide. Ils avaient observé les autres passagers et la plateforme se vider petit à petit. Elle n'avait pas aperçu Andrej parmi les passagers descendants, mais il pouvait tout à fait être descendu plus tôt, à une autre station. Les regards anxieux de Peter et Lily n'étaient pas passés inaperçus.

Elle leur sourit de manière rassurante, bien

qu'elle-même ne se sente pas très confiante. Que diable allait-elle faire si personne ne venait les chercher ?

Heureusement pour elle, elle n'eut pas à connaître ce sentiment. Pas moins de cinq minutes plus tard, un homme corpulent se précipita vers eux. Il ne portait pas de chapeau, malgré ses cheveux gris, et portait une redingote. Il sourit pour montrer son enthousiasme et Emma se sentit instantanément rassurée lorsqu'il s'arrêta devant eux.

« Eh bien, il semblerait que vous attendiez tous ma venue. » Il tendit d'abord sa main à Lily, puis Peter et enfin Emma. « Veuillez m'excuser pour le retard. J'étais à court d'essence. » Il regarda les enfants, d'un air sérieux. « Dites-moi, vous me pardonnez ? »

« Il n'y a aucun problème, Monsieur. », répondit Lily d'un ton assuré.

« Monsieur ? Y a-t-il un Monsieur ici ? » L'homme se mit à tourner en rond, comme s'il cherchait quelqu'un d'autre. Les enfants se mirent à rire et Emma ne put s'empêcher de sourire face aux pitreries amusantes de cet homme. « Je m'appelle William Metcalf. Mais je serais ravi que vous m'appeliez plutôt Oncle Will. Qu'en dites-vous, les jeunes ? »

Les enfants acquiescèrent.

« Voici Emma Bradley », répondit solennellement Lily, afin de la présenter.

Will et Emma échangèrent un sourire en voyant l'attitude formelle de Lily.

« Maman a dit que nous devons faire attention à Emma et aux autres adultes avec lesquels nous allons vivre. »

« Et nous serons sages », ajouta Peter. « Nous l'avons promis à Maman. »

Les regards d'Emma et de Will se croisèrent. Tous les deux étaient liés par une sympathie commune non exprimée, envers ces enfants.

« Je n'ai aucun doute sur le fait que vous soyez des enfants agréables à vivre », répondit William. « Ma femme est impatiente de vous rencontrer. Et si nous rentrions à la maison ? »

La maison. Ce mot résonna comme une douce musique dans la tête d'Emma. Le terme maison, même si c'était celle de quelqu'un d'autre, sonnait comme un havre de paix à ses oreilles. À l'instant où Patricia avait été tuée et qu'elle avait repris la garde de Patrick, Emma avait vécu dans la peur, la peur tordue de ne plus pouvoir respirer normalement à nouveau. Elle n'était pas encore hors de danger, elle ne le serait peut-être jamais, mais au moins, elle allait sûrement pouvoir reprendre son souffle ici.

Ils suivirent William, quittèrent la gare, traversèrent le parking et s'arrêtèrent devant la Vauxhall qui les attendait. Après avoir rangé leurs bagages dans le coffre, les enfants montèrent à l'arrière et Emma s'enfonça dans le siège avant, laissant échapper un soupir.

« Fatiguée ? » demanda-t-il alors qu'il démarrait.

« Anxieuse, pour être honnête », répondit Emma. Elle regarda par-dessus son épaule, soulagée de voir les enfants en train de discuter joyeusement à l'arrière. « Cependant, votre accueil chaleureux a bien aidé à apaiser mon esprit. »

« Qui est ce petit bout de chou ? » William inclina sa tête en direction du bébé. « Qui est emmitouflé dans cette couverture verte, serait-ce votre fils ou votre fille ? »

Emma sentit son estomac se retourner. Elle savait que cette question allait lui être posée, tôt ou tard. Le mensonge la rendait malade, mais elle savait qu'elle n'avait pas le choix. « C'est Patrick. »

« Quel dommage que votre mari n'ait pas pu assister à la venue au monde de ce petit être », répondit William. Il regarda Emma. « Je suppose qu'il est en voyage ? Laissez-moi deviner, c'est un marin ? »

Emma garda le silence afin d'éviter de poursuivre ses mensonges. La sensation de tromper les gens était bien plus inconfortable qu'elle ne l'avait imaginée.

« Je sais que c'est difficile, pour vous, les femmes, lorsque votre homme est à l'étranger », déclara Will. « C'était la même chose durant la dernière guerre. » Son regard se pencha sur le rétroviseur. « Pauvres petits. C'est horrible qu'ils aient dû abandonner leur mère, même s'ils sont probablement plus en sécurité ici. Ils ont l'air de bien tenir le coup. »

« Ils en ont tout l'air. » Emma se mit à espérer pouvoir en dire de même, bientôt. Cela faisait des semaines qu'elle se concentrait sur le projet de fuir Londres. Elle attendait ce moment avec une grande impatience.

Tout ce temps, elle pensait au retour de Malcolm, qui viendrait lui faire comprendre que son heure était venue, vivant dans la peur que quelqu'un sonne à porte, et qu'elle ouvre à un policier venu lui enlever Patrick.

« Je sens l'air marin », s'écria Peter d'un ton enjoué.

« Je peux voir la mer, maintenant », rétorqua Lily sur le même ton.

Emma prit une profonde inspiration et se tourna vers eux, en souriant. « Charmant, n'est-ce pas ? Êtes-vous déjà allés en bord de mer ? »

« Non », répondit Lily. « Est-ce qu'on pourra aller nager aujourd'hui ? »

« Il fait un peu trop froid pour cela », dit William, en riant joyeusement devant leur enthousiasme débordant.

« Nous pouvons peut-être jeter un rapide coup d'œil, en revanche. » Il arrêta la voiture sur le bord de la route. Les enfants dévalèrent le talus et coururent vers la mer, en faisant signe de la main à Emma, comme pour chercher son approbation. Elle s'appuya contre la voiture et tira les côtés de la couverture pour mieux envelopper le petit Patrick encore endormi.

« Merci de vous être arrêté », s'adressa-t-elle, pleine de gratitude, en souriant à Will, qui se tenait à quelques mètres des enfants pour les surveiller. « Lily et Peter avaient l'air si malheureux ce matin. C'est formidable de les voir si épanouis. »

William secoua la tête avec regret. « Ma femme a hâte de partager le quotidien de ces petits boute-en-train. Nous ferons tout ce que nous pouvons pour les occuper et leur assurer une vie confortable, jusqu'à ce qu'ils retournent chez eux. »

« Je sais à quel point leur mère serait reconnaissante de vous l'entendre dire. » Emma fit signe à une Lily rayonnante, qui hurlait de joie en voyant les vagues déferler. Elle essayait de sauter pour les éviter une par une, alors que l'eau se rapprochait doucement de ses chaussures. Peter, lui, était occupé à jeter des pierres dans l'eau.

« Avez-vous de la famille dans le coin, Monsieur et Madame Metcalf ? » demanda-t-elle. Sa curiosité innée était, comme le disait souvent sa mère, à la fois sa plus grande qualité et son pire défaut. Et pourtant, elle était sur le point de vivre avec de parfaits inconnus, et au vu de tous les imprévus qui arrivaient dans sa vie, plus elle en savait, mieux c'était pour elle.

William plongea ses mains dans les poches de sa redingote et observa la mer sans dire un mot.

« Veuillez m'excuser pour cette question », répondit brusquement Emma. Pourquoi posait-elle constamment autant de questions ? Elle se remit à penser à la nuit dernière, lorsqu'elle se dirigeait vers la gare de Paddington avec Andrej. Il n'avait répondu à aucune de ses questions.

« Ne vous excusez pas, Emma. » William se

tourna vers elle, le visage bien plus sombre qu'auparavant. « Notre fils unique est mort lors de la dernière guerre. »

« Je suis désolée. » Emma serra Patrick fort contre sa poitrine. « Ce doit être une souffrance terrible. »

« Oui, c'est très douloureux. J'ai bien peur que ma femme ne soit plus jamais comme avant, depuis ce drame », ajouta William. « C'est devenu très difficile pour nous deux, de voir la nouvelle génération de jeunes partir au combat, en sachant pertinemment qu'ils ne rentreront pas tous à la maison. » Ils restèrent immobiles et silencieux pendant quelques minutes. « Étant donné que nous ne serons jamais grands-parents, Joanna sera contente de voir arriver ces trois petits boute-en-train. »

« Ce ne sera pas trop difficile pour elle de nous accueillir ? »

William secoua la tête. « Bien au contraire. Nous serons ravis de vivre dans une maison remplie d'enfants. »

Peter et Lily coururent vers eux, affichant un sourire ravi sur leurs joues roses.

« La mer est magnifique », Tante Emma. Le sourire de Peter illuminait son visage.

« Allons-nous vivre près de la mer ? »

« Nous ne sommes pas très loin de la maison, mon garçon. Allez, monte dans la voiture et je répondrai à toutes tes questions en conduisant » William ouvrit la portière d'Emma, et les enfants s'installèrent sur les sièges arrière. Il fit démarrer la voiture et reprit la route. « Vous allez vivre avec moi et ma femme, dans le domaine du Manoir Laurel. »

« Qui vit dans le manoir, Monsieur ? » demanda Lily.

« Il faut que tu l'appelles Oncle Will », lui rappela Peter.

Emma se tourna au bon moment et aperçut Peter en train de tirer sur l'une des tresses de sa sœur. Elle leva un sourcil et le regarda murmurer des excuses, faiblement, à sa sœur.

« La Royal Air Force a réquisitionné le manoir, Lily. La famille qui y vivait est partie en Écosse, le temps de la guerre. » Will ralentit la voiture alors qu'ils se dirigeaient vers ce qu'Emma supposait être le quartier du Palace Pier.

Les enfants l'imitèrent et regardèrent à travers la fenêtre alors qu'ils arrivaient à Brighton.

« Les avions sont-ils proches, Oncle Will ? » demanda Peter.

« La plupart sont entreposés sur le terrain

local de la Royal Air Force (RAF). Il y en a très peu au Manoir. Ne t'inquiète pas mon garçon, tu verras de nombreux avions au-dessus de ta tête. »

« Je veux voir un combat aérien avec la Luftwaffe. »

L'excitation dans la voix de son frère était apparemment trop prononcée pour Lily. Elle gémit bruyamment et s'affaissa sur son siège, couvrant ses yeux avec ses bras.

« Peter, tu es bien le seul à vouloir être témoin de ce genre d'évènement en Angleterre », répondit Emma sur un ton réprobateur. « Nous autres, nous préférons lorsque le ciel est calme. Alors, changeons de sujet maintenant. »

Elle se tourna vers William, déterminée à détourner la conversation. « Que pouvez-vous nous dire de plus à propos du Cottage Laurel ? »

« Joanna vous fera une visite lorsque nous serons arrivés, naturellement. Les enfants et vous trouverez votre chambre au premier étage. La nôtre est au rez-de-chaussée. De plus, votre patron vivra avec nous. » Il se tourna vers elle. « Le connaissez-vous ? »

Emma secoua la tête. « Non, je ne le connais pas du tout pour être honnête. J'ignorais que nous allions vivre dans la même maison. »

« Ne vous inquiétez pas, ma chère », la rassura

William. « Nous avons beaucoup de chambres libres, et le maître d'hébergement a pensé qu'il serait logique de vous garder, vous et lui, près du Manoir. Ses bureaux seront ici. »

« L'avez-vous déjà rencontré ? »

« Pas encore. Il était dans le même train que vous tous, mais il m'a prévenu qu'il allait devoir s'arrêter plusieurs fois pour récupérer des livres et des fournitures qu'il avait commandés. »

« Connaissez-vous son nom ? » demanda Emma. Un peu de prévoyance ne fait jamais de mal, comme aimait le dire son père.

« Voyons voir si je me souviens de la prononciation de son nom. » William se mit à réfléchir. « C'est un nom néerlandais, c'est tout ce dont je me souviens. »

Les yeux d'Emma s'écarquillèrent. Non, certainement pas.

« Je dirais que c'est une coïncidence », répondit Peter en se balançant sur son siège. « Nous avons rencontré un homme néerlandais dans le train. »

« Oui et Peter a développé une théorie à son sujet », répondit Lily en souriant à son frère. « Qu'est-ce que tu pensais qu'il était déjà, Peter ? »

« Je sais ce que tu penses faire, Lily », murmura-t-il à sa sœur avant de se retourner vers les adultes. « Notre ami s'appelait Monsieur Van der Hoosen. »

William sourit : « C'est bien lui ! Je suis ravi que vous ayez eu l'occasion de faire connaissance. Quelle chance ! »

De la chance ? Emma espérait profondément qu'il s'agisse d'une véritable coïncidence. Autrement, cela impliquerait que la présence d'Andrej soit liée à Malcolm.

Elle se concentra sur le paysage qui défilait en écoutant à demi-mot la conversation entre William et les enfants. Elle s'efforça de respirer de façon régulière et de contrôler les battements de son cœur, qui s'emballait. Elle avait toujours su, que lutte après lutte, elle devrait constamment se battre pour éloigner Patrick de Malcolm.

Si Andrej était lié, d'une manière ou d'une autre, à Malcolm, elle devait le découvrir sur-le-champ, et retourner la situation à son avantage. Elle continua d'observer le paysage à travers la fenêtre, pendant le trajet, tout en essayant d'oublier que le ciel avait la même couleur que les yeux d'un certain Néerlandais.

ANDREJ NE BUVAIT PAS BEAUCOUP D'ALCOOL. MAIS après la journée qu'il avait eue, il n'était pas contre une petite pinte. Lorsqu'il aperçut le Green Dog Pub, il se précipita pour y entrer et commanda une Guinness.

La jeune femme derrière le bar fit une grimace. « Nous ne servons rien qui soit irlandais, et à juste titre. Si les Irlandais veulent rester neutres, alors qu'ils gardent leur bière pour eux. » Elle tira une bière pression plus légère et déposa la tasse devant Andrej. « Si le président irlandais Eamon de Valera préfère boire jusqu'à sa mort pendant que nous combattons les Nazis, c'est tout ce qu'il mérite. »

Andrej hocha simplement la tête au lieu de répondre. Si elle voulait interpréter ce mouvement de tête comme une approbation de sa part concernant ses opinions politiques, grand bien lui fasse. Le pub était pratiquement vide. Seul un groupe de vieux hommes, en pleine partie d'échecs, occupait les lieux. La serveuse l'observait du coin de l'œil, mais Andrej évitait son regard. S'il y avait bien une chose qu'il voulait éviter, c'était d'engager une conversation avec une femme.

Sa seconde rencontre avec Emma dans le train l'avait perturbé. Le fait de la voir l'avait beaucoup intrigué, bien plus qu'il ne l'admettait. Elle avait l'air aussi intelligente et débrouillarde que magnifique. Son comportement envers Peter et Lily était si naturel et bienveillant qu'il avait du mal à croire qu'elle ne soit pas leur véritable mère. Il n'y a aucun doute sur le fait qu'elle aimait profondément son fils. Elle le berçait contre elle avec tellement d'amour que c'était comme si elle voulait s'accrocher à lui, pour la vie. Andrej finit la dernière goutte de sa bière blonde.

« Je vous en remets une ? » demanda la serveuse.

« Non, merci. » Andrej secoua la tête et déposa la monnaie sur le comptoir. « Pourriez-vous m'indiquer la zone de taxi la plus proche ? »

« Le bon vieux Monsieur McAffie vous emmènera où vous voulez, en échange de quelques shillings[1]. Vous le trouverez au bout de la rue, à côté du kiosque à journaux. S'il n'est pas là, attendez simplement, il reviendra vite. » Elle récupéra l'argent sur le comptoir. « Allez-vous rester longtemps à Brighton ? » Andrej haussa les épaules.

Il n'était pas doué pour répondre aux questions des inconnus. Il pensa à Peter et se mit à sourire avec amertume. « Je ne suis pas sûr. » Il se tourna pour s'en aller, mais fut frappé par une curiosité soudaine. Il se retourna. « Avez-vous entendu parler du Cottage Laurel ? » « Oui, c'est un petit cottage situé en bordure du domaine du Manoir Laurel. » Elle s'avança pour accueillir un nouveau client, mais rétorqua par-dessus son épaule : « Cet endroit vous conviendra parfaitement si vous n'avez rien contre le calme. »

Le calme, c'était justement ce qu'il voulait. Andrej la remercia et se dirigea vers le kiosque. Le Cottage Laurel semblait être l'endroit idéal pour chasser Emma de ses pensées.

CHAPITRE 4

*A*lors que le taxi arrivait devant le Manoir Laurel en direction du Cottage, l'esprit d'Andrej s'allégeait. Une fois libéré de toutes les pensées qui le distrayaient, notamment Emma, il avait hâte d'en savoir plus sur le travail qui l'attendait. Il avait eu très peu de détails à ce sujet. Tout ce qui lui importait, c'était de ne plus être Andrej, le célèbre pianiste de concert, mais un homme normal, qui travaille et participe à l'effort de guerre. Un sourire inhabituel illumina son visage lorsqu'il tendit le billet à Monsieur McAffie.

Le taxi s'arrêta. Andrej resta immobile et observa l'endroit qu'il allait désormais qualifier de « maison ». Le Cottage Laurel avait été construit à partir de granit. Ce matériau brillait sous le soleil du midi. Les fenêtres à meneaux étaient ornées de rosiers grimpants, qui avaient fleuri à la fin de l'été, soutenus par des treillis de chaque côté. Les jardinières avaient été peintes de la même couleur que la porte d'entrée qui se trouvait face à lui : en vert forêt.

Il n'avait jamais pensé à posséder une maison. Il ne voyait pas l'intérêt de s'acharner pour obtenir un bien qu'il n'était pas censé avoir de toute manière. Mais si c'était le cas, il aurait souhaité vivre dans une maison parfaitement similaire.

Il frappa le heurtoir en laiton de la porte. Un sentiment de satisfaction se lisait sur son visage. Il avait enfin un endroit paisible où vivre et un métier important pour lui, qui l'attendait. Il fallait simplement que quelqu'un vienne lui ouvrir la porte et sa nouvelle vie allait pouvoir commencer.

Il regarda au sol, pile au moment où la porte s'ouvrit. Il se retrouva face à de charmantes chevilles, les plus belles qu'il n'ait jamais vues auparavant.

« Bonjour. »

Il prit une grande inspiration lorsqu'il entendit une voix familière le saluer. Mais cette femme ne pouvait pas être Emma. Que ferait-elle ici ? C'était forcément un piège, orchestré par son

esprit pour se venger de toutes ces pensées para-
sites qui l'avaient animé plus tôt, à son égard.

« Bienvenue au Cottage Laurel, Andrej », répondit-elle. « Nous vous attendions. »

Andrej leva les yeux. Emma. Elle était toujours
aussi belle, dans l'encadrement de la porte, aussi
belle que dans son souvenir. Cependant, une
chose avait changé chez elle. Ses yeux. Oui, c'était
cela. Malgré son ton agréable auquel il était habitué, il pouvait lire une défiance dans son regard,
une interrogation qu'il n'avait jamais vue auparavant.

« Emma. » Il fixa son regard. « Que faites-vous
ici ? »

« Les enfants et moi allons vivre ici, avec
vous. » Elle sourit et s'appuya sur la porte.

« Apparemment, je suis votre nouvelle secrétaire. »

« Bonjour, Monsieur Van der Hoosen. » Andrej entendit une voix au-dessus de sa tête. Il
monta la première marche pour avoir une
meilleure vue. Peter et Lily étaient penchés sur la
fenêtre du premier étage. Ils agitaient frénétique-
ment leurs mains pour saluer Andrej. Bon Dieu,
le chalet paraissait si petit à ses yeux désormais.

« C'est une merveilleuse coïncidence, n'est-ce
pas Monsieur ? » s'écria Peter.

. . .

« C'est à peine croyable, Peter. » Andrej manqua de s'étouffer. « Tout bonnement incroyable. »

« Vous feriez mieux d'entrer. » Emma recula et maintint la porte ouverte. « Je vais vous présenter à nos hôtes : Monsieur et Madame Metcalf. »

Andrej observa le sol et resta immobile, incapable de bouger ses pieds. Son arrivée au Cottage devait être le point de départ de sa nouvelle vie, et il semblerait que l'image calme et tranquille qu'il s'était représentée était très éloignée de la réalité. La vie au Cottage impliquait d'être constamment entouré d'enfants. De plus, il y aurait sans doute, des repas tous ensemble, rythmés par des conversations à base de phrases, telles que « Comment s'est passée votre journée ? » Ils vivraient comme une famille. Il sentit son estomac se nouer.

Il ne pouvait pas continuer à fixer le sol comme s'il voyait un danger, de peur qu'Emma ne le pense complètement fou. Andrej inspira profondément et récupéra ses valises. Bien qu'il n'ait jamais vécu dans un environnement en telle proximité avec les autres, il devait trouver un moyen de survivre à cette expérience. Si seulement le ciel pouvait lui venir en aide !

Vingt minutes plus tard, Andrej ferma la porte de ce qui allait être sa nouvelle chambre et poussa un soupir de soulagement. Il avait apprécié sa rencontre avec la famille Metcalf. William et Joanna l'avaient chaleureusement accueilli, tous les deux. De plus, ils ne lui avaient pas posé de questions personnelles, ce qui, pour lui, était signe de bonne entente.

Il s'allongea sur le petit lit simple, sans faire attention au grincement qui suivit, à cause de sa taille imposante. Le Cottage Laurel avait beau être solide et impeccablement entretenu, il restait un cottage anglais typique, construit à la même époque, avec des plafonds bas, des couloirs étroits et de petites chambres.

La sienne se trouvait au rez-de-chaussée, près de l'entrée de la maison alors que celles d'Emma et des enfants étaient situées au premier. Avec un peu de chance, cette différence d'étage lui offrirait l'intimité qu'il souhaitait.

Il abandonna cette idée lorsqu'il entendit quelqu'un frapper à sa porte. Andrej ouvrit en prenant soin d'éviter de cogner sa tête contre les poutres basses.

« Bonjour Monsieur ». C'était Peter, accompagné de Lily.

Andrej les salua d'un mouvement de tête. Face aux regards attentifs des enfants, il comprit qu'un simple mouvement de tête ne suffirait pas, il allait devoir utiliser des mots. Il prit une profonde et lente respiration.

« Peter, Lily », tenta-t-il à nouveau. Les enfants lui répondirent par deux grands sourires.

« Tante Emma nous a demandé de venir vous chercher pour prendre le thé », déclara Lily.

« Remerciez-la de ma part s'il vous plaît. Cependant, je ne me joindrai pas à vous. » Il s'apprêta à fermer la porte, mais s'arrêta. Aucun des enfants n'avait bougé. « Vous vouliez autre chose ? »

Peter secoua la tête. Andrej se mit à attendre.

« C'est ainsi, Monsieur », déclara enfin Peter. « Notre mère nous a dit d'écouter les adultes, surtout si on nous demande de faire quelque chose pour eux. »

« C'est admirable. »

« Donc, cela signifie que vous devez venir avec nous », ajouta Lily. « Et plus nous vous attendrons, plus le thé refroidira. »

Andrej ferma les yeux un moment puis les rouvrit. Non. C'était juste une impression, les murs n'étaient pas réellement en train de se refermer sur lui. Il regarda les yeux de Peter, qui l'observait intensément et le visage de Lily, pleine d'espoir, puis soupira. Dire non à ces petits visages si impatients s'avérait bien plus facile en théorie qu'en pratique.

« Allons-y ! » s'entendit-il dire. Il commencerait à éviter Emma et les enfants demain, il n'était pas pressé.

Joanna, Emma et Patrick, blotti dans ses bras, étaient déjà installés à la table à manger lorsqu'Andrej et les enfants entrèrent dans la cuisine. Il les salua tout en s'asseyant le plus loin possible d'Emma.

Quelques minutes plus tard, après avoir siroté son thé et goûté un sandwich de pâté de poisson que Lily avait fièrement affirmé avoir préparé toute seule, Andrej comprit qu'il était chanceux de vivre au Cottage Laurel. Le plus gros avantage pour lui, c'était que Joanna Metcalf pouvait suivre le débit de parole de Peter, et il pouvait parier que cette femme plus âgée allait pouvoir l'interrompre. Et cela signifiait qu'il aurait ainsi le droit à un moment de silence.

« Veuillez m'excuser, Monsieur Van der Hoosen », déclara Joanna quelques secondes plus tard.

« Je ne voulais pas vous exclure de la conversation. »

« Il n'y a pas de mal, rassurez-vous », répondit Andrej. « Je vous en prie, continuez. »

Joanna passa l'assiette de sandwich à Peter, un regard plein de gratitude. Il était resté silencieux et fixait son assiette vide. « Non, je vous en prie, j'ai déjà été bien assez impolie. Parlez-nous de vous. »

« Je préférerais vraiment que vous poursuiviez votre conversation », répondit Andrej sur la défensive. Il tourna son regard vers Peter. C'était le moment parfait pour une des fameuses interventions de Peter, mais le garçon était occupé à avaler des sandwichs, les uns après les autres.

« Les membres de votre famille vivent-ils en Angleterre ou sont-ils restés aux Pays-Bas ? » demanda Joanna. « Peter nous a dit que vous étiez néerlandais. »

Malgré les nombreuses fois où cette question lui avait été posée dans le passé, Andrej n'était toujours pas habitué à la façon dont ses mots se bloquaient dans sa gorge lorsqu'on lui demandait de parler de la famille qu'il n'avait jamais connue.

L'invasion d'Hitler aux Pays-Bas, en mai dernier, avait renforcé l'inquiétude de tout le monde quant au bien-être de sa famille. Mais malgré la pratique, la réponse restait difficile à formuler.

« Étant donné le peu de communication entre l'Angleterre et les autres pays de l'Europe, je n'ai aucune idée de la situation aux Pays-Bas. » Andrej sentit le regard des deux femmes sur lui, mais aucune ne s'exprima. Il haussa les épaules. « Je n'ai aucune famille en Angleterre. »

« Vous n'avez pas une femme ou des enfants, Monsieur ? » Andrej la regarda dans ses petits yeux marrons compatissants. Il secoua la tête sans dire un mot, dans l'espoir de faire comprendre son envie de changer de sujet.

Joanna resta silencieuse sur sa chaise et le fixa. Elle se sentait, sans aucun doute, désolée pour lui. C'était une réaction assez commune chez les femmes. C'était d'ailleurs précisément pour cette raison qu'il détestait qu'on lui pose ce genre de question.

« Vous avez certainement des relations aux Pays-Bas, d'une manière ou d'une autre, non ? »

Andrej se raidit face au ton défiant d'Emma. « Personne que je connais, Emma. »

« Mais où vivent donc vos parents, s'ils ne sont ni en Angleterre ni aux Pays-Bas ? » insista-t-elle.

« Je peux vous retourner la question. » Il la regarda droit dans les yeux, cherchant à retrouver cette défiance dans son regard.

« Au Canada. Ils ont émigré il y a trois ans, dans l'Ontario. J'ai choisi de rester en Angleterre. »

Andrej fronça les sourcils. Pourquoi Emma lui avait-elle demandé d'amener le bébé dans un orphelinat, si jamais elle était touchée par les bombes, alors qu'elle avait en réalité une famille ? N'avait-elle pas dit qu'elle était seule au monde ? Peut-être qu'elle n'avait plus de contact avec ses parents. Lui savait mieux que quiconque que les liens du sang n'ont rien à voir avec la famille.

« Votre mari n'a pas voulu émigrer, lui non plus ? » demanda Joanna.

Peter leva la tête, surpris. « Tante Emma n'est pas mariée. »

Tous les regards se braquèrent sur lui. Le visage de Lily reflétait la surprise qui se lisait dans les yeux de Joanna.

Joanna le fixa d'un air sévère. « Explique-nous, jeune homme, ce qui te fait dire une chose pareille ? »

« Elle ne porte pas d'alliance. » Peter pointa du doigt la main gauche d'Emma.

Joanna agita sa main avec dédain. « Cela ne

veut pas dire grand-chose, Peter. Toutes les femmes n'aiment pas porter des bijoux. »

« Peter a raison. » Emma regarda les convives, la tête haute. Elle n'avait aucune intention de s'excuser. « Je n'ai jamais été mariée. »

Andrej posa sa tasse de thé sur la soucoupe, d'un geste décidé. Il évita de croiser le regard d'Emma, bien qu'il soit certain que sa surprise était visible. Elle n'était pas mariée, certes, mais cela ne signifie pas qu'elle n'était pas engagée dans une relation. Elle l'était sûrement, à en juger par le jeune âge de Patrick.

« Notre maman est au courant ? » demanda Lily.

Emma hocha la tête. « Oui, elle le sait Lily. »

« Tout va bien dans ce cas ! » s'exprima Peter. Il repoussa son assiette et étendit ses bras. « Bon, je me disais que je ferais bien une sieste maintenant. »

« Et moi je me disais qu'il serait peut-être temps d'aller à Brighton pour vous inscrire à l'école et que vous puissiez commencer dès que possible », lui répondit Emma, en souriant. « Je trouve que mon idée est meilleure. »

« L'école ? » Peter bondit de sa chaise, le visage marqué par son incrédulité.

« Le semestre vient de commencer, Peter », lui

rappela Emma. Elle récupéra le biberon de la bouche de Patrick et le déplaça sur son autre épaule. Elle lui tapota doucement le dos. « Votre mère vous a sûrement dit que vous alliez suivre les cours à l'école pendant votre séjour ici. »

« Elle l'a peut-être évoqué », finit par avouer Peter.

« Ne sois pas idiot, Peter », lui rétorqua Lily d'un ton réprobateur. « Tu sais très bien que Maman et Mamie nous ont dit qu'on irait à l'école. »

Andrej regarda Lily froncer les sourcils en direction de son frère. Peter ignora les reproches de sa sœur, comme à son habitude. Les échanges entre les deux enfants intriguaient Andrej. Malgré les petites piques qu'ils se lançaient, la tendresse qu'ils se portaient l'un et l'autre sautait aux yeux.

Il se redressa sur sa chaise et laissa son regard se poser sur l'oiseau assis sur le rebord de la fenêtre. Avait-il des frères et sœurs ? Des images floues représentant trois enfants traversèrent son esprit. Était-il l'un de ces enfants ? Les deux autres étaient-ils ses frères et sœurs ? Ce souvenir le troublait et, comme toujours, il le chassa de ses pensées. Le passé n'avait rien à lui apporter.

Quelqu'un toqua à la porte du Cottage et tira

Andrej de ses pensées nostalgiques. Joanna présenta ses excuses et revint quelques minutes plus tard.

« Emma, Docteur Graves est passé pour venir voir Patrick. » Joanna leva un sourcil. « Il dit que vous avez appelé son cabinet ? » Elle laissa la question en suspens.

Emma se leva et repoussa sa chaise. Patrick laissa échapper un gémissement, il n'aimait pas être dérangé. « Chut. » Emma tentait de l'apaiser. « Merci Joanna. J'y vais de ce pas. »

« Est-ce que le bébé est malade ? » insista Joanna.

« Non, il va bien. Je voulais juste voir le docteur pour lui parler d'une chose. » Emma se tourna vers l'enfant. Elle lui parlait d'une voix douce, d'un ton rationnel malgré les cris de plus en plus forts de Patrick. Andrej était impressionné par sa patience. « Lily et Peter, allez prendre votre douche s'il vous plaît, avant que nous sortions en ville. »

Lorsqu'Emma quitta la salle, Andrej la suivit, bien décidé à retourner dans sa propre chambre.

À quelques pas derrière eux se trouvaient Peter et Lily, en train de courir dans la cuisine, en direction du couloir. Ils étaient pratiquement en train de voler dans les marches. Inquiet de les voir débouler dans la chambre d'Emma, Andrej tendit sa main pour les intercepter.

Il libéra les enfants de ses bras, d'un geste bref. Les enfants s'élançaient dans les escaliers, chacun essayant d'arriver le premier en haut.

« Excusez-moi Emma », dit-il.

Elle se tourna pour le regarder. « Je vous en prie, ne vous excusez pas. Vous avez été si gentil avec moi, depuis les premiers instants de notre rencontre à Londres. J'ose même vous dire que je me sens très chanceuse de vous avoir à mes côtés, pour me protéger du danger. » Elle lui sourit. Son sourire provoqua un sentiment de chaleur dans son cœur. « En attendant, c'est à moi de leur rappeler qu'il est interdit de courir dans la maison. »

Elle commença à se diriger vers les escaliers, mais Joanna sortit de la cuisine pour essuyer ses mains sur un torchon à vaisselle. « Vous feriez mieux d'aller dans le salon pour discuter avec le docteur Graves. Je m'occupe des petites terreurs. »

Joanna commença à monter les marches de l'escalier, mais s'arrêta pour se pencher sur la balustrade. « Je vais essayer d'être sévère, mais ce n'est pas facile pour moi. C'est tellement agréable d'avoir des enfants dans la maison. » Elle sourit d'un air chaleureux, puis continua sa montée.

« Je vous en prie Joanna, soyez ferme ! » insista Emma. « J'apprécie les après-midi calmes comme ceux-ci. Je ne veux surtout pas que ces petits filous se fassent de mauvaises idées, et qu'ils croient qu'ils sont autorisés à courir dans les couloirs. »

Des après-midi comme ceux-ci ? Il n'y a pas eu un seul moment de calme durant tout le repas. Cela dit, Andrej devait avouer que cet après-midi n'avait pas été entièrement désagréable, contrairement à ses attentes.

EMMA S'ASSIT ET OBSERVA LE DOCTEUR GRAVES QUI examinait le bébé. Dans d'autres circonstances, elle aurait été impressionnée par ce docteur. Il avait des manières très professionnelles, il était gentil, écoutait attentivement et ses gestes envers le bébé étaient doux. Cependant, ses yeux étaient trop malicieux pour qu'Emma se sente en confiance. Elle se leva, croisa les bras et se mit à se mordiller sa lèvre, d'un air pensif. Combien de temps allait durer cette consultation ?

« Je suis ravi de vous annoncer que ce petit bonhomme semble en excellente forme », dit le docteur, tout en repliant les bords de la couverture pour emmitoufler Patrick. Il berça le bébé du creux de ses bras, au lieu de le donner à Emma. Plutôt que de lui rendre, il lui suggéra de s'asseoir sur la causeuse.

Emma se rassit, tout en tentant de masquer son impatience et son inquiétude. Elle prit une inspiration profonde et régulière.

« Ma secrétaire m'a informé du fait que vous cherchiez une nourrice ? »

Emma hocha la tête, sans dire un mot. Peut-être que si elle avait l'air gênée, le docteur aurait pitié d'elle et écourterait cet interrogatoire.

Ce ne fut pas le cas. Emma répondait à toutes ses questions, du mieux qu'elle pouvait. Ce n'était pas chose aisée pour elle, étant donné qu'elle n'avait aucune connaissance en matière d'allaitement maternel. Elle tentait d'éviter, avec brio, ses questions portant sur l'accouchement. En s'écoutant parler, elle avait l'impression d'être stupide, mais c'était certainement mieux que d'avoir l'air coupable.

« J'aimerais vous prescrire quelque chose pour améliorer vos montées de lait. »

Emma écarquilla les yeux. Elle n'avait pas anticipé ce problème.

Le Docteur Graves ne comprit pas sa réaction. « Je vous assure, Madame Bradley, que vous n'avez pas à avoir honte de cela. Vous seriez surprise de voir le nombre de femmes qui ont recours à des aides pour l'allaitement. Ces plantes médicinales font habituellement des miracles en seulement quelques semaines. »

« D'accord, très bien », dit Emma, dans l'espoir que son accord permette de mettre fin à cet interrogatoire. Elle n'avait aucune intention de prendre des plantes médicinales. « En attendant, Docteur Graves, que suis-je censée faire vis-à-vis de Patrick ? »

Il rendit gentiment le bébé à Emma.

« Il y a une jeune femme qui vit non loin de là, disposée à jouer les nourrices. C'est le cinquième enfant dont elle s'occupe aujourd'hui. Elle s'appelle Iris Morrison. Joanna la connaît bien, elle pourra vous la présenter. » Il sortit un bloc-notes de sa sacoche, griffonna rapidement et lui tendit le papier. « Le pharmacien devrait avoir ce produit en boutique et pourra répondre à toutes vos questions. N'hésitez pas à sonner à mon cabinet, si vous avez des questions, ma chère. »

Emma accepta le papier et le glissa dans sa poche puis remercia le docteur alors qu'il quittait le Cottage. Elle irait voir le pharmacien, achèterait les herbes médicinales et s'en débarrasserait tout aussi rapidement. Elle ferma la porte d'entrée et s'adossa à celle-ci, soulagée.

Tout allait bien. Le bébé était en sécurité dans ses bras, elle avait trouvé une nourrice et Patrick allait être nourri comme il faut. Elle avait évité une balle perdue aujourd'hui et c'était ce à quoi elle devait s'attendre, à en recevoir plusieurs, l'une après l'autre, tant qu'elle continuait sa mascarade.

DEPUIS LA PORTE D'ENTRÉE, JOANNA FIT UN SIGNE de la main à Peter et Lily qui s'en allaient, alors qu'ils suivaient Emma dans le virage de l'allée, en direction de l'arrêt de bus. Elle sourit en entendant le son de la porte arrière qui menait à la cuisine se fermer violemment.

« Où vont Emma et les petits ? » demanda William tout en s'appuyant contre le mur et en retirant ses bottes.

« En ville, pour aller inscrire Lily et Peter à l'école. » Par pure habitude, Joanna ramassa les chaussures de son mari et les jeta dans le débarras, pendant que William se lavait les mains dans le lavabo.

Elle fit un geste pour l'inviter à la table où le

thé de William était servi. « Les enfants sont charmants. »

William sourit en retour à sa femme, tout en remplissant sa tasse. « Je vais te dire ce qui est charmant, c'est ce sourire sur ton visage. » Il prit une lente gorgée de thé. « Tu n'as pas voulu garder le bébé, ici avec toi ? »

« Bien sûr que si ! J'ai demandé à Emma, mais elle a refusé, sans état d'âme. »

William haussa les épaules. « J'imagine que c'est plutôt normal pour une jeune maman de ne pas vouloir quitter son bébé. » Joanna se mit à hésiter, un peu trop longtemps pour que son mari ne s'en rende pas compte.

« Crache le morceau, Jo. » Il se redressa sur son fauteuil et croisa les bras, le regard attentif. « C'est à cause d'Emma ou d'Andrej que tu as l'air si triste ? »

Elle tira une chaise et s'assit en face de son mari. Elle prit une profonde inspiration. « Tu me connais si bien. »

« J'espère bien, après toutes ces années. » Il cligna des yeux d'un air espiègle, puis rapprocha sa chaise de la table pour lui serrer la main. « Que se passe-t-il ? »

« Rien du tout, en réalité. Je pense que Monsieur Van der Hoosen est... »

William se mit à lui tenir la main. « Une minute, pourquoi tu l'appelles par son nom de famille ? Il nous a expressément demandé de l'appeler Andrej. »

« Je sais bien, mais il y a quelque chose chez lui qui me semble louche d'une certaine manière. C'est difficile à expliquer. J'ai presque l'impression que sa place devrait être sur une scène. Pas comme un acteur ou je ne sais quel étrange artiste, mais quand il entre dans une pièce, c'est comme s'il démarrait une performance. Il y a cette atmosphère autour de lui. C'est idiot, n'est-ce pas ? »

William secoua la tête. « Non, pas du tout. Il donne peut-être des cours. » Il haussa les épaules. « Il te met mal à l'aise en vivant ici ? »

Joanna sourit en voyant la tendresse dans les yeux de son mari. « Non, non, pas du tout. Il a l'air d'être très courtois, respectueux et calme aussi. Non ce n'est pas lui qui me préoccupe. C'est Emma. »

William leva les sourcils, d'un air sévère. « Vous avez eu un différend ? »

« Non, ne sois pas stupide. Ce n'est pas cela. »

William resta pendu à ses lèvres, dans l'attente de la suite de sa réponse.

Joanna n'osait pas avouer à son mari qu'elle

avait consulté le carnet de rationnement d'Emma, lorsque celle-ci était remontée chercher son chapeau. Il se trouvait bien là, sur une table, sous une paire de gants. Ce carnet avait attiré son attention, uniquement parce qu'il n'avait pas la bonne couleur. Les femmes enceintes et allaitantes recevaient un carnet vert.

Or, celui d'Emma était clairement couleur chamois. Elle observa le contenu et le consulta page après page, mais il ne faisait aucunement mention de Patrick. Il aurait dû être inscrit dans le carnet d'Emma. Ce n'était pas le carnet d'une femme qui venait de donner naissance, ni même celui d'une femme qui a déjà eu un enfant. Cela n'avait aucun sens.

Elle vit le regard attentif de son mari. Non, elle ne lui dirait pas. Il aurait considéré sa curiosité comme de l'espionnage. « Emma n'est pas mariée. »

« C'est fou, n'est-ce pas ? »

« Cela ne te choque pas ? »

William haussa les épaules. « C'est malheureux, certes. Mais ce genre de situation est arrivé à beaucoup de jeunes filles pendant la dernière guerre. Alors pourquoi celle-ci serait-elle différente ? »

William remplit à nouveau sa tasse de thé, se

redressa sur sa chaise et sonda sa femme. « Cela dit, je ne vois pas en quoi cela nous regarde, quand on y réfléchit bien ? »

La conversation prenait un tournant qui mettait Joanna mal à l'aise. Contrairement à ce que son mari laissait entendre, elle ne jugeait pas Emma. Elle l'aimait beaucoup.

Alors que la conversation avait dérivé sur le travail matinal de William au Manoir, les questions continuaient de se bousculer dans sa tête. Pourquoi Emma n'allaitait-elle pas son bébé ? Elle était certaine que cette situation constituerait un fardeau pour Emma, en raison de la rareté des stocks de lait en poudre, sans oublier leur coût exorbitant. Pourquoi Patrick n'apparaissait-il pas dans le carnet de ration d'Emma ? Et la question qui la préoccupait le plus était la suivante : si Emma n'était pas mariée, alors qui pouvait bien être le père de Patrick ?

CHAPITRE 5

Un cri perçant brisa le sommeil d'Andrej. Étourdi, il s'assit et écouta les bruits stridents de la sirène de raid aérien. Il frotta ses mains sur son visage, en essayant de comprendre pourquoi elle sonnait différemment. Lorsque ses yeux s'habituèrent à l'obscurité de la chambre, il se rappela où il se trouvait. Ce qu'il entendait n'était pas du tout une sirène, quelqu'un était en train de pleurer. Quelqu'un criait.

Il hésita seulement quelques instants avant d'attraper son peignoir et de l'enfiler rapidement tout en quittant sa chambre. Mais il s'arrêta, dans l'ombre, au milieu des escaliers. Pourquoi s'en mêlait-il ? Les pleurs n'étaient pas ceux d'un bébé, ils sonnaient plutôt comme ceux d'un enfant.

Comment pouvait-il réconforter un enfant ? Au fond de lui, il voulait retourner dans sa chambre, mais les cris qu'il entendait avaient fait ressurgir des souvenirs enfouis et l'avaient tétanisé sur les marches.

Andrej leva la tête lorsqu'Emma ouvrit la porte. Il la regarda, elle s'était arrêtée dans le couloir, juste le temps d'identifier d'où provenaient les cris. Elle courut à la porte de Lily et Peter, l'ouvrit en un clin d'œil puis pénétra dans la chambre, sans hésiter. Lorsqu'il vit avec quelle rapidité Emma avait réagi, il se sentit déterminé. L'avant-dernière marche gémit sous son poids lorsqu'il atteignit le palier. Après un léger moment d'hésitation, il resta immobile, devant la porte des enfants. Suffisamment proche de la porte pour voir et entendre. Il resta donc à cet endroit, qui lui permettait d'observer sans être vu.

Le clair de lune avait illuminé la pièce. Peter s'assit sur son lit, en se frottant les yeux. Emma se précipita du côté du lit de Lily et s'approcha de la petite fille en train de pleurer. Lily gémissait, en se balançant d'un côté et de l'autre, en pleine lutte acharnée pour se libérer des couvertures enchevêtrées.

« Lily, tout va bien ? » répondit Emma d'une voix douce tout en secouant gentiment les épaules de la petite fille. « Réveille-toi, mon ange. »

« Tante Emma ? » s'écria Peter, sorti de son lit, de l'autre côté de la chambre. « Qu'est-ce qu'il se passe ? » Il semblait parfaitement réveillé. « Il y a un problème avec ma sœur ? »

Emma plaça sa main sur le front de Lily. Elle fut soulagée de voir que la petite fille n'avait pas de fièvre. « Elle va bien, Peter. Retourne te coucher. C'est simplement un mauvais rêve. »

Emma s'assit au bord du lit de Lily et essaya de la réveiller. Les pleurs de Lily s'étaient calmés et sonnaient plutôt comme des gémissements. Quelques minutes plus tard, elle ouvrit les yeux. Elle balaya la pièce du regard avant de s'arrêter sur Emma. « Je veux ma Maman », sanglota la petite fille.

Emma tendit ses bras et enlaça la petite fille contre elle. Le cœur lourd de tristesse, elle se mit à bercer Lily, tout en émettant des sons apaisants.

« Tu ferais mieux de te calmer, Lily. Tu ne peux pas voir Maman », lança Peter d'un air détaché, de l'autre côté de la pièce. « Et d'ailleurs, Papa et Mamie non plus. »

« Ça suffit, chut, Peter », gronda Emma. « Bien sûr que tu peux la voir. Mais simplement pas ce soir, c'est tout. »

« Tu es sûre, Tante Emma ? » Lily se redressa et observa Emma avec de grands yeux. « Tu es absolument sûre que nous pourrons rentrer chez nous ? »

« J'en suis absolument et positivement certaine. » Emma sourit, d'un air rassuré tout en approchant sa main pour sécher les larmes de Lily. « Quand la guerre sera terminée et que nous retrouverons une vie normale, Peter et toi, vous rentrerez à la maison, avec vos parents et votre grand-mère. »

Au moment où elle s'entendit prononcer ces mots, une chose frappa Emma : pour les enfants, la guerre était normale. Ils étaient à peine assez âgés pour se souvenir de la situation d'avant, avant les raids aériens, les bombardements et les pénuries alimentaires ayant sévi en Grande-Bretagne.

« Maman me manque tellement. » Lily frotta ses yeux, somnolente. « Dans mon rêve, j'essayais de la retrouver, mais je ne trouvais pas mon chemin. Il y avait du brouillard et je me suis perdue. » Sa lèvre inférieure se mit à trembler.

« Tu manques tout autant à ta mère. C'est simple, je suis prête à parier qu'elle est en ce moment même, allongé dans son lit, réveillée, et qu'elle pense à vous deux. »

« Non, c'est faux », lança Peter de l'autre côté de la pièce. « Maman travaille de nuit à l'hôpital et elle dort le jour. Enfin sauf s'il y a des raids aériens dans la journée, alors là elle ne dort pas du tout. D'habitude, nous restons chez Mamie pendant la journée. »

Emma tourna son regard vers Peter, couché dans son lit. Il avait les bras croisés derrière la tête, et semblait parfaitement réveillé. Les enfants ne dormaient-ils donc jamais ? Elle espérait que si.

Elle se retourna vers Lily, qui semblait plus calme qu'elle ne l'était il y a quelques minutes.

« Réfléchissons à cela alors : si votre mère est réveillée la nuit, elle pense donc à vous. Et vous manquez à votre grand-mère dans la journée, à son réveil. Donc, peu importe le moment de la journée, que ce soit le jour ou la nuit, quelqu'un pense à vous chaque minute qui passe. Qu'en dites-vous ? »

« Cela me semble parfait », déclara Lily. Elle

s'allongea et se blottit contre son oreiller, un sourire aux lèvres pour se donner un air courageux.

Emma se leva et réarrangea les couvertures. « C'est bien douillet ? »

« C'est bien douillet ! » approuva Lily. Elle couvrit sa bouche pour bâiller.

« Et pour Papa ? » demanda Peter.

Emma soupira. Elle apprenait rapidement que les enfants pouvaient poser des questions très délicates. « Et Papa quoi, Peter ? »

« Quand est-ce qu'on va lui manquer ? »

Emma hésita. Elle ne savait rien de leur père et craignait de dire quelque chose de travers. Et pourtant, elle savait qu'elle devait trouver quoi dire pour le rassurer. « Je suis convaincue qu'il pense à vous tous, Peter, peu importe l'endroit où il se trouve et à quelle heure. »

Peter regarda Emma avec intensité. « Comment tu peux savoir cela, Tante Emma ? Je veux dire vraiment savoir ? »

Emma se rapprocha de son lit. Elle remonta les couvertures jusqu'à son menton et le borda soigneusement, avant de regarder son petit visage sérieux.

« Voilà ce que je peux te dire Peter : une mère pense toujours à ses enfants, elle les aime toujours, peu importe où ils sont. Toujours, toujours et toujours. »

Emma s'assit au bord du lit de Peter. Les deux enfants semblaient attendre la suite de son histoire. Elle n'avait aucune idée de ce qu'elle pouvait dire ensuite. Pour être honnête, il n'y avait aucun mot pour apaiser complètement leur inquiétude. Ils avaient plus de questions qu'elle n'avait de réponses.

« Et les pères ? » demanda Peter. « Un père aime toujours son fils ? »

L'estomac d'Emma se noua alors que le visage de Malcolm lui apparut en tête. Elle ferma les yeux pour oublier cette image. Cependant, rien de ce qu'elle pourrait faire n'effacerait de sa mémoire les mots que Malcolm avait prononcés, la première fois qu'il avait vu Patrick : « Ce pauvre bâtard n'a pas plus d'importance pour moi que sa putain de mère. » Malcom n'était pas un père. C'était une malédiction. Mais ce n'était pas l'objet de la question que les enfants lui avaient posée. « Oui, bien sûr. Votre père vous aime et pense à vous, à chaque minute qui passe, sans exception. J'en suis plus que certaine. »

Elle décida que le moment était venu de changer de sujet. « Alors, dites-moi ce que vous pensez du Cottage Laurel ? »

Les enfants échangèrent des regards révélateurs.

« Bien sûr, je sais que ce n'est pas votre maison », se reprit Emma « Pensez-vous vous y plaire en attendant de pouvoir retourner à Londres ?

« Oh oui, absolument », répondit Lily. « Du moment que nous pouvons rentrer chez nous un jour, nous serons très bien ici. N'est-ce pas Peter ? »

« Oui, Lily. » Peter avait l'air étrangement discret. Il était tombé si rapidement d'accord avec sa sœur...

« Qu'est-ce qu'il y a Peter ? » demanda Emma.

Il resta silencieux un moment. Il regarda Emma avec insistance avant de s'exprimer. Il réfléchissait à ses mots.

« Tu as dit que nous rentrerons un jour chez nous, Tante Emma. Et je crois Maman quand elle dit qu'elle viendra nous chercher à la fin des bombardements, mais elle n'a pas réellement le contrôle sur la situation, n'est-ce pas ? » Il s'assit sur son lit et plaça son oreiller derrière son dos. « Papa avait promis de faire attention à lui et aujourd'hui il a disparu. »

Ils restèrent assis, en silence. Emma était incapable de parler, une boule dans la gorge.

Son premier réflexe fut de lui débiter des

mots rassurants, mais elle s'arrêta. Les enfants étaient assez malins pour comprendre que ses promesses étaient vides de sens, et Dieu sait qu'elle avait assez menti ces derniers temps, et pour toute une vie. « Aucun de vos parents ne peut vous assurer de tenir sa promesse, Peter. Mais ils vous disent ce qu'ils espèrent voir arriver. Quand je vous ai promis que vous pourriez rentrer chez vous, je voulais dire que je vous promets que je vais réellement mettre tout en œuvre pour y arriver. Est-ce que tu comprends ? »

Peter hocha la tête d'un air grave, et Lily l'imita. Emma se leva et se dirigea vers la porte. « Y a-t-il autre chose que vous souhaitiez me dire avant de retourner dormir ? »

« Qu'est-ce qu'il y a pour le petit-déjeuner ? » demanda Peter.

Lily se mit à rire.

« Ne sois pas insolent, jeune homme. » Emma ne put s'empêcher de sourire. « Bonne nuit Peter. Bonne nuit Lily. Faites de beaux rêves. »

Emma ferma la porte avec précaution et reprit le chemin de sa chambre.

« Tout va bien ? »

Elle laissa échapper un cri de surprise, lorsqu'elle entendit la voix d'Andrej si proche d'elle.

Elle leva les yeux vers lui, grands ouverts. Ils se tenaient à quelques mètres l'un de l'autre.

« Excusez-moi Emma, je ne voulais pas vous faire peur. »

Elle referma la ceinture de sa robe de chambre. « Je ne vous avais pas vu arriver. » Elle attendait qu'il se rapproche d'elle, mais il restait à sa place.

« J'ai entendu un des enfants pleurer, n'est-ce pas ? »

Elle acquiesça.

« Ils vont bien maintenant ? » demanda-t-il.

« Oui, je peux même vous dire qu'ils sont retournés dans les bras de Morphée. Lily a fait un cauchemar. Je suis désolée qu'elle ait perturbé votre sommeil. »

« Non, pas du tout », la rassura-t-il. « Les enfants ont eu une journée longue et éreintante. »

Emma avait du mal à détacher son regard du sien. Se tenir ici, dans la pénombre, avec Andrej ne la rendait pas nerveuse. En revanche, elle était déconcertée. La nuance était difficilement explicable. « Oui, nous avons tous eu une journée difficile. »

Andrej l'observait comme s'il la voyait réellement pour la toute première fois. L'expression sur son visage était impénétrable. « Bonne nuit,

Emma », dit-il d'une voix grave et profonde. « Dormez bien. » Sans attendre sa réponse, il se tourna et rejoignit les escaliers.

Emma le regarda s'en aller. Elle attendit d'entendre la porte de sa chambre se refermer, avant d'entrer dans la sienne. Elle ferma la porte et s'appuya contre celle-ci, espérant que ses battements de cœur reprennent un rythme régulier. Après avoir récupéré son rythme cardiaque normal, elle se dirigea vers le berceau et borda Patrick avec les couvertures. Lily avait tellement crié que c'était un miracle qu'elle n'ait pas réveillé le bébé. Elle se pencha au-dessus du berceau et lui déposa un doux baiser sur les joues avant de se glisser dans son lit.

Mais le sommeil lui avait échappé alors qu'elle regardait fixement le plafond. Si elle se fiait à ses premières impressions, Joanna et William semblaient être de bonnes personnes. Le Cottage Laurel avait dépassé ses attentes et le luxe d'une nuit calme, sans entendre les sirènes de raid aérien, n'avait pas de prix à ses yeux.

En revanche, la présence d'Andrej n'était pas si facile à chasser de son esprit. Il l'avait sauvée des soldats dans la rue, elle lui était reconnaissante de ce geste. Dans le train, il lui avait évité de renverser de l'eau chaude sur elle et le bébé, et elle avait beaucoup apprécié son aide. Même à cet instant précis, lorsqu'il avait accouru pour vérifier que Lily allait bien, il avait été un parfait gentleman.

Mais leur cohabitation et leur collaboration étaient-elles réellement le fruit du hasard ? Malcolm n'avait rien à voir avec la présence d'Andrej au Cottage n'est-ce pas ? Alors qu'elle s'endormait progressivement, emmitouflée dans la couette en duvet de son lit et rassurée de savoir que Patrick était endormi, en sécurité à quelques mètres d'elle, Emma se mit à espérer très fortement que la venue d'Andrej au Cottage n'était qu'un simple hasard, et non pas une des combines de Malcolm.

EMMA SE RÉVEILLA D'UN SURPRENANT SOMMEIL réparateur, peu après le lever du soleil. Elle prit grand soin de ne pas faire de bruit, en emmaillotant le bébé, et se dirigea vers les escaliers. Elle ouvrit la porte d'entrée, puis s'arrêta pour écouter et vérifier que personne d'autre n'était levé. Aujourd'hui, elle devait se rendre au Manoir Laurel pour commencer son travail. Mais d'abord, elle devait rencontrer la femme que le docteur Graves lui avait recommandée en tant que nourrice. Il lui aurait été impossible de se concentrer si elle savait que Patrick avait faim.

La nuit dernière, lorsqu'Emma avait posé des questions à propos d'Iris Morrison, Joanna lui avait assuré qu'elle était charmante. *Elle ne pouvait être qu'admirable étant donné qu'elle avait déjà cinq enfants*, pensa Emma. William et Joanna avaient ri et échangé un sourire lorsqu'elle avait posé la question. Des émotions se mélangeaient dans sa tête et son cœur, alors qu'elle quittait le Manoir et se dirigeait rapidement vers la demeure des Morrison. À son grand soulagement, la maison était proche, et il lui serait facile de faire plusieurs allers-retours rapides par jour.

Will lui avait dit de chercher la maison avec le portail rouge et une clôture en fer recouverte de lierre, par-dessus laquelle au moins un enfant se balancerait. Comme prévu, la porte rouge était bel et bien devant ses yeux. Tout comme il l'avait deviné, quelqu'un était perché sur la clôture. Emma s'arrêta. « Bonjour. »

« Bonjour m'dame » répondit la petite fille. « Vous venez pour voir ma Maman ? »

« Si ta maman est Madame Morrison, alors oui c'est bien cela. » Emma regarda l'enfant. D'après son observation, la petite fille n'avait pas plus de cinq ans. De longs cheveux blonds, très propres, encadraient son visage, de manière désordonnée. Ses yeux bleus curieux observaient Emma à leur tour. « Peux-tu prévenir ta maman que j'aimerais la voir, s'il te plaît ? »

« Comment vous vous appelez m'dame ? » demanda la petite fille.

« Madame Bradley. »

La petite glissa pour descendre de la clôture, avec une telle précision qu'Emma devinait qu'elle avait l'habitude de s'y percher. Sans dire un mot, la fillette courut dans la maison, ouvrit la porte en un clin d'œil et entra, sans regarder derrière elle.

Emma observa le Cottage en attendant la venue de Madame Morrison. La maison semblait à l'image de la fillette : à la fois soignée et en désordre. Cependant, le jardin était très bien entretenu, heureusement étant donné le nombre de bouches qu'Iris Morrisson devait nourrir.

La porte d'entrée s'ouvrit et une autre fillette, légèrement plus jeune que la première, la salua et la fit entrer. Elle maintenait poliment la porte ouverte afin qu'Emma pénètre dans le Cottage. « Maman est dans la pouponnière avec mon petit frère, mais elle va vite revenir. Pouvez-vous l'attendre dans la pièce principale, s'il-vous-plaît ? »

« Bien sûr, merci. » Emma suivit cette fille

pieds nus, jusqu'à une porte d'entrée qui menait à une pièce claire, gaie, mais extrêmement désordonnée. Le soleil matinal brillait à travers les fenêtres. Pas un grain de poussière ne venait engloutir l'éclat de lumière. Des roses fraîchement coupées, dans un pichet, trônaient sur une table basse en bois. Pas une once de poussière sur celle-ci non plus. Emma fut prise d'une certaine curiosité. Quel genre de femme vivait dans un environnement si propre et chaotique à la fois ?

Elle eut à peine le temps de s'asseoir et de retirer les couvertures dans lesquelles Patrick était enveloppé, avant d'en savoir plus.

« Ravie de vous rencontrer, Madame Bradley. C'est un plaisir, un réel plaisir », dit Iris en naviguant dans la pièce. Naviguer était bien le mot pour décrire sa démarche. Iris semblait être légèrement plus âgée qu'Emma. Mais elle était deux fois, voire trois fois plus imposante, et tout aussi blonde et pâle que ses filles.

Iris se pencha sur Patrick et caressa son minuscule poignet. Emma était soulagée de voir la douceur de ses gestes, elle était confiante pour son travail. Cependant, elle ne s'attendait pas à ce qu'Iris attrape Patrick aussi vite, elle lui arracha des bras avant qu'elle puisse dire un seul mot.

« En voilà un petit chérubin », chantonna Iris

en s'installant sur le canapé, tout en évitant d'écraser un panier de poupées en papier mâché, que l'une de ses filles avait laissé traîner puis avait posé sur une pile de jouets en bois, sur la chaise sur laquelle elle s'apprêtait à s'asseoir.

« Je suis désolée de vous avoir fait attendre, Madame Bradley. Puis-je vous appeler Emma ? Je pense que nous allons devenir amies très vite, et que vous allez m'appeler Iris. Nous allons être amenées à nous voir assez souvent pour nourrir ce petit monstre, n'est-ce pas ? »

« Oh ! Je t'en prie, appelle-moi Emma. » Elle se sentait étrangement à l'aise en compagnie de cette femme désorganisée. « Je suis ravie que tu aies accepté de me rencontrer. J'étais inquiète de ne pas trouver de solution à mon… dilemme. »

Iris berça le bébé contre sa large poitrine. « Je produis tellement de lait qu'on pourrait me confondre avec une vache laitière. Mais j'ai rencontré d'autres femmes qui ont eu des difficultés. Je suis ravie d'aider. »

Le sourire d'Iris était si lumineux et ses manières si authentiques, qu'Emma ne put s'empêcher de sourire. Peu de femmes parmi celles qu'elle avait rencontrées se qualifieraient de « vache », même sur le ton de la plaisanterie.

En moins d'une heure, Emma avait appris

beaucoup de choses sur la vie d'Iris Morrison. Malgré le chaos qui régnait dans la maison, elle pouvait clairement affirmer que ce foyer respirait le bonheur. Iris avoua à Emma qu'elle avait jeté son dévolu sur Robert Morrison, un veuf bien plus âgé, sans enfants, lorsqu'elle avait été engagée comme gouvernante.

« Je l'ai convaincu de donner une seconde chance au mariage. Il était réticent au début, mais je suis une femme à qui il est difficile de résister », dit Iris avant de faire un clin d'œil. « Et nous voici sept ans plus tard, avec Roberta, Rachel, Rosemary, Roxanne et notre petit dernier : Robert. »

« Ton mari est en service ? » demanda Emma.

Iris se mit à rire. « Mon Dieu, non ! Il est bien trop âgé. Il travaille avec le service de défense civile des pompiers à Londres. Et moi qui pensais que l'un des avantages à épouser un homme plus âgé était de ne pas avoir à s'inquiéter qu'il parte au combat. » Elle soupira. « Remarque, j'étais soulagée d'apprendre qu'il allait simplement à Londres et non dans un endroit abandonné comme l'Afrique du Nord. Mais le réseau sans fil de Londres m'a privée de ce confort. Est-ce vraiment si terrible là-bas ? »

Emma hocha la tête. « La contribution de ton mari y est cruellement nécessaire. »

Les deux femmes s'assirent en silence, un long moment. Emma était ravie qu'Iris ne lui ait pas posé plus de questions. Elle ne voulait pas parler des bombes, des incendies ou des destructions qui allaient suivre, pas maintenant.

Iris changea de bras pour tenir Patrick. « Maintenant, à toi. Parle-moi de ton jeune homme. »

Emma s'agita sur sa chaise. Le fait d'avouer qu'elle n'était pas mariée devrait venir plus naturellement, avec le temps non ? Cela faisait des années maintenant qu'elle était dans cette situation, elle ferait mieux de s'y habituer. « Je ne suis pas mariée. »

« Oui, le " Mademoiselle " devant ton nom m'avait mis sur la voie, Emma. » Elle fit un signe de tête en direction de Patrick. « Il n'est pas né dans le nid d'une cigogne pour autant, rassure-moi ? » Elle regarda Emma dans les yeux. « Mais si tu ne veux pas en parler aujourd'hui, il n'y a aucun problème. Demain est un autre jour. »

L'espace d'un instant, pendant une courte seconde, Emma était tentée par l'idée de se confier à Iris. Mais après avoir jeté un œil à Patrick, elle se ravisa et décida de rester silencieuse. Si elle voulait assurer leur sécurité à tous les deux, elle devait mentir, c'était la seule solution.

Une fois la question évitée, la conversation se recentra sur les raisons de sa venue. Elles réfléchirent à un emploi du temps : Emma amènerait Patrick trois fois par jour chez Iris, le matin, le midi et le soir.

« Je ferai un petit tour au Cottage Laurel une fois par jour, pour le nourrir une nouvelle fois. De cette manière, les enfants et moi pourrons en profiter pour faire une promenade agréable. »

« Je travaillerai au Manoir durant la journée, et Patrick sera avec moi. »

Iris secoua sa main. « Aucun problème, nous pouvons tout aussi bien nous rendre sur votre lieu de travail. Dieu sait qu'il y a de la place au Manoir. Mes enfants auront tout le loisir de courir pendant que je nourris Patrick. » Elle regarda Emma d'un air pensif. « Ton patron est-il au courant de ton intention d'emmener Patrick sur ton lieu de travail ? »

« Pas encore », avoua-t-elle. « C'est mon prochain défi. »

Emma fut soulagée lorsqu'Iris parvint à nourrir Patrick sans trop d'encombres. Elle craignait que le bébé ait été habitué trop longtemps au biberon. Elle accepta, avec reconnaissance, de récupérer l'enfant lorsqu'Iris eut terminé.

Le bébé se blottissait contre sa poitrine tandis

qu'Emma faisait signe à Iris, pour lui dire au revoir. Elle se dirigea à nouveau vers le Cottage Laurel, heureuse de s'être trouvé une nouvelle amie en la personne d'Iris. Emma se fiait beaucoup à son instinct lorsqu'elle rencontrait une personne. Elle remettait rarement en question son jugement.

L'image de Malcolm lui réapparut à l'esprit et elle fronça les sourcils. Lorsqu'elle l'avait rencontré pour la première fois, son estomac s'était noué. Il était bien trop arrogant lorsqu'il avait été présenté au groupe de secrétaires. Il regardait chaque femme, une par une, comme du bétail. Ce qu'il considérait comme du charme, elle le percevait comme une ruse et une stratégie pour déstabiliser. Elle espérait une chose : que sa cousine, la douce et aimante Patricia, ne se laisse pas entraîner par cet homme.

EN HAUT DE LA PLUS BASSE BRANCHE DE L'ARBRE DE la cour, Peter était assis et balançait ses jambes. Il était censé commencer les cours à l'école dans quelques heures, avec sa sœur. Il n'était pas vraiment nerveux, mais il était certainement moins impatient que sa sœur. Il laissa Lily discuter avec

Tante Joanna dans la cuisine et se mit à la recherche d'un endroit calme.

Il aimait Lily, il l'aimait vraiment, mais de temps en temps, il avait besoin de passer du temps loin d'elle. De plus, il n'avait jamais vu d'arbres aussi haut à Londres, près de son appartement, et il avait toujours voulu grimper en haut de l'un d'eux.

Peter se calma lorsqu'il entendit le bruit des feuilles craquer sous ses pieds. Il se pencha en avant et regarda en bas. Tante Emma se tenait à la porte, observant la maison comme si elle ne la voyait pas réellement de ses yeux. Les adultes peuvent être tellement bizarres. Il ouvrit la bouche pour l'appeler, mais se ravisa et s'abstint. Si Tante Emma l'apercevait en haut de son arbre, alors peut-être qu'elle lui interdirait de recommencer. Non, il valait mieux qu'il reste silencieux.

Puis, il entendit la voix d'Emma. Elle parlait à Patrick, et d'une manière ou d'une autre, le son monta jusqu'à ses oreilles. Comme il ne comprenait pas ses mots, il se mit à écouter attentivement.

Un froncement de sourcil vint creuser son front. Pas la mère de Patrick ? Il n'était pas sûr d'avoir bien entendu. Mais Tante Emma était en train de parler de la mère de Patrick. Peter se pencha en arrière et ferma les yeux. Il espérait qu'elle emmène Patrick à l'intérieur du Cottage. Il avait l'impression d'avoir écouté aux portes, mais c'était faux. Il était là en premier. Il ouvrit à nouveau ses yeux lorsqu'il entendit la porte se fermer. Il compta jusqu'à cent avant de descendre de l'arbre et de se diriger tranquillement vers le Cottage.

Si Tante Emma n'était pas la mère de Patrick, alors qui était-elle ? Et pourquoi aurait-elle menti en affirmant que Patrick était son bébé ? Cela n'avait aucun sens et Peter voulait comprendre ce qu'il venait d'entendre. Pour obtenir une vraie réponse, sa seule solution était de demander à un adulte.

Mais auquel ?

CHAPITRE 6

« Descendez-moi la chienne ! » Malcolm Shand-Collins leva sa main pour dissuader sa secrétaire particulière, qui se tenait devant son bureau, de s'opposer à sa décision. Sa patience avait déjà atteint ses limites et la journée ne faisait que commencer. Cela ne présageait rien de bon pour la suite. « Je me fiche des détails. Faites-le, c'est tout. »

Il reporta son attention sur la paperasse qui traînait sur son bureau et attendit que tous les autres hommes quittent la pièce.

« C'est un petit peu extrême, vous ne pensez pas, Monsieur ? » Une voix tenta timidement de raisonner Malcolm. « Elle n'est pas obligée de mourir ? Il y a sûrement une autre option ? »

Pourquoi diable était-il constamment entouré de personnes effrayées par leurs propres ténèbres ? Timides, pleurnichardes et faibles. Bon sang, il avait l'impression que tout le monde autour de lui conspirait pour le pousser à bout.

« Je ne veux pas entendre un seul mot sur la gentillesse, la compassion ou toute autre stupidité. » Malcolm jeta son stylo et poussa sa chaise, loin de son bureau. Il s'approcha de la fenêtre et contempla le jardin de sa propriété de campagne, dans le Nord, à une heure de Londres. Il aurait dû rester dans la capitale et réfléchir avant de travailler depuis chez lui, entouré d'idiots. Il devait concentrer toute son attention sur son travail. Un faux pas pouvait s'avérer fatal. Et puis, une question urgente restait en suspens : qu'allait-il bien pouvoir faire de son bâtard de fils ? Que pouvait bien avoir mijoté Emma ? Il fronça les sourcils.

Il avait accepté de la laisser quitter Londres avec le bébé et n'avait pas cherché à la retenir, car sa proposition de le faire disparaître l'arrangeait bien.

Il s'approcha de son bureau et tira le tiroir du bas pour l'ouvrir. Le revolver lui paraissait froid au toucher, mais il appréciait la sensation, le poids et la puissance de cet objet. Il tendit sa main au-dessus du bureau pour remettre l'arme à la secrétaire.

« Prends ça », dit-il en claquant des doigts. « Je compte sur toi pour finir le travail. »

« Vous ne voulez pas lui dire au revoir ? »

Malcolm baissa les yeux vers la femelle Springer anglais qui se tenait près de lui, sage. Elle agitait sa queue, ses yeux fixés sur lui. Nuisance maudite. Au moins, quand elle ne sera plus là, il n'aura plus à s'inquiéter de trébucher dessus. Elle le suivait partout constamment. Il détestait le sentiment d'être suivi.

« Non ! » Malcolm fit un signe de la main en guise de rejet « Et que cela saute ! Nous devons nous occuper de toutes ces lettres. » Il attrapa le courrier du matin et déchira la première enveloppe.

Il entendit la porte se refermer, jeta la lettre sur le bureau, s'adossa à sa chaise et ferma les yeux. Une image d'Emma vint narguer son esprit. La dernière fois qu'il l'avait vue, elle l'avait fortement menacé. Il s'attendait à ce qu'elle soit en colère. En revanche, il ne s'attendait pas à son attitude défiante. Il avait pu lire des étincelles dans ses yeux et elle avait serré le bébé contre sa poitrine, si fort, comme si Malcolm était le diable en personne. Sa furie sautait aux yeux, certes. Mais qu'en était-il de ses menaces ? Avait-elle des preuves de son lien avec les Allemands ou était-ce un coup de bluff ?

Comment avait-il pu se montrer aussi stupide pour se retrouver piégé de la sorte ? Cela n'avait plus aucune importance maintenant, il devait trouver un moyen de s'en sortir avant que le piège ne se referme sur lui. Il faut tout de même avouer qu'il avait réussi à éliminer Patricia, pourtant très futée. Cela signifiait qu'il pourrait aisément recommencer avec Emma, mais sous réserve de patience et d'organisation. Peut-être était-il plus rusé de lui faire croire qu'il la laisserait tranquille ?

Un coup de feu retentit alors que Malcolm s'approchait du combiné. Il resta de marbre et demanda à être mis en relation avec un numéro enregistré à Brighton.

EMMA FRAPPA À LA PORTE DE SON NOUVEAU bureau et l'ouvrit avant que quelqu'un ne réponde. Elle était en retard, ce qui n'était pas très professionnel pour son premier jour, mais elle voulait voir, de ses propres yeux, le départ de Peter et Lily à l'école.

« Bonjour », dit-elle en saluant les deux hommes présents dans la pièce. « Veuillez excuser mon retard. » Elle sourit d'abord à Andrej, avant de se tourner vers le jeune aviateur, qui se tenait en face de lui. « Je suis Emma Bradley. »

« Ravi de faire votre connaissance, Madame Bradley », répondit le jeune homme, souriant, avant de lui serrer la main.

« C'est Mademoiselle Bradley », le corrigea Andrej avant qu'Emma ne le fasse d'elle-même. « Emma, voici le Capitaine Stuart Tollison. C'est l'assistant du Lieutenant-Colonel Blythe. »

« Ravie de vous rencontrer, Capitaine Tollison. »

Il lui sourit de manière amicale : « Je vous en prie, appelez-moi Stuart. »

Andrej se tourna vers l'horloge.

« Vous avez manqué le Lieutenant-Colonel, Emma. Mais ne vous inquiétez pas, il a été appelé à l'aérodrome. »

« Je n'étais pas inquiète du tout », répondit Emma en souriant. La journée avait si bien commencé. Il aurait été stupide qu'elle se fâche déjà avec Andrej. « Je devais être là pour voir les enfants partir à l'école. » Elle reporta son attention vers l'aviateur, déterminée à changer de sujet. «

C'est donc dans cette pièce que nous allons travailler ? »

Ce changement de sujet permit à Stuart de leur présenter les locaux de leur nouvel espace de travail. Emma l'écouta attentivement, tout en le suivant. Il expliquait que la pièce dans laquelle Andrej et elle se trouvaient était autrefois un conservatoire. Il s'arrêta en face d'un grand piano.

« Nous avons débarrassé la pièce de tous les meubles appartenant à l'ancien propriétaire, mais le piano, lui, était trop difficile à déplacer. » Stuart fit glisser ses doigts, bruyamment, sur les touches du clavier. Emma avait remarqué qu'Andrej grimaçait. « Bien sûr, lorsque le Commandant Blythe a appris que Monsieur Van der Hoosen travaillerait ici, le piano semblait de nouveau tout à fait à sa place. »

Emma regarda Andrej pour essayer de voir s'il comprenait ce que Stuart était en train de dire, mais ne croisa pas son regard. Elle se tourna vers Stuart. « Pourquoi dites-vous cela ? »

« Rien d'important. » Andrej évita sa question.

« Capitaine, je suis plus que nerveuse à l'idée de commencer ma première mission. Savez-vous, à tout hasard, quand nous pourrons rencontrer le Lieutenant-Colonel Blythe ? »

« C'est difficile à dire, pour être franc. Il a un emploi du temps très chargé, même les jours les plus calmes. » Il fixa le centre de la pièce. « Je peux vous faire parvenir un message au Cottage lorsqu'il revient, si vous préférez attendre là-bas ? »

« Non. »

« Non. »

Emma et Andrej refusèrent immédiatement la proposition, en chœur. Leurs deux refus avaient résonné à l'unisson.

« J'attends quelqu'un qui doit venir ici », expliqua Emma.

Stuart fit un grand sourire. « Très bien. Il faut juste que je vous montre une dernière chose avant de me remettre au travail. » Il montra du doigt la large série de fenêtres vitrées qui donnaient sur la pelouse du côté sud du Manoir. « Cette pièce n'est pas bien équipée en cas de black-out. Demain, nous viendrons installer un panneau isorel, mais vu la forme des fenêtres, nous ne pouvons garantir une totale obscurité. C'est pourquoi une autre pièce vous a été réservée, pour tous travaux devant avoir lieu après le coucher du soleil. Suivez-moi, je vais vous la montrer. »

Emma, accompagnée d'Andrej juste derrière

elle, suivait le jeune capitaine jusqu'à une série de portes en chêne sculpté, au nord de la pièce. Elle entra. À l'image de la grandeur du conservatoire, la pièce était très agréable, plus confortable qu'elle ne l'aurait imaginé. Elle répondait parfaitement à ses attentes.

Il n'y avait qu'une seule petite fenêtre. Elle était assez large pour éclairer la pièce, mais trop fine pour laisser passer quelqu'un. Elle se baissa pour vérifier que le loquet était solide. Il l'était. Parfait. Elle se mit à compter silencieusement ses pas. Tout allait bien.

Lorsqu'elle se tourna, elle s'aperçut qu'Andrej était en train de l'observer. Heureusement pour elle, Stuart était toujours en train de parler, elle s'approcha donc de lui. Elle devinait que le Capitaine Tollison avait à peu près son âge. Il avait peut-être un an ou deux de plus, mais pas moins. Peu importe l'âge qu'il faisait, il semblait bien plus jeune qu'Andrej. Entre son attitude enjouée, son sourire enjôleur et son air innocent, il ne ressemblait en rien à Andrej, qui s'était montré fatigué et constamment sur ses gardes.

« Avez-vous besoin d'autre chose avant que je parte ? » demanda Stuart.

« Non, je vous remercie Capitaine. » Andrej se dirigea vers les lourdes portes en bois menant au couloir, et maintint la porte ouverte d'un côté.

« Attendez, Capitaine Tollison. »

« Stuart, je vous en prie. »

Emma sourit chaleureusement. « Oui, Stuart. J'attends un colis aujourd'hui. Pourriez-vous m'informer si vous voyez une personne au portail, s'il vous plaît ? J'ai peur de manquer son arrivée. »

« Oui, bien sûr Madame Bradley. »

« Emma », s'écria-t-elle. « Haha, vous m'avez bien eue, bien joué ! »

Stuart hocha la tête, l'air amusé. « Je vous informerai sur-le-champ, Emma. » Il partit avant de faire un autre grand sourire à Emma, suivi d'un petit signe en direction d'Andrej.

Lorsque la porte se referma derrière lui, Emma se retourna face à Andrej. « Nous devrions commencer, non ? »

Il ne lui répondit que par un simple haussement de sourcils. Il l'observait longuement, sans dire un mot, et Emma essayait de ne pas montrer son embarras face à son regard insistant.

« Vous comptez m'en dire plus à propos de cette livraison que vous attendez ? Ou de la personne qui vient vous rendre visite ? »

Sa voix était grave, contrôlée, et son accent

était drôlement attirant, d'après elle. Pourtant, tous les mots qu'il prononçait sonnaient exactement pareil et ne trahissaient pas sa pensée. À quoi pouvait bien ressembler sa voix lorsqu'il se mettait en colère ? Ou bien quand il était heureux ? Quel timbre avait-il au réveil ? Elle secoua la tête. Elle se mettait à avoir des pensées dangereuses. Il était séduisant, et c'était une raison de plus pour rester sur ses gardes.

« Monsieur McAffie doit m'apporter un petit quelque chose. » Elle se tourna et balaya la pièce du regard. Contrairement au salon principal, le conservatoire avait été débarrassé de tous les meubles et tapis. La petite pièce était désormais très chaleureuse. « Je me demande bien pourquoi une si petite pièce a été construite juste à côté de celle-ci... »

« J'imagine qu'elle a été créée pour garantir une meilleure acoustique. Une pièce de cette superficie n'offrirait pas un son aussi authentique que l'autre. »

« *Enfin* », pensa Emma. Enfin une petite information personnelle à son sujet. Il s'y connaissait en musique. Elle repensa alors à la référence que Stuart avait faite, plus tôt, à propos d'Andrej et du piano. Mais oui, c'est évident ! Elle sourit d'un air triomphant : « Vous êtes professeur de piano, c'est bien cela ? »

Ses sourcils se levèrent. « Mais qu'est-ce que vous me racontez là ? »

« Vous ne m'avez donné aucun indice sur le poste que vous occupiez avant la guerre. » Emma était fière d'avoir réussi à dire cette phrase. À en juger par le visage d'Andrej, elle n'était pas loin de la vérité. Bien.

« Je dois avouer que je me suis retrouvé en face d'un piano, une ou deux fois auparavant », admit Andrej. Un sourire en coin se dessina sur les commissures de ses lèvres. « Y a-t-il autre chose que vous aimeriez savoir à propos de moi, Emma ? »

« *Travaillez-vous pour l'homme que je déteste ?* » Évidemment, elle ne pouvait lui poser la question frontalement. Si Andrej travaillait bien pour Malcolm, il mentirait à coup sûr. Et si au contraire, il n'avait aucun lien avec lui, elle lui aurait accidentellement révélé des informations sur sa vie avec cette question. Or, elle ne souhaitait pas qu'il soit au courant. « Pas pour le moment », dit-elle, en contournant la vérité. « Nous devrions parler de la mission qui nous attend, ne pensez-vous pas ? »

UN COUP RETENTIT SUR LES PORTES VITRÉES QUI se trouvaient derrière Andrej, ce qui le fit sursauter. Il se tourna depuis le bureau qu'il s'était improvisé et regarda derrière lui pour voir qui avait tenté de le déranger. Ses yeux s'écarquillèrent lorsqu'il aperçut une femme forte, blonde, qui lui faisait de nombreux signes pour lui demander d'ouvrir la porte. Dans l'un de ses bras, elle berçait ce qui lui apparut être un bébé, puis il vit dans ses jupes, un enfant puis deux, et bon sang… n'était-ce pas un troisième ? Un quatrième, une fillette légèrement plus âgée se tenait à ses côtés et portait, elle aussi, un autre bébé !

Andrej prit une grande bouffée d'air frais. Cette femme n'avait quand même pas l'intention d'envahir son bureau ? Il regarda par-dessus son épaule, mais Emma n'était toujours pas rentrée de sa visite du Manoir. Le jeune Capitaine Tollison avait passé sa tête dans la pièce tellement de fois ce matin, qu'Andrej en avait perdu le compte. Pour chaque petite question ou suggestion qu'il leur faisait, il s'adressait directement à tous les deux, mais il n'avait d'yeux que pour Emma. Finalement agacé par les tentatives flagrantes de Stuart pour attirer l'attention d'Emma, Andrej lui avait conseillé de se joindre au Capitaine pour visiter le bâtiment, et par la même occasion pour se sortir de cette situation.

À cet instant, il regrettait d'avoir été si impétueux. Si Emma était là, elle aurait su recevoir cette femme et son petit entourage, bien mieux que lui. Il reporta son attention sur les documents qui se trouvaient devant lui. Peut-être que s'ils les ignoraient, ces derniers partiraient tout simplement. Après quelques longues minutes, il regarda derrière lui pour voir s'ils étaient toujours là. Ce qu'il vit le fit bondir de sa chaise. Il aperçut quatre petits poings recourbés en l'air, prêts à taper contre la vitre. Il traversa vite la pièce et vint pour ouvrir la porte.

« Ce n'est pas trop tôt, mon cher Monsieur », dit la femme en passant devant lui. Les enfants la suivirent sagement, le regard curieux. « Nous sommes ici pour voir Mademoiselle Bradley. »

Mais oui, c'était sûrement les invités qu'Emma attendait. Mais pourquoi n'avait-elle pas attendu ici ? Ah oui, il l'avait envoyée se promener avec Stuart.

« Mademoiselle Bradley s'est absentée pour le moment », répondit Andrej. « Je vous invite à laisser un mot et je veillerai à le lui communiquer. »

« Je suis Iris Morrison. » La femme agita sa main pour désigner ses petites protégées aux che-

veux clairs. « Ces petits anges sont mes filles. »
Elle se pencha vers Andrej et observa attentivement son visage. « Oh, je vous connais vous… »

Andrej gémit intérieurement. Il n'avait aucune
idée de qui pouvait bien être cette femme. Mais à
en juger par sa mine réjouie, elle l'avait reconnu.

« Andrej Van der Hoosen, LE Andrej Van der
Hoosen, en chair et en os. » Elle plaça la main qui
lui restait de libre sur son cœur. « Quel honneur
de vous rencontrer. » Elle lui lança un large sourire : « Mon mari et moi sommes allés à Londres
pour vous voir en concert, deux fois pour être
exact. C'est tout bonnement un véritable miracle
de vous croiser ici. »

« C'est un plaisir de faire votre connaissance,
Madame. » Andrej se pencha légèrement, faisant
mine de leur tirer la révérence. Les quatre petites
filles se mirent à glousser. Fort heureusement, les
deux bébés ne pleuraient pas. Andrej se pencha
pour voir de plus près le bébé que tenait la
fillette plus âgée. La couverture ressemblait
beaucoup à celle dans laquelle Emma enveloppait
Patrick.

Cette femme était-elle la nouvelle nourrice de
Patrick ? Bien sûr que non, elle était déjà bien dé-
bordée avec tous ces enfants. Andrej réalisa qu'il
n'avait pas pensé à demander à Emma comment

elle comptait s'organiser pour faire garder son fils, pendant son travail.

« Je suis venue pour rendre Patrick à Emma », répondit Iris, avant qu'il ne pose sa question.

« Comme je vous l'ai dit plus tôt, Mademoiselle Bradley n'est pas là pour le moment. » Andrej se dirigea vers la porte et attrapa la clenche. « Voulez-vous que je vous appelle lorsqu'elle est prête à récupérer l'enfant ? »

Iris fit un large sourire tout en ignorant la porte qu'il maintenait ouverte. Plutôt que de quitter les lieux, elle se mit à marcher au centre de la pièce obscure. « Vous voudriez bien nous jouer un petit morceau, rien que pour nous, Monsieur Van der Hoosen ? » Iris s'arrêta devant le piano et fit courir ses doigts avec amour sur les touches. « Ma préférée, c'est Sonate pour piano n° 1 de Mozart, en do majeur. Les filles, venez ici et écoutez. »

« Malheureusement, vous ne pouvez pas rester ici, Madame Morrison. Je suis au beau milieu d'un projet important », inventa-t-il.

« C'est ridicule. »

« Pardon ? » répondit-il d'emblée, sans réfléchir à ses paroles. Il ne réussit à prononcer que ce mot, tant sa surprise était grande.

« Emma m'a informée hier qu'il s'agissait de

121

votre première journée de travail. Par conséquent, je doute fort que le projet sur lequel vous
travaillez soit aussi important à ce stade, et que
vous n'ayez même pas quelques minutes à nous
consacrer pour nous faire profiter de votre
talent. »

Andrej toussa discrètement. « Nous sommes
dans un contexte de guerre, Madame Morrison. »
Sa réponse sonnait plus pompeuse qu'il ne le pensait, mais pour être honnête, il l'avait trouvée tout
aussi pompeuse lorsqu'elle l'interrompait.

« Je suis parfaitement au courant que nous
sommes en guerre, Monsieur Van der Hoosen.
Les maigres rations auxquelles j'ai droit pour
nourrir mes enfants me le rappellent chaque
jour. » Elle leva le menton et le regarda droit dans
les yeux. « Si vous voulez mon avis, les circonstances dans lesquelles nous sommes forcés de
vivre, constituent une raison de plus pour appré-
cier et profiter de la beauté du monde tant que
nous le pouvons encore. »

Face à cet argument, Andrej ne pouvait rien
dire. Il tourna son regard vers le piano, puis enfin
vers la femme qui se trouvait devant lui. Il tira le
banc et s'assit face aux touches du piano.

« Bien joué, Madame Morrison. La sonate que
vous avez évoquée s'avère être également ma pré-

férée. » Il étira ses doigts puis les fléchit. « Je dois vous demander de bien vouloir comprendre que je suis ici au Manoir Laurel dans l'optique de soutenir l'effort de guerre, et non en tant que pianiste. Est-ce bien clair ? »

Iris secoua la tête d'un air enthousiaste, le regard malicieux. « J'adore les secrets, Monsieur Van der Hoosen. Vous n'avez absolument pas à vous inquiéter. Nous ne dirons à personne que nous savons qui vous êtes, n'est-ce pas les filles ? » Les quatre filles murmurèrent un « oui ». « Cependant, si vous souhaitez cacher votre identité à Emma, je vous suggère de commencer à jouer avant qu'elle ne revienne. »

Andrej ouvrit la bouche pour protester, mais décida d'avaler sa salive plutôt que de répondre. Madame Morrison avait raison. Elle l'avait dit sur un ton beaucoup trop familier, lui avait un peu trop forcé la main, mais elle avait définitivement raison.

Il ferma ses yeux et plaça délicatement ses mains sur les touches en face de lui. Une sensation familière dans son cœur vint l'animer lorsqu'il déplaça ses doigts au rythme de la musique. Ce sentiment le rassurait à chaque fois et il sentait que toutes ses tensions disparaissaient au contact du piano. Toute sa vie, il avait cherché et trouvé refuge dans la musique, c'était la seule constante dans sa vie.

Lorsqu'il arriva à la fin du morceau, il se releva et regarda son modeste public.

Il ne s'attendait pas à voir des larmes couler sur le visage d'Iris. Il se sentit touché par cette flagrante preuve d'amour envers sa musique.

« Pouvons-nous applaudir, maintenant Maman ? » demanda une des enfants.

Iris hocha la tête. « Oui, bien sûr trésor. C'est la meilleure façon de remercier ce maestro pour ce si joli cadeau. »

Les petites filles applaudirent, de manière enthousiaste. Andrej dut se racler la gorge avant de s'exprimer, de peur que sa voix ne trahisse son émotion. Auparavant, il n'avait jamais réellement apprécié la différence entre le fait de jouer pour un modeste public et celui de jouer face à une centaine de personnes.

Les portes derrière lui s'ouvrirent. Il se retourna. Emma était de retour. Il observa l'expression sur son visage pour essayer de comprendre à quel point elle avait entendu la conversation.

« Il semblerait que j'ai manqué quelque chose. » Elle sourit au petit groupe, mais Andrej remarqua que ses yeux s'étaient instantanément dirigés vers Patrick. Il l'observa alors qu'elle approchait d'Iris pour récupérer son fils. Sa joie se lisait sur son visage, elle était indéniablement heureuse.

Une forte tristesse se fit ressentir dans la poitrine d'Andrej. C'était merveilleux de voir cette dévotion qu'Emma portait à Patrick. Sa propre mère l'avait-elle regardée avec autant de joie ? Il en doutait fortement. Quelle mère pouvait ressentir une telle joie en voyant son fils et l'abandonner ensuite ?

Emma s'assit sur le banc à ses côtés, elle tenait Patrick dans ses bras. Elle sourit à Andrej, d'un air taquin. « Je peux choisir un morceau moi aussi ? »

Iris lui évita de répondre à la question, en s'immisçant dans la conversation. « Ce pauvre homme va avoir besoin de pas mal d'entraînement avant d'être prêt à faire des représentations, crois-moi Emma. » Iris fit un clin d'œil à Andrej et mit sa main sur la bouche de sa fille cadette avant qu'elle ne proteste. « N'est-ce pas trésor ? » Une fois que la petite fille eut donné son accord, Iris retira sa main.

Stuart passa sa tête à la porte. « Emma, ton colis est arrivé. Où est-ce que tu veux que je demande à mes employés de l'installer ? » Andrej gesticula. *Installer quoi* ? Il avait été tellement distrait par les invités qu'il avait complètement oublié la livraison d'Emma.

« Merveilleux, Stuart. Merci d'être venu m'en informer. Peux-tu leur demander de l'apporter ici, s'il te plaît ? Non, j'ai une meilleure idée, je vais venir. » Emma se leva, changea de bras pour tenir Patrick et le porta sur son épaule.

« Monsieur Van der Hoosen, pourquoi ne porteriez-vous pas le bébé pour Emma ? » demanda Iris. « C'est juste pour quelques minutes, cela ne vous embête pas ? »

Si ça l'embêtait ? Évidemment que oui. Il avait encore du mal à s'habituer à la vue d'un nourrisson, et maintenant voilà qu'elle voulait qu'il en touche un pour de vrai ? « J'ai peur de ne pas savoir m'y prendre », rétorqua-t-il.

« Il n'y a rien de bien compliqué, pour être franche », sourit Iris. Elle fit signe à Emma de donner le bébé à Andrej. « Je vous conseille de rester assis, Monsieur Van der Hoosen. Ainsi, le bébé tombera de moins haut si vous le faites tomber », dit-elle sans cacher son amusement.

Il lui lança un regard noir.

« Vous venez, Emma ? » Stuart pénétra dans la pièce. « Je vous porterai votre bébé, cela ne me fait pas peur. »

Andrej fit un geste pour éloigner Stuart. « Je

m'en occupe, Tollison ». Il regarda Emma. « Je suis prêt. »

Iris rit à pleine voix. « Eh bien, ouvrez donc les bras, mon brave. »

Iris déposa délicatement Patrick dans le creux des bras d'Andrej. « Vous devez simplement garder votre bras ici, dans cette position. » Elle attrapa sa main droite et le guida pour entourer le bébé. « C'est tout ce que vous avez à faire. Vous devez simplement vous accrocher à lui, comme s'il était l'être le plus précieux à vos yeux. »

Andrej retint sa respiration alors qu'Emma guidait les déménageurs, qui portaient l'énorme caisse, vers la plus petite salle qu'ils avaient visitée plus tôt. Stuart se tenait très près d'Emma. Andrej avait compris que cette attitude envers elle allait être récurrente chez le jeune homme désormais. Pour être honnête, il ne pouvait pas blâmer Stuart d'être attiré par Emma. Elle était magnifique. Elle était si pleine de vie, chaleureuse, qui pourrait bien résister à l'envie d'être près d'elle ?

Andrej prit son courage à deux mains et observa le bébé dans ses bras. Patrick le fixait avec de grands yeux intenses. Les bébés avaient-ils une bonne vue à cet âge-là ? Honnêtement, il n'en avait pas la moindre idée. Il le fixa à son tour, étudiant tous ses traits. Il était subjugué par la forme si parfaite de son visage, minuscule et pourtant si bien proportionné.

Il sursauta lorsque les portes vitrées s'ouvrirent et que Peter et Lily entrèrent dans la pièce. Ils portaient leur uniforme scolaire, leurs cartables toujours sur le dos. Ils vinrent se poster devant Andrej. Il s'efforça de trouver quoi leur dire, mais ce fut plus difficile qu'il ne s'imaginait. « Comment s'est passée l'école ? » finit-il par demander.

Lily sourit. « C'était super ! L'école est tellement plus petite qu'à Londres. Et le travail est plus facile ici, je trouve. »

Il jeta se tourna vers Peter. C'était inhabituel que ce garçon reste si silencieux. Peut-être que sa journée n'a pas été aussi agréable que pour Lily. Les premiers jours dans une nouvelle école sont rarement faciles. Lorsqu'Andrej comprit clairement que Peter n'allait pas répondre, il présenta les enfants à Iris. À son grand soulagement, elle les guida vers ses filles afin de les présenter à son tour.

Quelques minutes plus tard, il sentit qu'une main était en train de tirer sa manche. Peter était de retour.

« Nous avons un problème, Monsieur Van der Hoosen. »

Andrej ne comptait plus le nombre de fois où il s'était retrouvé dans des conversations commençant par le mot « nous ». Il n'était pas sûr d'être prêt à se confier.

« Qu'est-ce qui se passe Peter ? Tu n'aimes pas ta nouvelle école ?

« Si, elle est bien. »

« C'est Lily qui t'embête ? »

« Pas plus que d'habitude. »

« Tu es malade ? »

« Non, pas du tout. »

« Quel est le problème alors ? » demanda Andrej.

« C'est le bébé. » Peter regarda autour de lui pour s'assurer que personne ne l'entende. Il désigna Patrick. « Je crois que Tante Emma l'a kidnappé. »

CHAPITRE 7

« Il n'a pas cru à un seul mot que j'ai dit. » Peter s'allongea sur son lit et regarda sa sœur.

« C'est un peu difficile à croire, Peter. »

Il soupira. Il aurait dû réfléchir avant d'en parler à quelqu'un. Mais c'était important. « Je sais ce que j'ai entendu. »

Lily s'assit à côté de lui, d'un air compatissant. « Redis-moi ce que tu penses avoir entendu de la bouche d'Emma ? »

« Je l'ai entendu dire que Patrick était le garçon le plus aimé au monde, parce qu'elle et sa maman l'aimaient de tout leur cœur, toutes les deux. »

« Tu ne penses pas qu'elle ait dit Mamie et que

tu n'as peut-être pas bien entendu ? » demanda Lily. « Après tout, tu étais perché dans un arbre. »

Peter secoua sa tête d'un air résolu.

« Elle a peut-être dit " père " et toi tu as compris " mère " », poursuit Lily une nouvelle fois.

« Mais Patrick n'a pas de père », rétorqua le garçon.

« Tout le monde a un père, Peter. »

Ils s'assirent en silence, un long moment. Peter scruta sa sœur.

Elle ne le croyait pas, il le savait bien. Mais au moins, elle avait la décence d'en parler avec lui, un effort que Monsieur Van der Hoosen n'avait pas daigné vouloir faire. Il avait simplement regardé Peter, en affichant une mine surprise. Peter voulait expliquer la conversation qu'il avait entendue, mais avant même qu'il ait eu le temps d'ouvrir la bouche, Tante Emma était revenue pour récupérer Patrick. Puis elle s'était mise à leur poser tout un tas de questions à propos de leur première journée à l'école. Il avait abrégé ses réponses, dans l'espoir de pouvoir poursuivre sa conversation avec Monsieur Van der Hoosen, mais sans succès.

Lorsque Monsieur Van der Hoosen avait aperçu ce qu'Emma avait demandé aux déménageurs d'installer dans la petite pièce, Peter n'avait plus eu aucune chance de capter son attention. Il n'avait pas réellement compris en quoi c'était si important, mais Monsieur Van der Hoosen était devenu muet et Tante Emma était en furie. Avant qu'il ne puisse assister à cette implosion imminente, Iris les avait interrompus au loin.

« Tu penses que nous devrions en parler à Tante Joanna ? » demanda Lily, tirant Peter de ses pensées et le faisant revenir à l'instant présent.

Peter réfléchit un moment puis secoua la tête. « Mais imagine que ces révélations causent des problèmes entre Tante Emma et Tante Joanna ? »

Lily secoua la tête. Ils savaient pertinemment tous les deux que s'ils causaient des problèmes aux adultes, ils en auraient eux-mêmes par la suite. Ils avaient promis à leur mère qu'ils seraient sages. Et ils se plaisaient au Cottage Laurel. Par conséquent, s'ils disaient ou faisaient quelque chose, ils seraient peut-être amenés à quitter cet endroit, c'était donc une mauvaise idée.

« Je ne veux pas qu'on nous chasse d'ici », dit Lily.

« Moi non plus », admit Peter.

« Tu penses en reparler à Monsieur Van der Hoosen ? »

Peter secoua la tête. « S'il me pose des questions oui, mais honnêtement j'en doute. Il a l'air de vouloir rester à l'écart de tout, tu ne trouves pas ? » Il se retourna pour regarder sa sœur. « Tu penses qu'on le rend nerveux ? »

Lily secoua la tête. « Oui, je pense. Mais je n'arrive pas à comprendre pourquoi. » Elle haussa les épaules. « Peut-être qu'il vient d'un monde où les enfants n'existent pas. »

Peter écarquilla les yeux. « Ça existe un endroit pareil ? »

« Oui, j'ai entendu Mamie dire à quel point cet endroit doit être paisible. »

Peter se mit à réfléchir. Parfois, les adultes disaient des choses qui n'ont aucun sens. « Je pense qu'il vaut mieux que nous trouvions par nous-mêmes. »

« Peter, s'il te plaît, ne me dit pas que tu comptes fouiner dans les affaires de Tante Emma ? »

« Fouiner ? » Peter savait qu'il avait besoin de l'aide de Lily, et que s'il l'écartait du projet, il aurait beaucoup de mal à l'obtenir. Que pouvait-il bien dire pour la rassurer tout en lui demandant son aide ? Il sourit, comme s'il avait trouvé la solution parfaite. Mais oui, c'est évident !

« Ne t'inquiète pas Lily, je ne vais fouiner dans les affaires de personne. » Il sourit, il se sentait beaucoup mieux d'un seul coup. « Je sais que tu aimes beaucoup Tante Emma. Moi aussi. Mais dis-moi, qu'est-ce que tu penses de Monsieur Van der Hoosen ? »

« Oh, je l'apprécie, j'imagine. Mais je dois avouer qu'il est terriblement silencieux.» Un regard suspicieux apparut sur son visage. « Quel rapport entre lui et tout cela ? »

« Aucun, mis à part qu'il est célibataire. » Il s'efforça de contenir son enthousiasme. Il ne voulait pas que Lily sache qu'il avait un plan. Il préférait lui faire croire qu'elle avait joué un rôle dans l'élaboration de celui-ci. « Tante Emma n'est pas mariée. Et le petit Patrick n'a pas de père. »

« Oui, enfin si on t'écoute Peter, il n'a pas non plus de mère. »

Il ignora cette réflexion. « Il y a peut-être une explication rationnelle à tout cela, Lily, et je ne peux tout simplement pas la voir. Tante Emma est bien plus à même de parler de tout cela à un autre adulte qu'à nous. »

Sa sœur fit un mouvement de tête qui encouragea le jeune garçon. Il était fier de lui, d'avoir réussi à embarquer sa sœur réticente à ses plans habituels. C'était souvent dans l'autre sens, trop souvent même.

« Je me disais que peut-être, juste peut-être, on pourrait essayer de voir si Tante Emma et

Monsieur Van der Hoosen se plaisaient. » Il retint sa respiration, dans l'espoir que Lily reprenne la parole.

Elle s'exécuta.

« Oh, Peter ! Tu es un garçon brillant ! » dit-elle en applaudissant. « Oui, et si c'est le cas, ils pourraient peut-être se fiancer, se marier ! Ils fonderaient une famille avec le petit Patrick. »

Elle sauta de son lit et vint donner une accolade à son frère. « Tu vois que tu peux être intelligent quand tu fais des efforts. »

Peter ignora cette dernière remarque. Elle l'avait qualifié de « brillant » et il avait obtenu son aide. Il n'avait pas besoin de plus. Il ne put s'empêcher de sourire. Ah les filles… Il suffit de leur parler d'amour et de jolies fleurs, et le tour est joué non ?

« Attends une minute. Et qu'est-ce qu'on fait du fait que le bébé n'appartienne pas à Emma ? » dit Lily en fronçant les sourcils en direction de Peter. « C'est un problème, non ? »

Peter savait que pour obtenir la vérité, il allait avoir besoin de l'aide de sa sœur. Par conséquent, il fallait qu'il mette son ego de côté, au moins pour cette fois. « Je suppose que tu avais raison Lily, et que j'ai mal entendu. » Il haussa les épaules. « Ce qui importe, c'est qu'on les aide à se

rendre compte de l'adorable famille qu'ils pourraient former. »

L'expression rêveuse de sa sœur était suffisante pour que Peter comprenne qu'elle marchait
avec lui dans cette aventure.

« Qu'est-ce qu'on fait en premier ? » demanda
Lily. « Tu as bien un plan, non ? »

« Pas encore », mentit Peter. « Mais je vais y
réfléchir. Viens, allons voir si c'est l'heure du
thé. » Il ouvrit la marche jusqu'à la porte. Il fallait
qu'il pense à quelque chose et rapidement. Après
tout, était-ce si difficile de faire en sorte que deux
adultes tombent amoureux ?

Les Nazis étaient en train de ravager
l'Europe, le monde basculait lentement vers une
guerre totale, et pourtant Andrej ne pouvait s'empêcher de penser à la femme qui se trouvait à
quelques mètres de lui.

Il jeta une carte topographique de l'Estonie
sur son bureau. Il avait essayé de traduire la lé-
gende de la carte, mais il n'arrivait pas du tout à
se concentrer. Il en attrapa une autre dans la pile
qui se trouvait devant lui. La Russie serait peut-

être suffisamment intrigante pour lui permettre de chasser Emma de ses pensées.

Des caractères cyrilliques flottaient devant son visage fatigué. Il voyait des noms de rivières, de villes et de montagnes défiler devant ses yeux. Cela ne servait à rien qu'il continue. Il retira ses lunettes de lecture et frotta ses yeux.

« Pourquoi ne prendriez-vous pas une pause ? » demanda Emma.

Elle s'approcha de lui et Andrej essaya de ne pas sursauter lorsqu'elle posa délicatement sa main sur son épaule. Sa chaleur, qui se lisait constamment dans ses yeux et son sourire, se retrouvait également dans ses gestes. Il ne se rappelait plus de la dernière fois où il avait autant apprécié un contact physique avec un être humain. Parallèlement, il savait qu'il était dangereux de s'en accoutumer. Tout comme la guerre, et comme son travail actuel, son temps passé avec Emma ne serait pas éternel.

Emma se pencha sur son épaule pour observer la carte devant lui. Il se déplaça pour qu'elle ait une meilleure vue.

« L'alphabet cyrillique est un mystère pour moi. » Emma s'assit au bord de son bureau et étudia la carte. « J'aimerais vous aider davantage avec ces caractères. »

Andrej essayait de détourner son regard des jambes d'Emma. Elle ne semblait pas se rendre compte de leur proximité physique, ce qui signifiait qu'elle n'était pas aussi troublée que lui. Cette pensée ne fit qu'aggraver son mal-être. « J'ai l'impression que cette mission ne se terminera jamais. »

« Oh, nous ne nous débrouillons pas si mal, si ? » Emma plongea sa main dans la pile de cartes sur la table. Il les avait traduites, elle avait pris des notes et leur travail était terminé pour cette nuit. « Regardez tout ce que nous avons accompli en seulement quelques semaines. »

Andrej tourna son regard vers l'horloge en bois qui se trouvait au-dessus du manteau de la cheminée. Il était bien plus de dix heures. Ils avaient pris l'habitude de travailler des heures, tous les soirs, après qu'Emma se soit assurée que Lily et Peter avaient pris leur bain et fait leurs devoirs. Elle apportait souvent une assiette de nourriture pour lui au Manoir, et ils s'installaient pour travailler des heures durant ensemble.

Il se leva. « Excusez-moi Emma, je n'avais pas réalisé qu'il était si tard. »

« Cela ne me dérange pas de travailler de nuit. » Elle se tourna vers le berceau de Patrick et se mit à sourire. « Du moment que Patrick est le bienvenu ici, je resterai aussi longtemps que vous aurez besoin de moi. »

Patrick. Ce bébé était le centre du monde pour Emma. Dès lors qu'Andrej avait accepté l'idée que le bébé soit constamment présent sur leur lieu de travail, Emma s'était révélée être la collègue idéale. Elle était plus que compétente en tant que secrétaire. Sa vive intelligence l'avait très vite impressionné, sans parler de sa bonne humeur constante, qui illuminait ses journées.

Sa source inépuisable d'énergie le subjuguait. Elle arrivait à subvenir aux besoins de Patrick sans négliger ses performances au travail pour autant. Elle surveillait Peter et Lily avec le plus grand soin, et il ne doutait pas une seconde qu'elle devait être d'une grande aide auprès de Joanna au sein du Cottage. Même les incessantes interruptions du Capitaine Tollison ne semblaient pas la déstabiliser. Mais ce jeune homme était en train de rendre Andrej fou, avec ses soi-disant excuses pour tourner autour d'Emma.

Les propos de Peter revinrent hanter l'esprit d'Andrej. Cela faisait près de trois semaines qu'il avait fait tout son possible pour limiter son temps passé avec Peter et Lily. Ce ne fut pas facile. Éviter les enfants était une chose, mais oublier les mots de Peter en était une autre.

Andrej avait observé Emma de près pour voir s'il y avait une once de vérité dans les propos de Peter. Il avait été témoin de la joie évidente qu'Emma éprouvait lorsqu'elle se trouvait avec Patrick, et de la délicatesse de ses gestes lors-qu'elle le berçait dès qu'elle en avait l'occasion.

Son caractère farouchement protecteur était propre à celui d'une mère. N'est-ce pas ? Le plus facile aurait été d'oublier les propos de Peter. Mais ensuite, il se souvint de l'inquiétude qui se lisait dans les yeux du jeune garçon. Les propos de Peter n'étaient peut-être pas fondés, mais ses craintes étaient bien réelles.

ANDREJ SE SOUVENAIT TROP BIEN QUAND IL ÉTAIT aussi jeune que Peter, il avait les mêmes inquié-tudes et il n'avait aucun adulte vers qui se tourner pour poser ses questions. Au début, il voulait sa-voir quand sa mère allait refaire surface. Mais lorsque les mois d'attente se révélèrent être des années, il commença à se demander si elle allait revenir tout simplement. Elle n'était jamais revenue.

Et puis zut ! Il n'y avait aucune autre solution que d'aller au fond des choses, d'une manière ou d'une autre, avec Peter. Dans tous les cas, soit le garçon disait vrai, et le ciel lui tomberait sur la tête, soit il arriverait à rassurer le jeune garçon. Andrej devait trouver un moyen de sortir Emma du pétrin dans lequel elle s'était embourbée. Le mot « kidnapping » n'est pas à prendre à la légère. Il sentit son estomac se retourner lorsque le souvenir d'Emma sur le quai de la gare vint le hanter.

Andrej s'approcha d'elle, près du berceau. Elle était debout, en train d'observer Patrick qui dormait.

« Il dort comme un ange. » Elle se pencha sur le bébé et tira délicatement la couverture sur son minuscule menton. Elle sourit à Andrej, mais son sourire s'effaça rapidement. « Que se passe-t-il Andrej ? »

« Es-tu heureuse, Emma ? »

Ce n'étaient pas les mots qu'il avait prévu de dire, mais c'était réellement ce que son cœur voulait savoir.

Emma continua de le regarder, sans dire un mot, pendant de longues minutes. Elle posa sa main sur son bras. « Je suis heureuse, plus que tu ne peux l'imaginer. » Sa voix était douce et délicate. C'était de loin le plus agréable des sons qu'il n'ait jamais entendu. Elle tenta une approche, et il vint pour l'enlacer. Andrej se sentait détendu dans ses bras, Emma avait posé sa tête contre sa poitrine. Il espérait que ce moment ne cesse jamais.

« Et toi tu l'es ? Heureux ? » demanda-t-elle.

Andrej ferma les yeux et la serra fort contre lui. L'étreinte de ses bras répondait à sa place. Il approcha sa joue de ses cheveux. Une odeur de lavande… Cette odeur allait rester dans sa mémoire chaque fois qu'il repenserait à ce moment.

« Je n'ai jamais ressenti cela », dit-il. « Je n'ai jamais eu le sentiment d'avoir ma place nulle part, avec qui que ce soit. » Des images de Joanna, Will, les enfants et d'Emma défilèrent devant ses yeux. Il se souvenait de leurs fous rires à table lors du dîner, et des soirées calmes lorsqu'ils écoutaient les émissions à la radio de Londres. Il se sentait si heureux dans ces moments-là, qu'il voulait se créer des souvenirs réconfortants pour affronter les journées de solitude qui l'attendaient.

Emma recula et le regarda. « Et ta famille ? »

« Je n'en ai pas. » Sans chercher à mentir, il répondit avec sincérité.

Andrej regardait Emma alors qu'elle dessinait les contours de sa mâchoire avec ses doigts. Elle découvrait délicatement son visage, Andrej avait l'impression qu'elle explorait son âme. Ses doigts s'attardèrent sous ses lèvres. Cette attente ne faisait qu'accroître son envie de la connaître davantage, de la connaître de manière plus intime.

« Tu n'es plus seul, Andrej. » Sa voix était douce, elle murmurait presque ces mots.

« Peut-être que ce sentiment que tu n'arrives pas à définir signifie que ta place est ici, avec nous. »

Avoir sa place. Avec nous. Ces mots inconnus sonnaient comme une douce mélodie à l'oreille d'Andrej.

Il plongea son regard dans les yeux d'Emma, émerveillé par la chaleur et la tendresse qu'il y lisait. Dans un élan passionnel, grandissant et réciproque, Andrej rapprocha Emma encore plus près de lui.

Il rapprocha ses lèvres des siennes, pour tenter de l'embrasser, ravi de voir qu'elle en avait tout autant envie. Rien n'aurait pu le préparer à cette sensation de plaisir qu'il avait ressenti lorsqu'Emma avait posé ses mains autour de son cou. Elle entrouvrit ses lèvres et Andrej se sentit dangereusement pris au piège par son désir physique et sa vulnérabilité émotionnelle sans fin.

Alors qu'Emma gémissait doucement, Andrej retira ses lèvres des siennes et déposa une série de baisers le long de son cou. Lorsqu'elle le serrait fort dans ses bras, il savait qu'elle était en train de s'abandonner à ce même élan passionnel qui menaçait de le consumer. Il arrêta ses lèvres au niveau de sa gorge et sourit lorsqu'elle l'appela par son nom. Sa voix était faible et rauque.

« Oh, douce Emma », murmura-t-il au contact de sa peau si douce. Il approcha une nouvelle fois ses lèvres des siennes. Jamais il n'avait connu une telle perfection, ressenti une telle tendresse. Il voulait que ce moment ne s'arrête jamais.

Un coup bruyant retentit depuis la porte extérieure et les fit sursauter tous les deux. Andrej se recula immédiatement, le mouvement avait été si brusque, qu'elle sursauta à nouveau.

« Emma, vous êtes toujours là ? » C'était la voix du Capitaine Tollison qui l'appelait.

Jusqu'ici, Andrej s'était montré plus que tolérant face à l'affection évidente du jeune homme envers Emma, mais désormais il maudissait le pilote intérieurement.

Tiré de son sommeil, Patrick poussa un cri de détresse. Andrej s'éloigna d'Emma, du bébé et de cette connexion qu'il avait ressentie avec elle. Une connexion si douce et trop éphémère.

Les coups de Stuart étaient de plus en plus forts. « Emma, vous êtes là ? J'entends le bébé. »

« Attendez, Stuart », s'écria-t-elle. « Laissez-moi éteindre la lumière. » Elle éteignit la lampe du bureau d'Andrej et l'invita à entrer. Lorsque la porte se referma derrière lui, elle alluma de nouveau. Ils ne pouvaient pas courir le risque que le moindre rayon de lumière s'échappe de la pièce, à cause des grandes fenêtres. Les Allemands étaient de plus en plus violents pendant les bombardements aériens nocturnes.

« Stuart, qu'est-ce que vous faites ici, si tard ? » demanda Emma.

Andrej observa le jeune homme qui s'approchait d'Emma. Il sentit un goût amer dans sa gorge, qu'il refusait de qualifier.

« Je suis allé sonner au Cottage et Monsieur Metcalf m'a informé que vous étiez toujours au travail. Je me suis donc dit que j'allais venir vous raccompagner, vous et le bébé. Êtes-vous prête à partir ? » Il suivit le regard d'Emma qui se dirigeait vers une ombre, celle d'Andrej, tapi dans l'obscurité. « Oh, bonsoir Monsieur. Je ne vous avais pas vu rôder ici. »

Rôder. Pour un shilling, il serait prêt à étrangler ce garçon. Le visage frais et enthousiaste, Tollison était clairement et complètement épris de cette femme. Mais Andrej pouvait difficilement lui en vouloir d'être fasciné par Emma. Lui-même l'était.

« Bonsoir Capitaine Tollison. » Andrej

s'avança dans l'ombre. « C'est très attentionné de votre part de prendre aussi grand soin de Mademoiselle Bradley. »

Emma avait récupéré Patrick dans ses bras. Elle le berçait, apaisant ses pleurs. « Nous n'avons pas tout à fait terminé ici, Stuart. » Elle regarda en direction d'Andrej.

« C'est trop tard, Emma. » Elle savait pertinemment qu'il ne parlait pas simplement de l'heure tardive.

« Andrej, je t'en prie… »

« Est-ce que j'ai interrompu quelque chose d'important ? » demanda Stuart, en leur jetant un regard. « Je peux vous attendre, le temps que vous finissiez. »

« Non. » Andrej secoua la tête. Il avait pris soin d'éviter le regard d'Emma. La dernière chose qu'il voulait était de lire du regret ou de la pitié dans ses yeux. « Nous avons terminé. »

Stuart attrapa la veste d'Emma sur le porte-manteau et lui déposa sur ses épaules. En les regardant, ils avaient l'air de former le petit couple parfait.

« Nous aurons beaucoup de travail demain à la première heure », dit Stuart. « J'ai entendu dire que les Italiens se rapprochent de la Grèce. Le Lieutenant-Colonel Blythe m'a informé qu'il viendrait demain matin pour vous dire quelles îles il vous faudra étudier en premier. »

« Très bien », acquiesça Andrej. Il s'assit à son bureau et attrapa une carte de Lettonie, qui se trouvait devant lui. « Je l'attendrai ici, demain matin. »

« Vous ne rentrez pas au Cottage Laurel avec nous ? » demanda Stuart.

Andrej secoua la tête. Sa place était bien ici, en dehors du « nous ». Il se concentra sur la tâche qui l'attendait. « Non, allez-y. Je préfère être seul, ici », dit-il sans un regard.

« Bonne nuit Andrej », dit Emma d'une voix hésitante et timide.

Il agita sa main en guise de réponse. Il ne voulait pas prendre le risque de s'exprimer et que sa voix trahisse ses émotions. Il souhaitait les garder pour lui seul.

Il éteignit la lumière et attendit que la porte se referme derrière eux, avant de la rallumer. Elle se réenclenchait très facilement, il n'avait qu'à claquer des doigts. En revanche, il ne pouvait pas en dire autant de sa tranquillité d'esprit.

« Tu vois quelque chose, Peter ? »

« Pas tant que tu seras devant moi. Pousse-toi. »

« Désolée. » Lily recula et s'installa pour regarder par-dessus l'épaule de Peter. « Ce serait tellement plus simple si on avait une lampe torche. Je ne vois pratiquement rien, il fait trop sombre. »

« C'est à cause des Allemands ça. Quand la guerre sera terminée, je pense que je vais garder la lumière allumée toute la nuit. » Peter appuya son front contre la fenêtre de leur chambre. « Attends, je crois que je viens de voir une ombre. Oh, oui ! C'est eux. »

« Ils rentrent tard, c'est bon signe. »

« Ne t'emballe pas », grogna Peter. « C'est bien Tante Emma et Patrick, mais ils ne sont pas avec Monsieur Van der Hoosen. Ils sont avec ce type. Encore. »

Lily retourna sous les couvertures et les tira jusqu'à son menton. « J'abandonne. »

Peter quitta son lit. Il n'était pas du genre à abandonner facilement lorsqu'il se retrouvait face à un échec, mais ce travail d'entremetteur était réellement bien plus difficile qu'il ne se l'était imaginé au premier abord. La manière dont le Capitaine Tollison tournait constamment autour d'Emma était plus qu'agaçante.

« Il y a deux problèmes si on abandonne Lily. » Peter bascula de son côté et posa sa tête sur son coude. Il attendit que sa sœur en fasse de même, pour s'assurer qu'elle était dans le même état d'esprit que lui. Une fois qu'elle l'eut imité, il continua. « D'abord, qu'est-ce qu'on va bien pouvoir faire en attendant de rentrer à la maison ? On va s'inquiéter pour Maman et Mamie, tous les jours, c'est ça ? »

« Tu as oublié Papa. »

Peter ravala la boule qui s'était formée dans sa gorge à l'instant où il avait pensé à son père. « Et Papa, oui tu as raison. C'est beaucoup plus simple de s'inquiéter de l'attirance entre Tante Emma et Monsieur Van der Hoosen, tu ne trouves pas ? »

« Absolument », acquiesça-t-elle. « Et c'est quoi l'autre raison pour laquelle on ne doit pas abandonner ? »

« Patrick. » Peter avait choisi ses mots avec soin. Lily pensait toujours qu'il avait mal entendu ce qu'avait dit Tante Emma, mais lui savait que non. Au début, il s'inquiétait pour la véritable mère de Patrick, à qui le bébé devait manquer. Maintenant, il était beaucoup plus inquiet de ce qui pouvait arriver à Tante Emma si jamais quelqu'un découvrait son secret. Dans tous les cas, elle irait au moins en prison. Il détestait cette idée parce qu'il s'était profondément attaché à elle. Il avait presque l'impression qu'elle était sa tante biologique. Lily et lui avaient une dette envers elle et devaient la sortir du pétrin dans lequel elle s'était fourrée.

« Quand on rentrera à la maison, avec Papa et Maman, j'ai peur de ce qui va arriver au petit Patrick », confia Peter à sa sœur. « Il devrait avoir un père. Je pense que Monsieur Van der Hoosen pourrait apprendre à être un bon père, tu ne penses pas ? »

Lily réfléchit à la question. « J'imagine, oui. Après tout, il tient Patrick dans ses bras, de temps en temps, quand Emma lui demande. Il a l'air de moins en moins nerveux chaque fois qu'il le fait. »

« Je pense qu'il a un réel potentiel », acquiesça Peter. Il se tut, penchant sa tête en direction de la porte ouverte. « Chut… Tante Emma arrive. Fais semblant de dormir. »

Peter était allongé dans son lit, immobile lorsqu'Emma entra pour remettre leurs couettes. Les faux ronflements de Lily étaient très exagérés. Il garda cette réflexion dans un coin de sa tête, ce n'était pas le moment de lui dire. Il attendit cinq bonnes minutes après le départ d'Emma, avant d'appeler sa sœur. « Lily, tu es réveillée ? »

« Évidemment que je suis réveillée, Peter. »

« Tes ronflements étaient si convaincants, je n'étais pas sûr que tu étais debout. » Il avait compris, au cours des dernières semaines, qu'un petit compliment était toujours bien accueilli auprès de sa sœur. « Pourquoi tu n'irais pas toquer à la chambre de Tante Emma lui poser une question entre filles. Vois si tu peux en savoir plus. »

Lily quitta la pièce en trottinant, mais revint moins d'une minute plus tard.

« Elle t'a renvoyé dans ta chambre ? », demanda Peter, surpris. Cela ne ressemblait tellement pas à Emma.

« Non », dit Lily en secouant la tête. « Je n'ai même pas toqué. Oh, Peter, je l'ai entendu sangloter derrière la porte. »

« Elle était en train de pleurer ? »

« Non, j'ai dit sangloter, pas pleurer. »

« C'est quoi la différence ? »

« Quand tu sanglotes, tu es beaucoup plus triste que quand tu pleures. » Lily retourna sous ses couvertures. Sa voix était grave. « Et là, elle sanglotait sans aucun doute. »

CHAPITRE 8

« *É*pousez-moi, Emma. »

« Allez-vous en Stuart, vous voulez bien ? »

« Donnez-moi au moins un baiser avant que je ne parte », tenta-t-il de nouveau. Il ne montrait aucun signe de perturbation face au manque de considération dont elle avait fait preuve à l'égard de sa demande.

« Non, oubliez Stuart. » Emma prit une pile de dossiers pour la ranger dans l'armoire du bureau qui se trouvait le long du mur. « Sérieusement Stuart, vous n'avez pas autre chose à faire ? »

« Je préfère de loin rester ici, avec vous, plutôt que de venir à bout de l'interminable pile de dossiers qui m'attend sur mon bureau. » Il observa Emma qui classait ses documents. Il appréciait sa fine silhouette autant que ses magnifiques traits. Dans un lieu généralement envahi d'hommes, c'était un véritable cadeau de passer du temps avec une aussi jolie femme. Il avait de la chance.

« C'est trop d'honneur, je suis flattée. » Emma se pencha et tenta d'ouvrir le tiroir de l'armoire du bas, mais impossible de le faire bouger. Elle donna un grand coup, mais rien n'y faisait. « Vous ne vous êtes jamais dit que ce travail est interminable parce que vous ne faites rien pour le faire avancer ? »

Il se leva de la chaise derrière son bureau et se dirigea vers les armoires. Il tira légèrement dessus et le tiroir capricieux s'ouvrit. Un sourire se dessina sur son visage. Il se pencha vers Emma. « Je demande un baiser pour me récompenser de cet effort, Mademoiselle Bradley. »

« Vous me demandez réellement à moi, Stuart ? »

« Bien sûr que non », dit-il, surpris d'entendre le ton sérieux qu'elle avait soudainement pris.

« Je ne vous demanderai jamais rien, je vous apprécie trop pour cela. »

Face à cette réponse, Emma se mit à sourire. « Vous êtes un homme bien, Stuart. Et dès que la guerre sera terminée, je vous aiderai à vous trouver une gentille femme. »

« Mais je ne veux pas une gentille femme, c'est vous que je veux. »

Cette réflexion provoqua un rire chez Emma. Il se mit donc à sourire en retour.

« Vous me flattez beaucoup trop, Capitaine Tollison, je ne sais même plus quoi dire. »

« Dites que vous allez m'embrasser », tenta-t-il une nouvelle fois. « Au moins une fois, Emma. Simplement pour comparer mon baiser avec celui du dernier homme assez chanceux pour vous avoir embrassé, rien de plus. »

À sa grande surprise, ce dernier argument désespéré semblait avoir fonctionné. Emma se pencha vers lui. « Allez-y, Stuart. Prouvez-moi que le dernier homme qui m'a embrassé est semblable à tous les autres. »

Il s'approcha d'Emma et prit son visage entre ses mains, puis vint déposer ses lèvres contre les siennes. Il eut à peine le temps de lui montrer qu'il savait exactement comment s'y prendre, que la porte du bureau s'ouvrit brusquement.

« Emma, je viens de relire la… »

Stuart recula. Il se sentit coupable lorsqu'il vit Andrej, les bras chargés de cartes.

Un silence gênant emplit la salle. Stuart regarda Emma d'un air désolé, avant de se racler la gorge. « Pardonnez-moi, Monsieur, j'ai perturbé Mademoiselle Bradley alors qu'elle essayait de travailler. »

« C'est étrange, elle n'a pas l'air particulièrement perturbée, Capitaine. » Andrej jeta les cartes sur le bureau d'Emma. Le téléphone sonna et Andrej répondit à l'appel. Un instant plus tard, il appela Stuart à se rapprocher.

« C'est un appel en provenance de Londres, pour vous, Tollison. »

Stuart prit le relais et remercia Andrej, qui était déjà sur le départ. Il soupira. « Capitaine Tollison à l'appareil. »

« Stuart, mon garçon, je suis ravi de tomber sur toi depuis le bureau de ma nièce. Est-elle avec vous ? »

Ses yeux se tournèrent vers Emma, qui était retournée classer ses documents. « Affirmatif, Monsieur. »

« C'est bien, vous n'avez pas précisé qui était au bout du fil. Vous ne lui avez pas dit que nous étions en contact ? »

« Non, Monsieur, je vous ai promis que je ne dirais rien. »

« Le bébé d'Emma est avec elle ? Je veux dire, est-ce qu'il est dans la pièce ? »

Stuart ne pouvait pas s'empêcher de penser que l'oncle d'Emma, Malcolm, était un homme étrange, à en juger par les questions qu'il lui posait. Cela dit, il était assez présent pour elle puisqu'il demandait régulièrement des nouvelles d'Emma. Stuart n'était pas dérangé par les appels de cet homme. En quoi le fait de tenir son oncle informé de son bien-être et de celui du bébé pourrait-il bien être un problème ? « Tout à fait, Monsieur. Il n'est généralement jamais très loin, à quelques mètres. »

« Excellent, excellent. » Un silence se fit ressentir à l'autre bout du fil, pendant un long moment.

« Est-ce qu'Emma a évoqué avec vous le père du bébé ? »

« Non, Monsieur. Ce n'est pas venu dans la conversation et j'ai pensé que ce n'était pas à moi de lui demander. Il doit être complètement idiot pour avoir abandonné cette femme comme il l'a fait. » Il comprit qu'il s'était exprimé trop librement lorsqu'Emma lui lança un regard noir dans sa direction. Il aurait mieux fait de réfléchir avant de parler.

« Il doit y avoir une meilleure explication, mon garçon. Mais nous verrons les détails plus tard. Dites-moi, jeune homme, vous êtes en train de tomber amoureux de ma nièce ? »

« Complètement, Monsieur. »

« Très bien. Je pense que vous êtes l'homme parfait pour m'aider à la récupérer. Évidemment, elle sera submergée par l'émotion lorsqu'elle découvrira que vous avez joué un rôle dans notre réconciliation, mais il est impératif que vous gardiez nos conversations secrètes, et qu'elles restent uniquement entre nous. Est-ce bien compris ? »

Stuart rassura l'homme au bout du fil et raccrocha. Il ne pouvait pas contenir sa joie en imaginant la réaction d'Emma lorsqu'elle apprendrait qu'il était en contact avec son oncle Malcolm. Après tout, Malcolm n'avait-il pas assuré à Stuart qu'il était son oncle préféré ?

« Je m'en vais, Emma. » Il lui sourit et agita sa main pour lui dire au revoir. Il viendra chercher son baiser demain, rien ne pressait. « N'oubliez pas que vous m'avez promis d'aller voir un film avec moi, samedi après-midi. »

« Et vous m'avez promis que je pourrais emmener Patrick, Peter et Lily. » Emma leva un sourcil dans sa direction. « Vous êtes toujours certain de vouloir y aller avec nous tous ? »

« C'est ma seule chance de vous voir ? »

Elle sourit, d'un air désolé. « Exactement. »

« Alors, rendez-vous tous les trois à quinze heures. À la revoyure ! »

∼

« C'EST UN VRAI APOLLON N'EST-CE PAS ? » IRIS croqua un morceau de pomme. « Mon Dieu, si seulement c'était du chocolat. »

Emma se mit à rire, ce qu'elle faisait souvent lorsqu'elle était en compagnie d'Iris. Contre toute attente, le fait de se lier d'amitié avec Iris avait permis d'apaiser sa solitude. Londres lui manquait, ses amis, son appartement et ses voisins aussi, mais par-dessus tout, sa cousine Patricia lui manquait. Elle soupira.

« Qu'est-ce qui te fait soupirer si fort ? » demanda Iris. « C'est le chocolat qui te manque ou c'est ton Apollon à toi ? »

« Je n'ai pas d'Apollon, je n'ai pas d'homme dans ma vie d'ailleurs », répondit Emma. « Je pense que le manque de sucre te fait délirer. »

Elle se pencha pour veiller sur Patrick, bien endormi dans le couffin, à côté de sa chaise. Iris avait terminé de le nourrir, mais Emma ne voulait pas partir si tôt. Peter et Lily étaient en train de saccager le jardin avec les filles d'Iris. Elle se sentait plus qu'à l'aise ici, elle ne voulait pas bouger.

« Si je compte bien, tu as deux hommes dans ta vie. »

« À moins que tu ne fasses référence à Patrick et Peter, je ne vois pas du tout de quoi tu parles. »

Iris inclina sa tête en arrière et se mit à rire. Le son de sa voix attira les enfants à la fenêtre, qui voulaient savoir ce qu'il y avait de si drôle. Elle leur fit signe de partir, toujours en gloussant.

« Ne joue pas les idiotes avec moi, Emma Bradley. Tu sais très bien que je fais allusion à ce Capitaine fou de toi et à ton Apollon de patron néerlandais. »

« Stuart n'est pas fou de moi. C'est simplement un très bon ami, voilà tout. Il est drôle et gentil, et il me change les idées. »

« Il te change les idées, c'est-à-dire qu'il t'aide à penser à autre chose qu'à Andrej Van der Hoosen, c'est cela ? »

Andrej était la dernière personne dont Emma voulait parler avec quiconque, et encore moins avec Iris. Son amie était bien trop perspicace et la mettait mal à l'aise. Elle ne voulait pas mettre de mots sur ses sentiments, aussi confus soient-ils.

Elle ne pouvait pas nier le fait qu'elle était physiquement attirée par Andrej. Elle se rappelait la douceur de ses mains lorsqu'il l'avait serrée dans ses bras, la douceur du contact de ses lèvres sur les siennes. Dans la folie de l'instant, sa réponse passionnelle envers Andrej ne lui avait pas paru dangereuse. Mais désormais, à la lumière du jour, elle était terrifiée de ne pas avoir réussi à se contrôler. Cela ne devait plus jamais se reproduire.

« Je vais me lancer et supposer que cette expression rêveuse sur ton visage n'a rien à voir avec le jeune Capitaine ? »

Emma fronça les sourcils. Parfois, Iris semblait trop fière d'elle.

« Laissons-nous aller à la rêverie, et disons, pour l'amour du ciel, que j'ai effectivement remarqué à quel point Andrej était beau et charmant. Mais cela ne change rien », dit Emma. « Je ne cherche pas à avoir un homme dans ma vie, quel qu'il soit, un point c'est tout. Peu importent les circonstances, plus jamais. Pas même un professeur de piano sans un sou, bien que charmant, ne me fera changer d'avis. »

« Qu'est-ce qui te fait penser qu'Andrej est pauvre ? »

Emma haussa les épaules. « J'imagine que les professeurs de piano ne gagnent pas beaucoup d'argent. »

« Professeur de piano ? » Iris se mit à sourire. « C'est le métier qu'il t'a dit qu'il faisait ? »

« Il ne m'a strictement rien dit à propos de sa vie à Londres. »

« Mais tu lui as posé la question, n'est-ce pas ? Cela veut bien dire quelque chose. »

Emma roula des yeux. Elle ne cherchait pas à cacher son exaspération. « Je pose des questions à tout le monde, c'est une mauvaise habitude chez moi. »

« Tu ne m'as jamais demandé ce que je faisais, moi, avant la guerre. »

« Iris, tu as cinq enfants, âgés de moins de dix ans. Je sais ce que tu faisais avant la guerre. »

« Touché. » Iris se mit à rire de bon cœur. « Si tu ne veux pas parler d'Andrej, je ne vais pas insister… pour l'instant. » Elle se déplaça sur sa chaise, pour mieux faire face à Emma, affichant soudainement une mine sérieuse. « Parle-moi du père de Patrick alors. Y a-t-il une chance que vous vous réconciliez ? Une sorte de malentendu qui pourrait être éclairci entre vous ? »

Emma secoua sa tête d'un air déterminé. « Aucune chance, Iris. Il y a plus de chances qu'Hitler devienne le nouveau Pape. »

Iris tordit son nez. « Quelle image ignoble ! »

« Ignoble, voilà ce que Malcolm est… Il est détestable et je le hais. » Emma pouvait sentir le feu de sa haine brûler dans son corps. « Je préférerais l'écraser avec le camion de ton mari plutôt que de le regarder à nouveau. »

« Malcolm, c'est cela ? »

Emma grimaça. Sa colère lui avait délié la langue pour la première et la dernière fois, elle l'avait juré. Elle devait faire plus attention.

« Emma, tu dois savoir que tu vas être confrontée à ces questions, un jour ou l'autre, et que tu devras y répondre. Peut-être pas aux miennes, mais beaucoup de gens vont s'interroger. Patrick va vouloir savoir quel genre d'homme était son père. »

« Il est violent et dangereux, Iris. C'est un salaud de menteur et j'ai besoin que tu me promettes de ne plus jamais me poser la question », implora-t-elle. « Promets-le-moi. »

Iris se rapprocha et enlaça Emma. « Est-ce qu'il t'a fait du mal ? »

Le souvenir du corps inanimé de Patricia, en bas des escaliers, lui provoqua à la fois une douleur et une rage au cœur. « Sa violence n'a pas de limites. » Sa voix se bloqua dans sa gorge. « Je ne lui ferais pas confiance, s'il se retrouvait seul avec Patrick, la chair de sa chair, pendant que je cligne des yeux. »

Iris tapota sa main, de manière rassurante. « Je te jure, je ne te poserai plus jamais la question. Pour tout te dire, je mentirais au diable lui-même si cela devait aider à vous protéger, toi et le bébé. »

Le diable lui-même. Emma se mit à frissonner.

« DE MÉMOIRE, JE NE ME SOUVIENS PAS EN AVOIR goûté », dit Peter. « Enfin, j'ai dû en manger avant le début de la guerre, j'imagine… »

Andrej ne put s'empêcher de sourire en voyant la façon dont Peter examinait soigneusement son orange. Le garçon l'avait rejoint alors qu'il ouvrait un paquet. C'était un cadeau de la part d'une chanteuse d'opéra de Floride, avec laquelle il avait travaillé il y a des années. Lily était en train de faire ses additions sur la table de la cuisine, où Peter était censé être installé lui aussi. Mais un colis en provenance d'Amérique était une tentation trop forte pour le jeune garçon. Andrej se mit à fouiller dans la boîte devant lui et en sortit une autre orange.

« Il y en a d'autres ici, Peter. Allez, mange donc celle-ci déjà. »

« J'attends Lily pour la partager avec elle. »

Andrej s'approcha du garçon et ébouriffa ses cheveux. « C'est bien mon garçon, mais il y en a bien assez pour que tu en manges une entière et il en restera même d'autres pour vous deux, plus tard. C'est gentil de ta part de partager. »

« Ne croyez pas que je n'ai pas remarqué que vous partagiez votre nourriture supplémentaire avec moi, mais ne vous inquiétez pas, ce n'est pas parce que j'ai faim parfois que je suis affamé. »

« Les petits garçons en pleine croissance ne devraient pas connaître la faim. »

« Vous, vous avez connu la faim quand vous étiez petit ? »

Andrej se tut un instant. Il n'avait jamais ressenti la faim. Ni même le froid. Ses besoins physiques avaient toujours été comblés. « Nous étions en temps de guerre quand j'étais un peu plus âgé que Lily maintenant, mais les Pays-Bas étaient neutres. » À la vue de l'expression confuse de Peter, il ajouta : « Les Néerlandais n'ont pas choisi de camp. Ils observaient de loin. »

« Oh, vous voulez dire comme les Irlandais en ce moment ? » Peter siffla doucement. « Si vous entendiez ce que ma Mamie dit à ce sujet. » Il éplucha une orange et tendit un quartier à Andrej. Il croqua un morceau et fit une grimace. «

Acide, sucré et délicieux ! Lily va adorer. Donc c'est là-bas que vous avez appris à rester à l'écart et à simplement observer les gens autour de vous ? »

Les sourcils d'Andrej se levèrent. « Je ne vois pas de quoi tu parles. »

« Si Monsieur, c'est la vérité. Vous êtes très silencieux durant les dîners. Quand nous sommes tous ensemble, vous écoutez attentivement tout ce que tout le monde dit, et pourtant vous ne nous donnez jamais votre opinion. »

« Je suppose que je n'ai pas l'habitude que quelqu'un se soucie de ce à quoi je pense. » Andrej fut surpris de l'honnêteté de sa réponse. Il n'avait jamais posé de mots sur ses sentiments, mais une fois encore, personne ne lui avait posé de questions comme Peter venait de le faire à l'instant. « Est-ce que tu aimerais savoir une chose en particulier ? »

Peter hocha la tête. « Dites-moi ce que vous pensez de Tante Emma. »

Les yeux d'Andrej s'écarquillèrent. Comment était-ce possible de répondre à cette question ?

« Vous l'appréciez ? »

« Si je l'apprécie ? » répéta Andrej.

« Si elle vous plaît, plutôt. » Peter répéta lentement ses mots, comme s'il s'adressait à un jeune enfant. « Est-ce que Tante Emma vous plaît ? »

Andrej ouvrit la bouche pour répondre, mais elle se referma instantanément. Comment mettre des mots sur ce qu'il ressent pour Emma ? Il était charmé par sa beauté, amusé par sa présence d'esprit, touché par sa gentillesse et pourtant il savait que ces sentiments mettaient son cœur en danger.

Peter le fixa d'un air attentif.

« Et toi, qu'est-ce que tu penses d'elle ? » Andrej retourna la question à Peter.

« Oh, on pense qu'elle est géniale. Elle est drôle, mais en même temps très maternelle avec nous. Mais je t'ai posé la question en premier. »

Andrej prit une grande inspiration. Le concept même de mettre des mots sur ses émotions était nouveau pour lui. Mais peut-être que le fait de commencer avec Peter lui serait un bon entraînement. « Je pense qu'Emma est la femme la plus remarquable que j'ai jamais rencontrée. »

Peter hocha la tête, l'air attentif, l'encourageant à développer.

Pourquoi ne pas en dire plus ? Ce n'est pas comme s'il s'adressait à Emma. « Il n'y a pas de mots assez forts pour décrire sa beauté, n'est-ce pas ? Sa peau est si douce et si lisse, et ses yeux,

Peter, on peut y lire une telle chaleur et une telle compassion. Quand je suis dans la même pièce qu'elle, mon cœur est comblé. »

« Donc, tu es en train de dire que c'est une belle plante ? » dit Peter en souriant.

Andrej secoua la tête en signe de désapprobation, mais un sourire se dessina sur ses lèvres. « Oui, Peter, mais ce n'est pas comme cela que nous décrivons les femmes, vois-tu ? »

« C'est la première fois que je vous entends dire " nous " dans une phrase depuis que je vous connais Monsieur Van der Hoosen. » Peter se mit à sourire. « Lily sera super contente d'entendre cela. Bravo ! »

Andrej réalisa qu'il était dépassé par la situation avec Peter. Ce garçon était trop observateur et le mettait mal à l'aise. « En revanche, Peter, ce que je viens de dire reste uniquement entre toi et moi. Je ne veux pas que tu le répètes à Emma. »

Peter haussa les épaules, un sourire satisfait aux lèvres. « Je n'aurai même pas besoin de le faire, Tante Emma est juste derrière toi. »

Andrej maudit silencieusement sa langue trop pendue et se retourna doucement. Tout comme Peter l'avait dit, Emma se tenait debout dans le couloir.

Elle fut la première à briser ce silence gênant.

« Peter, tu n'es pas censée faire tes additions ? »

Le garçon se laissa glisser sur le bras de la chaise, les sourcils froncés. « Je ne vois pas à quoi cela peut me servir. Il vaudrait sûrement mieux qu'on apprenne l'allemand plutôt. Comme cela, quand les Jerry viendront nous envahir, on pourra leur dire à quel point on les déteste dans leur propre langue. »

Emma le rattrapa par les épaules alors qu'il essayait de passer devant elle. Elle se pencha et le regarda droit dans les yeux. « L'invasion n'est pas inévitable, Peter. Il y a énormément de braves gens ici, en Angleterre, qui travaillent jour et nuit pour s'assurer qu'elle n'ait pas lieu. »

« Tu ne peux pas me promettre qu'ils n'y arriveront pas ? »

« Non, tu as raison. Je ne peux pas. » Emma regarda Andrej, qui s'approcha d'elle, oubliant sa gêne de tout à l'heure, face aux inquiétudes de Peter. Il s'agenouilla à côté d'Emma et serra le bras de Peter pour le rassurer.

« Tu ferais mieux de croire Emma à ce sujet, Peter. » Andrej regarda le petit garçon dans les yeux.

L'espièglerie naturelle qui émanait du petit avait été balayée par l'inquiétude sur son visage. Le garçon affichait une vulnérabilité flagrante, qui peinait Andrej. « Je ne peux pas imaginer qu'il y ait des Allemands assez courageux, assez forts ou même assez fous pour penser qu'ils sont capables d'envahir l'Angleterre, tout en restant vivants pour s'en vanter. Si un jour, tu décides d'apprendre l'allemand, fais-le dans un état d'esprit pacifique et non pour assouvir ta colère, d'accord ? »

« Vous, Monsieur, vous parlez allemand, non ? »

« Oui, couramment. »

« Alors peut-être que vous pouvez leur dire qu'on ne veut pas d'eux si jamais ils viennent. »

Andej secoua la tête. « Oui, je leur dirai au nom de nous tous, dans l'éventualité minime, où on en arriverait là. »

Peter se jeta sur Andrej et Emma pour les enlacer tous les deux. Andrej passa rapidement son bras autour d'Emma, pour éviter qu'elle ne perde l'équilibre, face à l'étreinte impétueuse du petit garçon. Il tapota amicalement le dos de Peter, hésitant, car il n'était pas sûr de connaître les techniques pour rassurer un enfant.

« Allez, vas-y Peter », dit Emma. « Nazi ou pas, tes additions t'attendent. »

Andrej se leva et aida Emma à se relever alors que Peter quittait la pièce, en claquant la porte derrière lui. Il essaya de la lâcher, mais elle posa une main sur son bras.

« Merci Andrej, de l'avoir rassuré. » Elle lui sourit.

Son sourire vint directement toucher son cœur, comme toujours. Il recula d'un pas et détourna le regard. « Ses peurs sont légitimes. »

Ils restèrent silencieux pendant un long moment. Bien qu'il n'en eût aucune envie, il ne lui restait plus qu'à lui expliquer ce qu'elle avait entendu lorsqu'elle était venue chercher Peter.

« Emma, excuse-moi pour ce que tu as entendu. Je ne voulais pas te manquer de respect. » À mesure qu'il présentait ses excuses, Andrej savait qu'elles étaient inutiles.

« Je ne me rappelle pas avoir déjà été qualifiée de " belle plante " auparavant », dit Emma d'un ton assez amusé, qui obligea Andrej à croiser son regard. « Tu n'as pas besoin de t'excuser. »

Andrej savait qu'il fallait qu'il quitte la pièce pour éviter de ressentir le désir qui menaçait une fois de plus sa santé mentale. Mais pour être honnête, il n'avait pas envie de résister. Emma se tenait à quelques mètres de lui et l'observait. Elle savait sûrement qu'il ne fallait pas qu'elle lui fasse confiance, après son déplorable dérapage de l'autre soir, non ?

« Bien au contraire, Emma, je pense que je dois m'excuser pour pas mal de choses. » Andrej s'assit sur le rebord du canapé et croisa ses bras sur sa poitrine, comme pour repousser le charme qu'elle dégageait.

« Pourquoi Andrej ? Pour m'avoir embrassé ? » Elle se tenait désormais debout devant lui, le regard empreint de désir, clair et sans aucune once de regret. « Je ne me suis pas plainte de ce baiser. Tu te rappelles ? »

S'il se rappelle ? Il n'avait pensé à rien d'autre que la sensation qu'il avait éprouvée dans ses bras. Il avait envie de s'approcher d'elle et de la serrer contre lui en ce moment même. Mais il résista à cette pulsion. Son désir grandissant pour Emma était une flamme dont il ne voulait pas s'approcher.

Emma tendit une main hésitante et fit glisser ses doigts le long de son bras, d'une telle légèreté que la douceur de son toucher lui réchauffait la peau. Il quitta ses yeux du regard, uniquement pour mémoriser la rondeur de ses lèvres.

Il attrapa sa main et les dirigea en direction de sa bouche. Il n'était pas capable, ou plutôt, il ne voulait pas s'arrêter. Il l'attira dans ses bras. « Emma, dis-moi de m'arrêter. » Sa voix frôlait le chuchotement.

En guise de réponse, elle tendit sa main et passa ses doigts dans ses cheveux. Il frissonna devant l'intimité de ses gestes, son invitation flagrante, puis vint délicatement épouser ses lèvres, au cours d'un timide baiser. Il cherchait à lui voler sa chaleur et sa douceur pour les garder pour lui.

Après un moment interminable, Emma finit par reculer. Préoccupé, Andrej se mit à chercher son regard. L'avait-il effrayée ? L'avait-il blessée ? Il en mourrait.

Emma posa un doigt sur ses lèvres. « Tu n'as pas à me tenir comme si j'allais me casser en mille morceaux, tu sais ? » Elle lui sourit, sans la moindre réserve.

Andrej ferma les yeux et gémit alors qu'Emma s'approchait pour frotter ses lèvres contre son oreille, la chaleur de son souffle ne reflétait pas celle de son désir. Délicatement, doucement et avec une volonté déconcertante, elle vint embrasser sa mâchoire et son cou, le rendant presque fou de désir. Il la serra plus fort dans ses bras pendant que les doigts d'Emma cherchaient les boutons de sa chemise.

Elle déboutonna le premier bouton, puis le second et glissa sa main, la paume contre sa poitrine. Elle sentit sans doute son cœur s'emballer, mais cela lui était égal. Elle avait conscience de la passion que son toucher suscitait, et cette subtile exploration avec ses mains lui faisait comprendre qu'il n'avait pas peur de ses gestes.

Il s'assit sur le canapé et attira Emma sur ses genoux. Certes, il avait le souffle coupé, mais ce n'était pas un signe de protestation. Andrej était déterminé à la toucher, à la combler tout comme elle l'avait fait pour lui. Il glissa sa main derrière sa nuque et rapprocha sa bouche de la sienne. Avec son autre main, comme elle l'avait fait plus tôt, il glissa ses doigts le long de son décolleté puis les dirigea vers le bas jusqu'à ce qu'il trouve un bouton, entre le délicat gonflement de ses seins.

Un coup retentit sur la porte, et interrompit la passion de l'instant. « Tante Emma, je peux entrer ? »

C'était Lily. Andrej ne savait pas s'il devait maudire ou bénir cette interruption qui venait de les frapper.

« Un instant, Lily. J'arrive. » La voix d'Emma était étonnamment claire, mais l'irrégularité de sa respiration, alors qu'elle se recoiffait à la hâte, trahissait cette passion qu'elle avait ressentie au contact d'Andrej.

Andrej se leva. Il baissa les yeux, de surprise, lorsqu'Emma lui serra le bras.

« Ne t'avise pas de me dire une nouvelle fois que tu es désolé, Andrej », murmura Emma avant de se diriger vers la porte et de l'ouvrir.

« Je suis désolée de te déranger, Tante Emma. » Lily jeta un coup d'œil dans la pièce et salua Andrej.

Il la salua en retour. À sa grande surprise, Lily semblait tout à fait consciente qu'elle venait d'interrompre quelque chose.

« Il y a eu un appel en provenance de Londres pour toi », dit Lily.

« La personne est toujours en ligne ? »

Lily secoua la tête. « Non, mais l'homme m'a demandé de te transmettre un message. Il m'a dit de te dire qu'il pense souvent à Patrick et toi. »

Andrej regarda avec surprise Emma s'éloigner de Lily, comme si elle venait d'être frappée par quelque chose.

« Il a aussi dit qu'il espérait que tu étais bien installée ici. Et il a dit qu'il pensait à la mère de son bébé souvent. »

« Il a exactement dit ça ? » Les mots d'Emma étaient vifs.

« Oui, ce sont ses mots exacts. » Lily gesticulait inconfortablement, se balançant d'un pied à l'autre. « C'est tout ce qu'il a dit. Tu vas bien, Tante Emma ? »

Plutôt que de répondre, elle étouffa un sanglot et cacha son visage dans ses mains.

Andrej s'approcha et se plaça à côté de Lily. « C'est bien Lily, ma puce, de t'être souvenue du message. Va donc finir tes additions, je vais rester avec Emma. »

Lily lui sourit d'un air reconnaissant et s'éclipsa de la pièce, en prenant soin de ne pas faire claquer la porte derrière elle. Andrej attendit qu'elle soit partie avant de s'exprimer. « Emma ? Ça veut dire quoi tout ça ? »

Lorsqu'elle se tourna vers lui, il fut stupéfié par la détresse qui se lisait dans ses yeux. Il s'approcha pour la réconforter, mais elle s'était recroquevillée comme si elle craignait qu'il la frappe. Elle fit quelques pas en arrière, tâtonna la poignée de la porte et s'éclipsa de la pièce.

Andrej resta debout et fixa la porte longtemps après qu'Emma eût quitté la salle. Qu'est-ce qui avait bien pu l'effrayer à ce point ? Il fronça les sourcils en repensant aux réflexions de Peter affirmant qu'Emma n'était pas la mère biologique de Patrick. Cette réaction était-elle une preuve que le garçon était sur la bonne piste ?

CHAPITRE 9

*P*our Emma, le mois suivant au Cottage
Laurel avait été une agonie sans fin.
Elle était hantée par l'inquiétude, le chagrin et la
solitude, lorsqu'elle ne travaillait pas ou ne s'occupait pas des enfants. Elle regardait par la fenêtre de sa chambre, mais elle était incapable de
voir quoi que ce soit, à cause de la pluie qui tam-
bourinait contre la vitre ; comme si l'univers
s'acharnait sur le peu de santé mentale qui lui
restait.

ELLE S'INSTALLA DEVANT SA COIFFEUSE, OÙ ELLE
avait tenté plus tôt d'écrire une lettre joyeuse et

optimiste, à ses parents qui étaient au Canada. C'était éreintant pour elle de censurer chacun de ses mots pour éviter de les inquiéter davantage. Ils lui manquaient terriblement. Elle ne pouvait pas leur faire croire que son séjour au Cottage Laurel était idyllique, car ses parents écoutaient les mêmes radios londoniennes qu'elle. Les Allemands s'efforçaient de bombarder la vie londonienne en elle-même, nuit après nuit, sans interruption. Les zones côtières du sud n'avaient pas non plus été épargnées par les bombardements et ses parents étaient assez malins pour le savoir.

Patrick soupira dans son sommeil et Emma observa le berceau pour vérifier qu'il avait assez chaud. Le bébé, les enfants et l'inquiétude, c'était un véritable tir groupé. N'était-ce pas ce que disait sa mère lorsqu'elle était enfant ? Cela n'avait aucun sens pour elle à l'époque, mais aujourd'hui, elle comprenait. Ses parents savaient que Patrick était avec elle, mais ils pensaient que la mort de Patricia était le résultat d'un tragique accident. Elle griffonna quelques détails à propos du bébé qui grandissait et de la joie qu'il lui apportait. Au moins, cette phrase était sincère.Si la route de l'enfer était pavée de mensonges, elle devait déjà en être à mi-chemin aujourd'hui. À ce stade, qu'est-ce qu'un mensonge de plus pouvait faire comme dégât ?

Dès que possible, Patrick et moi vous rejoindrons au Canada. En attendant, ne vous inquiétez pas pour nous. Je vous aime très fort, Emma.

Le Canada. Emma soupira tout en pliant soigneusement la lettre avant de la glisser dans l'enveloppe. Elle ne voulait pas quitter l'Angleterre avant la guerre, et encore moins maintenant. Cependant, Malcolm ne se trouvait pas au Canada, ce qui en faisait la destination idéale pour voyager une fois qu'ils pourraient le faire en toute sécurité. Mais quand ? Dans des mois ? Des années ? La guerre ne pouvait certainement pas durer aussi longtemps, si ?

Le fait de penser constamment à ce qu'elle devrait faire lui déclencha une migraine. Elle se frotta les tempes, mais rien n'y faisait. Elle aurait volontiers pris une tasse de thé, mais elle ne voulait pas descendre avant d'être sûre qu'Iris soit partie. Cependant, cette pluie incessante laissait présager à Emma que son amie n'avait pas encore quitté le Cottage. Elle aurait peut-être dû se sentir coupable de se montrer si peu chaleureuse avec Iris, mais elle lui en voulait toujours. Fidèle à sa parole, Iris n'avait pas mentionné à nouveau le nom de Malcolm. Mais elle avait affirmé qu'Emma et Patrick seraient plus en sécurité si elle était mariée et qu'elle pouvait compter sur la protection de son mari.

« *Ironique* », pensa Emma. Iris croyait que ses problèmes disparaîtraient à l'aide d'un homme, alors que c'était précisément à cause d'un homme que cette histoire avait commencé.

Iris avait décrété que Stuart était le mari idéal. Qu'avait-elle dit déjà ? « Avec lui, tu pourras avoir tout ce que tu veux, facilement, et il te suivra au Canada sans émettre la moindre objection. » Ce serait effectivement idéal si Stuart était un chiot, mais pour Emma, l'obéissance n'avait jamais fait partie des qualités qu'elle souhaitait trouver chez son mari. Elle rejoua les arguments d'Iris dans sa tête à ce propos, mais son cœur refusait d'accepter que le mariage soit sa seule échappatoire.

Du coin de l'œil, Emma remarqua un papier plié qui avait été glissé sous sa porte. Elle le récupéra, un faible sourire forcé au visage, pour cacher sa tristesse. Peter et Lily avaient écouté Emma attentivement et avaient pris en considération le fait de ne pas frapper à sa porte pendant les siestes de Patrick, l'après-midi. Cependant, ils découvrirent rapidement que glisser un petit mot sous une porte n'était pas assez bruyant pour réveiller un bébé.

Tante Emma, le Capitaine Tollison a appelé et a dit qu'il viendrait te chercher à cinq heures pour le bal de ce soir — Lily

Emma fit une grimace. Le bal au Manoir Laurel. Elle avait oublié. Manifestement, ce n'était pas le cas de Stuart. Lorsqu'il avait proposé de l'accompagner au bal, elle avait accepté, car cet évènement lui permettrait volontiers de casser le rythme de ses nuits monotones. Elle dînait tous les soirs avec William, Joanna et les enfants, mais Andrej était mystérieusement absent au Cottage depuis ces dernières semaines. Tout était de sa faute. Depuis que Malcolm avait appelé et demandé à Lily de lui passer un message, Emma s'était retrouvée prisonnière de ses inquiétudes. Andrej avait essayé, à maintes reprises, de l'aider à sortir de sa cage mentale, mais elle avait repoussé tous ses efforts, un à un.

Désormais, le seul endroit où ils s'adressaient la parole était leur lieu de travail. Andrej établissait un contact visuel uniquement lorsque celui-ci était strictement nécessaire et il faisait en sorte de rester à l'opposé de la pièce, aussi souvent que possible. Elle ne pouvait pas lui en vouloir. De toute évidence, il avait été blessé par son comportement, mais elle ne pouvait pas se confier à lui.

Emma ouvrit, avec précaution, les portes de

l'armoire à vêtements, en prenant soin de ne pas réveiller le bébé. Elle examina les robes, correctement cintrées, mais aucune ne lui convenait. Elle n'était tout simplement pas d'humeur à faire la fête. Mais si elle se mettait à pleurer, tout le monde la supplierait de sortir. Stuart s'attendait à voir un sourire sur son visage. Si ce n'était pas le cas, il s'efforcerait d'en faire apparaître un.

Stuart était vraiment très gentil. Et pourtant, Emma ne pouvait s'empêcher de le voir comme le garçon parfait qui la suivait partout, de six heures du matin à dix heures du soir. Stuart était prévenant. Il était sympathique. Il était drôle.

Mais il n'était pas Andrej.

Emma ferma l'armoire et s'assit sur le rebord de son lit. Andrej lui manquait. Sa présence calme et discrète lui manquait. Son sourire étrange, mais si charmant lui manquait. « Stop, stop, stop », se dit-elle sur un ton réprobateur. Sa vie était déjà bien assez complexe, déroutante et turbulente comme cela. Elle n'avait pas besoin de s'attarder sur ses sentiments envers un jeune homme avec qui elle ne pourra jamais être.

Un autre bout de papier venait d'être glissé sous la porte.

Tante Emma – Je pense que tu auras l'air superbe dans ta robe verte. Tante Joanna dit qu'elle a des perles qu'elle serait ravie de te prêter pour ce soir. J'ai hâte de voir à quel point tu es belle dans ta tenue de bal — Lily

Emma sourit. Lily était une petite fille adorable. Elle et Peter s'étaient montrés si courageux face à la séparation avec leur mère. Si le fait qu'elle aille au bal ce soir faisait plaisir à Lily, alors elle allait s'y rendre.

Elle s'assit face à sa coiffeuse et fronça les sourcils en voyant son reflet dans le miroir.

Elle rêvait d'avoir les cheveux lisses plutôt que ces maudites boucles, qu'elle n'arrivait jamais à garder attachées. Il lui fallut un peu moins d'un quart d'heure pour lisser ses cheveux et les ramener en arrière. Une fois la dernière pince mise en place, elle aperçut un autre bout de papier glissé sous la porte. Pourvu que ce mot annonce que Stuart avait appelé pour annuler.

Emma – Tu ne peux pas te cacher indéfiniment. Ouvre cette porte — Iris.

Sachant qu'elle ne pouvait rien y faire, Emma ouvrit la porte et resta éloignée d'Iris, pendant qu'elle entrait dans la chambre.

« Les enfants étaient quasiment à court de petits papiers, donc je suis ravie de voir qu'un seul a suffi à te convaincre de me laisser entrer. »

« Tu es la bienvenue si tu t'abstiens de me parler de Stuart », l'avertit Emma.

« Stuart comment ? » Iris sourit. Elle s'installa sur le lit d'Emma et contempla le berceau du bébé. « De tous les bébés que j'ai vus auparavant, je n'en ai jamais vu un dormir comme Patrick. »

« C'est un vrai ange. » Emma le regarda pendant un long moment, le cœur tellement rempli d'amour qu'elle n'a pas résisté à la tentation de le prendre dans ses bras et de couvrir son minuscule visage de baisers. « En parlant d'enfants, où sont tes filles ? »

« En bas, elles suivent un cours d'allemand. Je te laisse deviner qui est à l'initiative de cette séance impromptue ? »

« Peter, naturellement. »

« Est-ce que j'ai le droit de mentionner le nom du professeur ou bien est-ce que c'est également un sujet tabou ? »

« Andrej est en bas ? » Le rythme cardiaque d'Emma s'accéléra. Cela ne lui ressemblait pas d'être à la maison si tôt.

« Oui, il l'est. » Iris se mit à sourire, l'air bien trop satisfaite d'elle-même au goût d'Emma. « Je l'ai entendu dire qu'il était simplement venu récupérer quelque chose qu'il avait oublié, mais que Peter l'avait incité à lui apprendre des phrases en allemand. »

« Comme quoi ? »

« La première chose que Peter a jugé utile d'apprendre était : " Non, vous ne pouvez pas vous asseoir avec nous à la table. Mangez par terre, avec les chiens. " »

Pour la première fois en un mois, Emma se mit à rire. « Tu es en train de me dire qu'Andrej a accepté ? »

« Il a eu un regard un peu perplexe », confia Iris. « Mais oui, il veut leur faire plaisir. C'est vraiment un homme adorable. »

Emma acquiesça, mais manquait de confiance pour s'exprimer. La dernière chose dont elle avait besoin était qu'Iris, malgré ses bonnes intentions, démasque ses sentiments pour Andrej. C'était juste un homme avec qui elle travaillait, rien de plus.

« Menteuse », résonna sa voix dans sa tête. Andrej n'était pas un simple collègue. C'était un homme avec lequel elle voulait passer du temps, discuter, rire. Elle voulait sentir son toucher, elle voulait qu'il la prenne dans ses bras. Elle avait même espéré pouvoir lui avouer le secret à propos de Patrick, mais cela ne se produirait jamais. Jamais.

Emma avait appris à douter de son instinct. En effet, Malcolm était coupable de la mort de Patricia, il l'avait poussée dans les escaliers. Elle s'en voulait à elle-même également. Lorsqu'elle avait appris que Malcolm et Patricia se fréquentaient, elle s'était méfiée, mais elle n'avait pas demandé à Patricia d'arrêter de le voir pour autant. Au contraire, elle était persuadée qu'avec le temps, Patricia se rendrait compte que Malcolm était dangereux.

Quand elle s'en était aperçue, il était trop tard. Patricia était enceinte du bébé de Malcolm. Là encore, Emma ne comprenait pas la cruauté profonde qui animait le cœur de Malcolm. Elle avait du sang sur les mains, tout comme lui, parce qu'elle avait fait face au diable sans même l'avoir reconnu en tant que tel.

Les gazouillis de Patrick la tirèrent de ses pensées. Elle le prit dans ses bras et le serra fort contre elle, tout en lui murmurant des mots doux.

« En réalité, c'est pour Patrick que je suis venue ici, Emma. Laisse-moi l'emmener chez moi, ce soir, pour que tu puisses pleinement profiter de ton bal. »

Emma secoua sa tête d'un air décidé. « Non, c'est très généreux de ta part, mais je l'emmène avec moi. »

« Dans une salle bruyante, envahie de fumée, avec des dizaines d'aviateurs, qui enchaînent autant que possible les bières blondes ? En voilà une idée de champion ! » Iris secoua sa tête. « Laisse-le rentrer avec moi. Tu n'as pas à avoir peur. J'arracherais la tête des épaules de Malcolm s'il se pointait ici. »

« Ce n'est pas drôle, Iris. » Emma frissonna. Elle n'avait pas eu de nouvelles de la part de Malcolm depuis qu'il avait appelé la dernière fois. Ce silence la rendait nerveuse.

« Je suis désolée, je suis vraiment désolée. Mais je veux juste te rendre service. Tu as été une amie formidable et grâce à nos visites, tu m'as aidée à passer le temps en attendant le retour de Robert à la maison. »

Emma lança un regard coupable à la femme qui se trouvait en face d'elle. Iris était tellement enjouée et déterminée à rire de tout, qu'Emma oubliait facilement qu'elle avait une part de solitude à supporter dans sa vie également.

« Il sera bien mieux avec moi ce soir », insista Iris. « Joanna va venir déposer Peter et Lily chez moi. Patrick sera bien au chaud, bien nourri et parfaitement en sécurité, je te le promets. »

« Tu ne veux pas aller au bal ? »

« Pour quoi faire ? » Iris fit une grimace. « Moi j'ai déjà un mari… Contrairement à toi… Oups, excuse-moi, je n'étais pas censée prononcer ce mot, si ? »

Emma roula des yeux. « Tu es incorrigible. »

« En vérité, c'est le soir où Robert doit nous appeler de Londres et je ne veux pas manquer son appel. Les enfants jouent tellement bien ensemble. Tu peux venir récupérer Patrick, demain matin, à la première heure. »

Emma hésita. Elle n'avait pas envie d'aller au bal. Elle ne voulait pas être séparée de Patrick, même pour quelques heures, encore moins toute une nuit. Et elle ne voulait pas passer sa soirée à faire semblant d'être heureuse juste pour éviter que Stuart fasse des histoires.

Ce dont elle avait réellement envie était de s'allonger dans son lit et pleurer longuement. Elle était en train de se lamenter sur son sort. La moindre des choses était de s'en tenir aux plans que tous les autres avaient prévus. Demain arriverait bien assez vite pour se replonger dans ses soucis.

« Comme toujours, tu as gagné. Je viendrai récupérer Patrick demain matin. » Elle esquissa un sourire pour son amie. « Je te promets que je vais essayer de m'amuser ce soir. »

« Formidable ! Maintenant, va te préparer et je t'attends en bas, avec les enfants. » Elle s'arrêta, la main sur la poignée de la porte. « Je vais aller voir si Andrej veut bien m'apprendre à dire " Ta mère est moche " en allemand. » Elle fit un clin d'œil à Emma et disparut.

PETER TOURNA DÉLICATEMENT LA POIGNÉE DE LA porte de la chambre de Tante Emma et retint sa respiration, dans l'espoir que la porte ne grince pas. Il observa le couloir par-dessus son épaule. Personne n'était dans les environs. Il se glissa dans la chambre, en prenant soin de bien re-fermer la porte derrière lui, aussi soigneusement qu'il l'avait ouverte. « *La culpabilité était un vilain sentiment* », pensa-t-il. Ce qu'il faisait était mal. Mais il le faisait pour une bonne raison.

IL OBSERVA AUTOUR DE LUI. PAR OÙ COMMENCER ? Si Tante Emma avait un secret, et Peter savait au fond de son cœur que c'était le cas, où cacherait-elle les preuves ? Il ne savait pas ce qu'il espérait trouver. Peut-être qu'il pourrait tomber sur un certificat de naissance, sur lequel figureraient les noms des parents biologiques de Patrick. Peut-être qu'ils seraient tellement contents de re-trouver leur bébé, qu'ils trouveront la force de lui pardonner. Après tout, elle s'occupait merveilleusement bien de Patrick. Ils comprendraient sûrement qu'elle ne lui avait fait aucun mal.

Il était au moins sûr d'une chose : il avait pris la bonne décision en ne faisant pas part à Lily de son intention d'examiner les affaires de Tante Emma, à la recherche d'un indice. Elle aurait piqué une crise.

Aussi discrètement qu'il le pouvait, Peter se dirigea vers le bureau, près de la fenêtre. Il examina les enveloppes soigneusement empilées. Il y avait une lettre de ses parents, en provenance du Canada. Une autre venant d'Irlande. Intéressant. Il fit glisser la lettre hors de l'enveloppe et commença à la lire. C'était ennuyeux… Si un indice se cachait dans ce texte, il était écrit dans une sorte de langue codée, secrète et féminine, qu'il n'aurait jamais pu déchiffrer. Cependant, une chose le frappa : le nom de Patrick n'était jamais mentionné. L'auteure de la lettre, une amie de Tante Emma, l'avait clôturé en témoignant son affection, mais n'avait demandé aucune nouvelle du bébé. Quelle amie !

La lettre suivante était de sa mère. Peter la remit sur la pile et la recouvrit rapidement par une autre enveloppe. Sa mère serait furieuse si elle apprenait qu'il était en train de regarder dans les affaires de Tante Emma. De fouiner, comme dirait sa sœur. C'était très bien que sa sœur veuille suivre le droit chemin, mais que ferait-elle quand la police retrouverait Tante Emma et l'arrêterait pour kidnapping ?

Elle pleurerait, c'est sûr, et ça aiderait beaucoup Tante Emma quand elle serait jetée en prison… Non, c'était bien mieux de l'aider avant qu'elle ne se fasse attraper. Et, pour ce faire, la première étape était de découvrir qui étaient les parents biologiques de Patrick.

Il jeta un rapide coup d'œil dans les tiroirs de la commode, mais il ne trouva rien d'intéressant. Peter n'avait aucune envie de fouiller la commode. La simple idée de se retrouver nez à nez avec tous ces vêtements de fille le faisait rougir. Il observa autour de lui. N'y avait-il pas un autre endroit où il pourrait chercher plutôt ?

L'armoire ! Peter ouvrit les portes et recula. Des robes. Deux paires de chaussures. Une valise. En voilà une bonne cachette potentielle. Il souleva la valise pour la sortir de l'armoire et la déposa sur le sol. Les cadenas s'ouvrirent facilement. Vide ! Il s'y attendait. Il passa ses doigts le long de la doublure, dans l'espoir d'y trouver… Qu'est-ce qu'il espérait y trouver au juste ? C'était un certificat de naissance qu'il cherchait en réalité. Mais il n'y avait pas de documents, ni quoi que ce soit, dans cette mallette. Il la referma et la remit à sa place, dans l'armoire.

Il était sur le point de refermer les portes, lorsqu'il aperçut un sac à main. Son rythme cardiaque s'accéléra en l'ouvrant. Peu importe le sentiment de culpabilité qu'il avait éprouvé plus tôt, tout cela avait disparu maintenant. Il l'attrapa et sortit la seule chose qui s'y trouvait : une photographie.

Deux femmes se tenaient l'une à côté de l'autre. L'une d'entre elles était Emma. Elle se tenait aux côtés d'une femme plus grande, qui était soit bien en chair, soit sur le point d'accoucher. Elles souriaient toutes les deux. Il ne pouvait certainement pas deviner que chacune d'entre elles avait des ennuis. Il rapprocha la photo de ses yeux, pour mieux voir l'autre femme. Était-elle la mère de Patrick ?

Il glissa à nouveau la photo dans le sac avant de le replacer dans l'armoire puis ferma les portes. Il s'appuya dessus pour réfléchir. Il avait trouvé une photo de Tante Emma et d'une femme enceinte, mais cela ne prouvait rien de mal.

Avait-il tort ? Il mourrait de honte si quelqu'un le surprenait en train de fouiller dans les affaires de Tante Emma. D'autant plus s'il avait finalement appris qu'elle était la mère biologique de Patrick, et qu'il avait faux sur toute la ligne.

Mais il n'avait pas tort. Il le savait.

Le seul autre endroit où Peter pensait pouvoir trouver quelque chose (parce qu'il n'allait définitivement pas fouiller dans les sous-vêtements d'Emma pour lui sauver la vie) était sous le lit. Il se mit à genoux, s'abaissa et observa sous le lit. Rien. Il s'extirpa et roula sur le dos pour regarder l'armature du matelas. Bingo. Il s'empressa de se glisser sous le lit et souleva le matelas.

Il savait qu'il ne lui restait pas beaucoup de temps. Le dernier rayon de soleil de l'après-midi illuminait la fenêtre. À cause du black-out, il ne pouvait surtout pas allumer les lumières. L'enveloppe n'était pas scellée, ce qui soulagea la conscience de Peter. Il ouvrit l'enveloppe et renversa les papiers sur le tapis.

La majorité des documents étaient d'ordre professionnel. Il les examina rapidement. Pour lui, il n'y avait rien d'intéressant dans les premières lettres. Il continuait à les passer en revue. Arrivé au milieu de la pile, il se figea. De l'allemand ? La moitié des lettres étaient écrites en allemand.

Il ne comprenait pas la langue, mais avait reconnu les mots. Il savait qu'en allemand, ces derniers étaient inhabituellement longs. Il sentit son estomac se nouer. Pourquoi aurait-elle des lettres en allemand, cachées dans sa chambre ? Et si… il vint porter ses mains à sa bouche. Et si c'était une espionne ? Il se sentait réellement malade maintenant. Un kidnapping aurait engendré beaucoup d'ennuis à Emma, mais une trahison la mènerait à la potence.

Il fouilla dans sa poche et en sortit une feuille de papier et un bout de crayon. Aussi rapide que possible, il se mit à griffonner autant de mots qu'il pouvait, en sachant pertinemment que c'était terriblement inutile, mais c'est tout ce qu'il pouvait faire, au vu du temps qu'il lui restait. Il jeta un coup d'œil à l'extérieur : il était bien temps de se débarrasser des papiers avant que Tante Joanna arrive pour fermer les rideaux occultants.

Une fois l'enveloppe remise à sa place, Peter resta devant la porte pour observer autour de lui et s'assurer que tout était en ordre. Tout était revenu à sa place initiale, mais plus rien ne lui semblait pareil depuis qu'il était entré dans cette chambre. La pièce avait beau avoir l'air comme avant, ce n'était pas le cas. Tout avait changé. Tante Emma avait plus d'ennuis qu'il le pensait, et il n'était pas capable de l'aider à s'en sortir.

~

« EXCUSEZ-MOI MONSIEUR, MAIS J'AI DES questions à propos de votre agenda pour les prochaines semaines ? Puis-je vous dire un mot maintenant ? »

Malcolm, assis à son bureau, leva les yeux vers la jeune fille qui se tenait à l'entrée. Son regard se posa sur sa silhouette, beaucoup trop maigre, son teint pâle et ses hideux cheveux orange, qui se rabattaient sur son visage. Bon Dieu, mais où ont-ils bien pu trouver ces jeunes femmes laides qui occupent le poste de secrétaire ? Y avait-il une réserve inépuisable de ces spécimens quelque part à Londres ? Il fit une grimace.

« Je peux revenir plus tard, Monsieur, si vous préférez ? » dit-elle.

Malcolm entendait un tremblement dans la voix de la jeune fille. Il résista à l'envie de dire quelque chose de cinglant et de la regarder fuir pour se mettre à l'abri. Il n'avait pas le temps.

« Posez-moi votre question maintenant », dit-il en claquant des doigts. « Mais faites vite. »

« Oui Monsieur. » Elle consulta l'agenda qu'elle tenait dans ses mains. « Vous avez été convié pour vous exprimer mardi prochain lors d'un déjeuner d'affaires pour… »

« Non, je n'ai pas le temps la semaine prochaine. Déclinez l'invitation et libérez le reste de ma semaine. »

« Mais votre emploi du temps est très chargé la semaine prochaine, Monsieur. Vous êtes certain de vouloir annuler tous vos rendez-vous ? »

La paume de la main de Malcolm le démangeait, il avait envie de l'approcher de la jeune fille et d'effacer l'expression timide sur son visage. Il savait pertinemment quel son ferait sa main s'il la frappait au visage, un bruit de fouet qui claque. L'expression de stupéfaction et de panique dans ses yeux, une fois qu'elle aurait réalisé ce qu'il venait de faire, serait particulièrement satisfaisante. Mais il devait passer son tour pour cette fois, il était attendu à un déjeuner d'affaires.

« Annulez tout ! » Il se leva et tourna le dos à la fille. Il laissa son regard errer sur la cour intérieure, au rez-de-chaussée de son bureau, pendant un long moment, avant de se retourner vers elle. « Je m'en vais la semaine prochaine. J'ai bien envie d'aller passer quelques jours à la mer. »

CHAPITRE 10

Trois danses avec des aviateurs éméchés, deux baisers précautionneusement évités et un mal de crâne plus tard, Emma s'éclipsa de la bruyante salle de bal improvisée, en quête d'un endroit tranquille pour reprendre son souffle.

Elle jeta un bref coup d'œil par-dessus son épaule avant de partir. Elle se sentait coupable de quitter les lieux sans même avoir prévenu Stuart qu'elle s'en allait. Il était ivre au vu de toutes les bières qu'il avait avalées et ne remarquerait pro-bablement pas son absence avant plusieurs heures. Tant mieux, elle voulait être seule.

Deux jeunes femmes dans l'entrée se mirent à rire en secouant leurs parapluies trempés. Elles sourirent à Emma à son passage. En voyant leurs visages juvéniles et enthousiastes, elle se sentit vieille à côté d'elles. À quelques années près, ces deux jeunes filles insouciantes auraient pu être Patricia et elle. Le souvenir de leur innocence et de leur conviction selon laquelle la vie n'est rien d'autre qu'une aventure lui semblait insupportablement triste aujourd'hui.

Elle se dirigea vers le bureau qu'elle partageait avec Andrej, mais s'arrêta. À moins qu'il ne soit rentré au Cottage, il devait sûrement y être en ce moment pour travailler. Elle pouvait bien retourner au Cottage, mais cela n'aurait aucun intérêt puisque les enfants n'y étaient pas. Elle parcourut du regard l'immense escalier devant elle. N'avait-elle pas repéré un petit salon, qui avait été transformé en salle de séjour, au deuxième étage ? Peut-être qu'il était vide ?

Arrivée en haut des marches, elle hésita. Le couloir était vide et seules quelques faibles lumières brillaient. N'était-ce pas de la musique qu'elle entendait ? Elle écouta avec attention. Oui, c'était bien de la musique. De la musique classique émanait d'une des salles, au bout du couloir. Le vent de nostalgie et la mélancolie de la musique frappèrent Emma. Tout en suivant cette mélodie obsédante, elle continua sa traversée du couloir jusqu'à atteindre une porte légèrement entrouverte.

Elle entra dans la pièce, ne sachant pas ce qu'elle était sur le point de découvrir. Sept secondes s'écoulèrent avant que ses yeux s'ajustent à l'obscurité. Seule une bougie était allumée, sur une table d'angle au loin. Au début, elle s'attendait à trouver un phonographe en train de jouer une musique, mais elle aperçut quelqu'un à côté d'un piano. La pièce avait beau être obscure, elle avait reconnu Andrej, instantanément, à la largeur de ses épaules.

Sa raison lui disait de se retourner et de s'en aller, mais la beauté de la musique l'envoûtait. La passion avec laquelle Andrej jouait la touchait en plein cœur. Elle n'avait jamais entendu quelque chose de si exquis, si magnifique, de toute sa vie. Elle voulait juste rester quelques minutes, c'est tout ce qu'elle souhaitait. Ensuite, elle partirait avant même qu'il ne sache qu'elle était présente.

Tout d'un coup, Andrej s'arrêta et se tourna dans sa direction, pour la regarder. « Emma ? » Sa voix était indécise.

« Oui, Andrej, c'est moi. » Elle resta debout, près de la porte. « Excuse-moi, je ne savais pas que tu étais là. J'ai entendu la musique et j'ai voulu me rapprocher pour mieux écouter. »

Il resta silencieux tellement longtemps qu'Emma craignait que son intrusion l'ait ennuyée. Mais lorsqu'il prit la parole, elle ne détecta pas une once de colère dans sa voix.

« Tu veux que je te joue un morceau ? »

« Je t'en prie ! » répondit-elle. « J'en serais ravie. »

Il l'invita à s'installer sur le canapé, près de la table sur laquelle était posée la bougie. Emma retira ses chaussures et releva ses jambes pour s'installer. Une fois prête, Andrej commença à jouer. Emma se laissait facilement emporter par la magie de l'instant. La beauté de la musique lui offrait un refuge, loin de ses tracas, et la présence d'Andrej la libérait de son sentiment de peur.

Elle ne connaissait pas le morceau qu'Andrej était en train de jouer, mais il s'agissait sans aucun doute, sans conteste, de la plus belle mélodie qu'elle ait jamais entendue. Elle se sentit triste une fois le morceau terminé.

« C'était du Mozart ? » demanda-t-elle.

« Non. » Andrej parlait si doucement qu'Emma l'entendait à peine. « Je l'ai composé. »

Emma resta sans voix. Enfin presque. « Oh, Andrej, c'était merveilleux. Magnifique même. On ressent la tristesse et la solitude, mais également l'espoir. » Elle porta sa main à son cœur. «

Je ne trouve pas les mots pour te dire à quel point c'était incroyable. »

Andrej se tourna pour lui faire face. « Je suis ravi que tu aies aimé. »

Elle ne pouvait pas voir son expression sur son visage dans la semi-obscurité, mais la vulnérabilité dans sa voix lui déchirait le cœur.

« J'ai adoré. Je ne savais pas du tout que tu composais. »

« Dis-moi, à ton avis, à quoi ressemblait ma vie à Londres ? »

Emma sourit. « Je t'imagine dans un petit appartement à Chelsea, au premier étage bien sûr, avec un ascenseur capricieux. Tu as des élèves qui viennent à n'importe quelle heure du jour ou de la nuit. Ton appartement est bien rangé, tu as peut-être une plante, ou bien même un chat, des livres et des partitions partout. Et le soir, après le départ de ton dernier élève, je t'imagine faire un tour dans ton pub préféré et t'asseoir avec tes amis de longue date, que tu connais depuis des années. Alors est-ce que je m'en approche ? »

« Non. » Sa voix avait un pris un ton nostalgique. « Pas du tout. »

« Même pas un peu ? »

Il lui répondit par un silence. Emma avait remarqué que lorsque Andrej travaillait, il était toujours présent, concentré, il s'exprimait directement et avec clarté. Mais dès qu'il était question de son passé, c'était comme si quelqu'un lui avait volé cette assurance.

Emma tapota le coussin à côté d'elle. « Viens me parler de ta vie, Andrej », dit-elle d'un ton tendre. « Je t'en prie. »

Il s'exécuta, lentement et prudemment. Il s'installa le plus loin possible, sur le coin du canapé, et évita de croiser son regard. Il fixa ses mains à la place.

Emma, elle, le fixait lui. Le fait de le voir apaisait son cœur. Désormais, elle dépendait de la chaleur qu'elle ressentait en sa présence, et du sentiment de sécurité qui venait la bercer lorsqu'il se trouvait près d'elle. Lui, cependant, ne partageait clairement pas cet apaisement lorsqu'ils se trouvaient tous les deux.

« Tu veux que j'aille chercher Stuart pour toi ? » demanda Andrej.

Lorsqu'il prononça le nom de Stuart, Emma eut l'impression que quelqu'un venait de lui jeter un seau d'eau froide. Elle secoua la tête. « Je ne veux pas partir tout de suite. »

« Tu n'as pas peur d'être ici avec moi ? »

Emma fut choquée par cette question. « Non,

bien sûr que non. Je n'ai jamais eu peur de toi. Qu'est-ce que qui peut bien te faire dire cela ? »

Il évita de croiser son regard. « La dernière fois que nous nous sommes retrouvés tous les deux, je t'ai fait peur. »

Emma secoua sa tête avec véhémence. « Non, non. Je n'avais pas peur de toi. J'ai peut-être été gênée d'avoir été si entreprenante avec toi, mais tu ne me faisais pas peur. » Elle s'arrêta lorsqu'elle réalisa soudainement qu'Andrej n'avait pas compris sa réaction de choc face au message de Malcolm et qu'il avait donc supposé que le problème d'Emma avait un rapport avec leur baiser. Elle voulait lui expliquer, mais comment faire sans mentionner Malcolm ?

Elle s'approcha et prit les mains d'Andrej dans les siennes. Elle fit légèrement glisser ses doigts sur sa paume. « Des mains capables de jouer une si douce musique ne pourraient jamais me faire de mal. » Elle relâcha sa main et s'assit de nouveau. « Je suis désolée si je t'ai fait croire cela. »

Andrej secoua sa tête, un sourire triste aux lèvres. « Faisons en sorte que ce soit la dernière fois que nous nous présentons des excuses, toi et moi, Emma. »

Elle acquiesça. « Je suis d'accord. »

« Il serait peut-être temps de rentrer au Cottage maintenant, qu'en dis-tu ? » demanda-t-il.

Elle secoua la tête. « Pas tout de suite. Cet endroit est si paisible. Je veux rester un peu plus longtemps. »

Andrej attrapa sa veste et la déposa délicatement sur ses épaules. « Je ne veux pas que tu aies froid. »

Elle sourit avec gratitude.

La flamme de la bougie se mit à vaciller de façon spectaculaire avant de s'éteindre. Andrej bougea pour en chercher une autre, mais Emma posa sa main sur son bras pour l'arrêter. « L'obscurité ne me gêne pas. »

« Dis-moi ce que tu veux Emma et je te le donnerai. »

Elle se mit à hésiter, seulement un court instant. « Pour l'instant, je veux que tu restes assis, près de moi. Patrick est chez Iris ce soir et je ne veux pas me retrouver seule. »

En guise de réponse, Andrej se rapprocha d'Emma et l'attira contre lui. Elle posa sa tête contre sa poitrine. Il caressa doucement ses cheveux et Emma sentit une forte charge de tension et de peur, présentes depuis si longtemps, quitter son corps.

« Est-ce que tu vas finir par me parler de ton

quotidien avant d'être arrivé ici ? » demanda Emma.

« Je suis obligé ? »

Elle acquiesça. « Est-ce que tu as quelque chose à cacher ? »

« Oui. »

À travers son ton, il fit comprendre à Emma qu'il était prêt à se confier à elle. Elle plaça délicatement sa main sur son genou.

« Je veux te connaître plus Andrej, mais je veux seulement savoir ce que tu veux bien me dire. »

Elle attendit, écoutant le son de l'horloge qui tournait.

« Tu n'avais jamais entendu mon nom avant que je me présente dans le train ? » Sa voix était grave, prudente et même réservée.

« Je devrais ? »

Il se mit à rire doucement. « Quel style de musique écoutes-tu ? »

« J'aime beaucoup Bing Crosby et les Andrew Sisters. En fait, j'écoute de tous les styles de musiques récentes, du moment que je peux danser dessus. »

« Donc, pas de classique ? »

« Non, mais je n'avais encore jamais entendu

une mélodie aussi magnifique que celle que tu as jouée ce soir. »

« Tu as aimé à ce point ? » Il avait un ton joyeux. Emma se mit à sourire.

« J'ai adoré. C'était magique. » Elle se blottit contre lui. « Je pourrais t'écouter jouer toute ma vie, je ne m'en lasserais pas. Dis-moi, depuis combien de temps enseignes-tu le piano ? »

« Je ne suis pas professeur de piano. Je suis pianiste de concert. »

« Est-ce que tu es connu ? » À en juger par son merveilleux talent au piano, elle n'aurait pas été étonnée qu'il le soit.

Andrej émit un son très faible.

« Tu l'es ? » insista-t-elle. « Parle-moi de ta carrière. »

Andrej commença à prendre la parole. Emma ferma ses yeux et l'écouta parler de sa passion pour la musique, de ses voyages et des pays où il s'était rendu pendant ses tournées. Elle avait rarement quitté Londres et était donc fascinée par le récit de ses aventures à Buenos Aires, Tokyo et Sydney. Elle aimait son accent en anglais, aux notes mélodiques, et malgré son ton grave, la délicatesse de sa voix lorsqu'il s'exprimait. En sécurité dans ses bras, elle se sentait comme bercée, profondément détendue.

« Tous tes voyages ont l'air magiques », dit-elle, en chuchotant à demi-mot. « Dis-moi, si tu pouvais être n'importe où dans le monde ce soir, où est-ce que tu aimerais te trouver ? »

« Nulle part ailleurs qu'ici, Emma. » Il prit sa main et déposa un baiser sur son poignet. « Ici, avec toi. Nulle part ailleurs. »

ELLE N'AVAIT PAS PEUR DE LUI. ANDREJ SE SENTIT soulagé d'un poids énorme qui pesait sur son cœur. Il tourna son regard vers Emma, désormais endormie. Pour la première fois de sa vie, il avait l'impression d'avoir sous les yeux tout ce dont il avait toujours rêvé.

Mais il n'était pas stupide pour autant. Il savait que lorsqu'Emma se réveillerait, le charme serait rompu et ils appartiendraient de nouveau à deux mondes différents. C'était inéluctable. Il se souvenait comme si c'était hier (alors qu'en réalité, plusieurs années s'étaient écoulées) des paroles murmurées par sa mère avant de le quitter : « Tu n'as pas ta place dans notre famille, Andrej. »

Ces moments au Cottage Laurel, ce temps passé à travailler avec Emma et aux côtés des enfants, ont été un véritable cadeau pour lui. Il s'était senti dans la norme. Il chérissait le souvenir de chacun de ces instants, avant de retrouver sa vie de solitude.

Emma. Comme elle allait lui manquer. Cette dévotion qu'elle apportait aux enfants le subjuguait. Mais cela l'inquiétait également. Pas de la façon dont elle s'occupait de Patrick et de Lily. Elle était incroyablement aimante envers eux. Ils étaient chanceux en l'occurrence qu'elle les ait pris sous son aile. Non, c'était Patrick qui préoccupait Andrej. C'était la façon dont Emma aimait et prenait soin de lui, avec une telle tendresse. Elle était plus dévouée que n'importe quelle mère, à ses yeux.

Il se pencha et embrassa délicatement le sommet de sa tête. Doucement, pour ne pas la réveiller, il la serra contre elle, dans l'espoir que ce geste soit suffisant pour la garder en sécurité, face aux problèmes qu'elle s'était créés en arrachant Patrick de sa mère. Andrej ne pouvait l'expliquer avec certitude, mais il croyait désormais que Peter avait raison. Emma n'était pas la mère de Patrick. Cela signifiait donc qu'il y avait quelqu'un quelque part, à la recherche de son fils. Et cette femme le lui avait enlevé.

« Repose-toi maintenant, ma chérie », murmura-t-il.

207

Le fait d'imaginer Emma faire face à des allégations de kidnapping lui déchirait le cœur. Elle savait sûrement qu'elle courait un danger. La peur sauvage qu'il avait lue dans ses yeux l'autre jour au Cottage, lorsqu'elle avait appris pour le coup de téléphone, avait fait comprendre à Andrej qu'elle savait qu'elle était en danger.

Une fois de plus, il se concentra sur le message que Lily avait relayé à Emma. « Je pense à la mère de mon bébé très souvent. » Le choix des mots lui avait semblé étrange, mais après tout, l'anglais n'était pas sa langue maternelle, c'était peut-être pour cette raison. Quel pouvait être le sens derrière ces mots ?

Pourquoi Emma avait-elle enlevé Patrick ? Il s'était posé la question des dizaines de fois, mais n'avait jamais réussi à obtenir une réponse satisfaisante. Il ne pouvait pas se laisser convaincre que Patrick était orphelin et qu'Emma s'était portée volontaire pour s'occuper de lui. Elle n'aurait rien à cacher si c'était la vérité.

Pourquoi Emma l'avait-elle supplié, cette première nuit à Londres, d'emmener le bébé dans un orphelinat si quelque chose devait lui arriver ? Elle avait affirmé que Patrick et elle étaient seuls au monde. N'y avait-il donc personne, ni un ami ni un membre de la famille, à qui elle puisse faire confiance pour s'occuper du bébé ? Pourquoi n'avait-elle pas évoqué ses parents au Canada. Ses mensonges, ses peurs, ses réactions au coup de téléphone de la dernière fois… Rien de tout cela n'avait de sens.

Que pouvait-il faire ? La confronter ? Elle mentirait. Elle trouverait toutes les excuses imaginables pour protéger Patrick. Il ne gagnerait rien à lui poser frontalement la question. Il y avait une autre solution : ne rien faire. Mais c'était hors de question pour Andrej.

Il tenait beaucoup trop à elle pour la laisser démolir sa vie, en suivant cette route de mensonges sur laquelle elle s'était engagée. Non. Il préférait prendre le risque qu'elle le haïsse, en cherchant à retrouver les véritables parents de Patrick. Il ne supportait pas de rester sans rien faire et de la regarder détruire son avenir.

Étant donné que l'approche directe était écartée des possibilités, Andrej savait qu'il ne lui restait plus qu'une seule solution. Il devait passer le plus de temps possible avec Emma, gagner sa confiance et ensuite… il lui demanderait de l'épouser.

Bien que parfaite, cette idée le surprit. En épousant Emma, il serait peut-être en mesure de la protéger, et même d'offrir cette protection à

Patrick, le temps qu'il retrouve sa véritable famille. À sa connaissance, Emma avait peu d'argent pour pouvoir se sortir de cette situation. Lui,
au contraire, disposait de fonds suffisants pour
faire appel au meilleur conseiller juridique exis-
tant. Ce n'est pas parce qu'il avait de l'argent qu'il
pouvait être sûr qu'Emma n'irait pas en prison,
mais manipulé à bon escient, il pourrait se révéler
utile.

Emma allait le détester. Elle le détesterait à la
minute où elle apprendrait qu'il avait trahi la
confiance qu'il était sur le point de mériter. Mais
c'était le seul moyen de la sauver face à cette situation. Et le simple fait de savoir qu'il lui aurait
évité la prison lui suffirait pour endurer la haine
qu'elle lui porterait.

Peter serait un bon allié. Il avait un grand
cœur, une intuition naturelle et une forte intelligence, ce garçon était l'acolyte parfait pour Andrej. Il avait remarqué que Peter observait Emma
d'un œil attentif et curieux. Que savait Peter ? Se
reposait-il seulement sur ce qu'il prétendait avoir
entendu ou avait-il plus d'éléments ? Andrej se
sentait mal à l'aise à l'idée d'utiliser le petit garçon
pour trouver des informations, mais il n'avait pas
vraiment le choix. Le temps ne jouait pas en sa
faveur.

Andrej s'appuya davantage sur le canapé et serra Emma contre lui. Il luttait contre la fatigue, qui tirait sur ses paupières. Il ne voulait pas manquer un seul instant de cette chance qu'il avait de la prendre dans ses bras. Il aurait aimé pouvoir l'enlacer pour toujours, mais ils ne pouvaient pas éternellement rester ensemble. Pas lorsqu'elle apprendrait qu'elle avait perdu Patrick par sa faute. Elle ne voudrait même plus ne serait-ce que le regarder quand elle découvrirait la trahison qu'il prépare. Il devrait donc se contenter de s'accrocher au souvenir ancré dans son cœur.

« Emma, réveillez-vous. Emma, vous m'entendez ? » William secoua ses épaules, de plus en plus fortement. Il n'avait pas le temps de faire preuve de patience ou de délicatesse. Pas avant d'avoir retrouvé le petit garçon.

Les paupières d'Emma s'ouvrirent. Elle observa la pièce autour d'elle, manifestement désorientée.

« Où suis-je ? Quelle heure est-il ? » Elle s'assit et regarda William avec surprise. « Où est Andrej ? »

« Il est en train d'appeler le commissariat de police. »

William vit l'horreur se dessiner sur le visage d'Emma. La pauvre. Il s'agenouilla à côté d'elle. « Nous allons le retrouver, ma chère. Je vous le promets. »

Emma se leva d'un bond. Elle laissa échapper un sanglot d'angoisse déchirant. La dernière fois que William avait entendu cet horrible son, il venait d'annoncer à Joanna que leur fils était mort au combat en France. Il mit son bras autour de ses épaules tremblantes afin de la rassurer.

« À quelle heure ... Depuis combien de temps… Quand avez-vous remarqué sa disparition ? »

« Joanna s'en est rendu compte il y a quelques heures et je me suis mis à vous chercher dès que nous nous en sommes aperçus. » William la serra plus fort dans ses bras tandis que son visage blêmissait. « Étant donné que nous ne vous avons pas vu hier soir, nous avons pensé que le petit se trouvait peut-être avec vous, quelque part. »

Ils se retournèrent tous les deux lorsqu'Andrej raccrocha et vint les rejoindre.

« L'officier Allen va nous retrouver au Cottage dans quelques minutes. » Il attrapa son manteau et le déposa sur les épaules tremblantes d'Emma.

William se recula lorsqu'Andrej prit Emma dans ses bras. « Je retourne au Cottage maintenant, je vais appeler quelques membres de la garde nationale pour déclarer un avis de recherche », affirma William. À en juger par le regard frénétique d'Emma, rien de ce qu'il pourrait dire ne l'aiderait. Il ferait mieux de laisser Andrej s'en charger.

CHAPITRE 11

*E*mma se pencha vers Andrej. « Aide-moi à
le retrouver », le supplia-t-elle. Elle s'accrocha à sa chemise, paniquée, sur le point de
s'étouffer. « Je t'en prie, aide-moi. »

Andrej gardait ses distances, il posa ses mains
sur ses épaules. « Réfléchis Emma, où pourrait-il
bien être ? Tu n'as pas une idée ? » Sa voix était
rauque, insistante et ne ressemblait plus du tout
au ton chaleureux qu'il avait pris quelques heures
plutôt. Voyant qu'elle ne répondait pas immédiatement, il secoua gentiment ses épaules. « Tu sais
forcément quelque chose qui pourrait nous aider
à le retrouver. »

Malcolm. La peur d'Emma se transforma en
rage insupportable. Malcolm, ce salaud sans cœur

retenait son petit. Elle était prête à le tuer. Elle était prête à le retrouver et à le tuer. Elle aurait dû savoir qu'il ne reculerait devant rien pour la séparer de Patrick. Il ne voulait pas du bébé. Si Patrick pouvait mourir, la vie de Malcolm serait bien plus facile. Elle pouvait s'attendre à tout avec lui. S'il était capable de tuer une mère, pourquoi pas un enfant ?

Le fait d'imaginer son cher bébé dans les mains d'un tel monstre… Elle enfouit sa tête dans ses mains.

« Emma », dit Andrej, d'une voix sévère. « Ressaisis-toi. Il faut que tu nous aides. » Il abaissa ses bras, prit son visage dans ses mains et la força à croiser son regard. « Nous allons le retrouver. Mais j'ai besoin que tu sois forte. Tu penses que tu es capable d'aller au Cottage ? Il faut que nous parlions à la police. »

Quelque chose dans son regard chassa la panique d'Emma. Elle devait se ressaisir, immédiatement. « Je suis prête », s'entendit-elle affirmer. Sa voix lui semblait lointaine, comme si quelqu'un d'autre prononçait ces mots à sa place. Elle glissa son bras le long du sien et le laissa la guider hors de la pièce. Elle n'était pas sûre de trouver la force de quitter les lieux par elle-même.

Lorsqu'ils arrivèrent au Cottage, un officier de

police était dans la cuisine, en train de discuter avec William. Joanna se précipita vers Emma lorsqu'elle l'aperçut. Elle l'entraîna dans une accolade brève, mais sauvage avant de l'inviter à s'asseoir. Elle vint ensuite se tenir à ses côtés, posant une main sur l'épaule d'Emma.

L'officier de police, un vieil homme aux cheveux gris et aux sourcils sombres et broussailleux, sortit un bloc-notes et regarda Emma. « Madame Bradley, j'ai cru comprendre que vous étiez responsable du petit garçon disparu ? »

Emma releva la tête. « Je suis sa mère. »

Le silence emplit la cuisine. Dans un état second, Emma observa Will et Joanna qui échangeaient des regards apeurés. Andrej affichait la même expression médusée sur son visage.

« J'ai reçu un appel m'informant de la disparition d'un jeune garçon », dit l'officier de police. « Je croyais qu'il s'agissait d'un évacué de guerre[1]. »

Emma sursauta. Peter ? Oh, pour l'amour du ciel, c'était Peter qui avait disparu. Elle avait supposé qu'il s'agissait de Patrick.

« Emma. » Le ton autoritaire qui résonnait dans la voix d'Andrej l'obligea à croiser son regard. « Patrick est en sécurité. »

Elle hocha la tête pour signifier qu'elle avait compris. « Je pensais que c'était Patrick. » Elle essuya ses larmes avec le dos de sa main. Mais son soulagement bascula vers l'horreur à l'idée d'imaginer Peter, quelque part on ne sait où, tout seul. Elle se tourna vers Joanna. « Où est Patrick ? »

« Il est en sécurité, avec Iris, ma belle. »

« Tu en es sûre ? Absolument certaine ? »

Joanna acquiesça. « Elle a dit qu'elle resterait avec lui jusqu'à ce que nous retrouvions Peter. Elle m'a demandé de te dire qu'elle ne le quitterait pas des yeux une seule minute. Elle a appelé son frère à les rejoindre pour rester avec eux. Pour ton information, il est grand et il est policier lui aussi. »

Emma secoua la tête, infiniment reconnaissante de savoir que Patrick était en sécurité. À travers le message qu'Iris venait de lui transmettre, Emma savait que son amie avait compris l'importance de la menace de Malcolm. Elle appuya ses doigts contre ses tempes, comme pour reprendre ses esprits. C'est à Peter qu'elle devait penser maintenant. « Où est Lily ? »

« Qui est Lily ? » demanda l'officier Allen. Il regarda chacun d'entre eux à tour de rôle. « Il faut que quelqu'un me donne des informations maintenant. Chaque minute qui passe depuis la disparition du garçon complique la recherche pour le retrouver. »

Ils commencèrent à parler tous en même temps. Il leva sa main. « Un à la fois. Qui peut me le décrire ? »

Alors que William répondait aux questions du policier, Emma se tourna vers Joanna. « Lily est avec Peter ? »

Joanna secoua sa tête. « Non, elle est en haut, dans sa chambre, elle sanglote, la pauvre. Apparemment, ils ont eu une méchante dispute et Peter est parti en claquant la porte. Elle pensait qu'il reviendrait ici pour bouder, mais il est manifestement parti. William et moi dormions encore et nous n'avons pas entendu la porte se fermer. »

Emma fut soudainement frappée par une pensée horrifique. Elle sentit son estomac se retourner. « Y avait-il des signes indiquant que Peter avait été enlevé de force ? » Malcolm avait-il un lien avec la disparition de Peter ?

William fut le premier à répondre à sa question. « Non, il semblerait qu'il soit parti de lui-même. Nous ne savons simplement pas pour quelle raison. Ni l'endroit où il a bien pu aller. »

Emma évitait de croiser le regard d'Andrej. Elle avait un mauvais pressentiment, celui selon lequel il parvenait à lire dans ses pensées. C'était trop tôt pour dire quoi que ce soit à propos de Malcolm, ne serait-ce que pour le bien de Patrick.

À moins qu'il ne soit utile de le mentionner pour retrouver Peter, elle ne voulait pas impliquer Malcolm dans toute cette histoire. S'il avait effectivement enlevé Peter, Andrej serait au courant bien assez tôt. « Il faut que je voie Lily. Puis-je monter lui parler ? » demanda-t-elle à l'officier de police.

« Dans une minute. » Il observa le calepin qu'il avait dans les mains puis se mit à relire ses notes. « Je voudrais entendre ce que la petite fille a à dire, moi-même. Une fois notre conversation terminée, nous allons devoir nous organiser et nous séparer. » Il regarda Joanna. « Allez chercher la fille, s'il vous plaît. »

Lorsque Lily entra dans la pièce, elle courut directement dans les bras d'Emma. Les larmes coulaient sur ses joues et elle s'accrochait à Emma.

« Lily, mon cœur, tout va bien se passer. » Elle attira la jeune fille sur ses genoux. « As-tu une quelconque idée de l'endroit où pourrait se trouver Peter ? »

Lily secoua sa tête, d'un air compatissant. « Non, aucune. »

« Est-ce que tu sais pourquoi il est parti sans dire un mot à personne ? »

La lèvre inférieure de Lily se mit à trembler. «

Tout est de ma faute, Tante Emma. » Elle regarda tous les autres adultes présents dans la pièce avant de se retourner vers Emma. Elle baissa la voix. « Nous avons eu une terrible dispute. Je lui ai dit de s'en aller, mais je voulais qu'il quitte la chambre, pas la maison. »

Emma la berça gentiment. « Ce n'est pas ta faute, mon cœur. Peter réfléchit par lui-même, nous le savons tous bien. Et il sait que tu l'aimes, même si tu lui as dit des mots blessants. »

L'officier Allen s'approcha d'eux et tira une chaise pour s'asseoir en face d'Emma.

« Lily, nous voulons retrouver ton frère, mais nous avons besoin de ton aide. » Il lui parlait calmement, et doucement, Emma appréciait ce ton. « Que portait Peter la dernière fois que tu l'as vu ? Était-il en pyjama ? »

Lily secoua sa tête. « Il portait ses vêtements de tous les jours. Mais quand il a quitté la pièce, il a emporté son oreiller, j'ai pensé qu'il allait dormir dans le salon. » Elle s'arrêta et fronça les sourcils.

« Que se passe-t-il Lily ? » demanda Emma. « Tu viens de penser à quelque chose d'autre qui pourrait nous aider ? »

« La seule chose qu'il avait en plus de son oreiller, c'était son petit carnet. Tu sais, celui dans lequel il écrit toujours… » Elle s'arrêta d'un coup sec, ce qui ne manqua pas de déclencher des regards curieux de la part des adultes.

« Qu'est-ce qu'il écrivait dedans, Lily ? » insista Emma.

« Des tas de choses, tout ce qui lui passait par la tête, j'imagine. La nuit dernière, il parlait de ses notes qu'il avait rédigées en allemand. »

« Est-ce qu'il parlait des phrases que je lui ai enseignées ? » demanda Andrej.

L'officier Allen se tourna vers Andrej, une expression de choc sur son visage. « Vous apprenez l'allemand à cet enfant ? » La manière dont il avait ponctué sa phrase laissait clairement entendre son désaccord.

Emma ignora cette conversation. Ce n'était pas le moment de discuter de leçons linguistiques. « As-tu entendu Peter revenir dans la chambre après votre dispute ? »

« Non. Une fois qu'il est parti, je me suis endormie très rapidement. »

Andrej s'approcha et s'agenouilla devant eux pour pouvoir regarder Lily dans les yeux. « Tu penses que Peter aurait pu essayer de rentrer à Londres ? »

Lily pencha la tête sur le côté et se mit à réfléchir un moment. « Non, pas sans moi, il n'aurait pas pu. Il n'avait pas d'argent pour prendre le train. Peter ne ferait rien qui pourrait énerver Maman. Elle le tuerait s'il… » Ses yeux dévièrent vers le policier, le regard inquiet. « Elle ne le tuerait évidemment pas réellement. Ce n'est pas ce que je voulais dire. »

L'officier Allen sourit à Lily. « J'ai moi-même des enfants et des petits-enfants, je vois exactement ce que tu voulais dire, ma petite. »

Après avoir échangé rapidement avec Andrej et William, il se tourna vers Joanna et Emma. « Il y a déjà un de mes hommes qui le cherche au Manoir. Je vais en envoyer un autre aux alentours de la gare et un dernier à l'hôpital. »

Lorsqu'elle entendit le mot « hôpital », Lily se mit à éclater en sanglots. Emma lutta contre l'envie de l'imiter. Le fait d'imaginer Peter, si doux, espiègle et adorable, lui provoquait une douleur si insupportable qu'elle pouvait à peine respirer.

« Où puis-je aller pour le chercher ? » demanda-t-elle.

« Tu dois rester ici. » Andrej avait répondu avant même que l'officier prenne la parole.

« Je suis d'accord avec le gentleman étranger », dit l'officier. « Monsieur Metcalf rencontrera les membres de la garde nationale, qui ne sont pas en service, et ils mèneront des recherches dans les zones qui se trouvent autour de la plage et de la jetée. Madame Metcalf, vous feriez mieux de vous rendre en ville et de commencer à interroger les commerçants, afin de répandre la nouvelle et d'inciter les gens à le retrouver. » Il regarda Emma. « Madame Bradley, je vous recommande de rester ici avec la petite fille, juste au cas où Peter venait à rentrer à la maison. »

« Je vais retourner à l'aérodrome », proposa Andrej. « Peter a évoqué plusieurs fois son envie de voir les avions là-bas. »

« Quelle brillante idée ! » acquiesça l'officier. « Je vais leur téléphoner et demander à ce qu'ils vous laissent entrer. »

Quelques minutes plus tard, Emma attendait Andrej à la porte d'entrée. Will et Joanna étaient partis avec l'officier Allen, et elle avait envoyé Lily à l'étage, se laver le visage.

Elle sursauta lorsqu'Andrej arriva derrière elle et posa ses mains sur ses épaules. Il l'attira vers lui et déposa sa joue sur son visage. « Je ne voulais pas te faire peur. » Ses mots étaient murmurés. « Peter va rentrer à la maison ce soir, je te le promets. »

Une larme glissa sur le visage d'Emma, rapidement suivie par une autre. « Pourquoi je n'étais pas là-bas la nuit dernière, Andrej. » Elle se tourna vers lui pour le regarder. « Si j'avais été là, Peter serait en sécurité. »

« Tu n'en sais rien. » Il saisit son visage d'une main et essuya délicatement ses larmes. Il se pencha vers le bas et déposa un délicat baiser sur son front. « C'est un garçon intelligent, plein de ressources et il aurait trouvé un moyen de fuguer s'il le voulait, tu le sais bien. Mais surtout, retiens bien qu'il est assez malin pour rester en sécurité. Compris ? »

Emma secoua sa tête, incapable de parler à cause du mélange de sentiments : la tristesse, la peur et maintenant la gratitude qu'elle ressentait. Elle regarda Andrej dans les yeux et murmura le mot « merci ».

Un fort coup se fit ressentir contre la porte et tous deux se mirent à sursauter. Emma se jeta dessus pour l'ouvrir. « Peter, Dieu merci, tu es… » Son visage se décomposa lorsqu'elle aperçut Stuart à la porte, en train de se frotter les tempes.

« Stuart ».Elle se recula pour le laisser entrer. « Que faites-vous ici ? »

Stuart les frôla tous les deux et s'appuya contre le mur. « Emma, j'ai entendu dire que le petit garçon avait disparu. J'ai pensé que je pour- rais venir l'attendre avec vous, ici. J'ai une terrible migraine depuis la nuit dernière, je pense que j'ai un peu trop bu. » Il ferma ses yeux et gémit. « Je ne serais pas contre une petite tasse de thé. »

L'air indifférent, Emma lui indiqua le chemin de la cuisine. « Allez-y, servez-vous de la bouilloire par vous-même. Mais après votre tasse de thé, vous feriez mieux de vous joindre à nous pour les recherches. »

Elle se tourna pour souhaiter bonne chance à Andrej dans sa recherche, mais il était déjà parti. Elle ferma ses yeux et entama une prière rapide, mais fervente, afin qu'il retrouve Peter avant que l'impensable ne se produise.

L'ESTOMAC DE PETER GRONDAIT. D'APRÈS SON ressenti, il était plus de midi. Il avait quitté le Cottage sans emporter de nourriture, de peur de faire du bruit dans la cuisine et de réveiller quelqu'un. Pour être honnête, il pensait qu'il serait rentré bien avant l'heure du thé. Il n'avait pas anticipé les difficultés qu'il allait rencontrer pour entrer dans le bâtiment où se trouvaient les prisonniers de guerre allemands.

Il s'assit dans l'herbe, sous un grand arbre. Il y avait peu de chance que quelqu'un le voie, dans l'endroit sombre où il avait choisi d'aller. Son estomac gronda à nouveau. Il ne partirait plus jamais à l'aventure sans emporter au moins une pomme dans sa poche.

Il regarda, à travers les barbelés, le bâtiment devant lui, situé à cinquante mètres de distance. Peut-être était-ce une école auparavant. Il y avait trois étages et les fenêtres étaient presque entièrement condamnées. Seul le sommet avait été laissé ouvert, juste pour faire passer la lumière et l'air, mais aucun homme ni petit garçon d'ailleurs, n'aurait pu être capable de se faufiler à l'intérieur ni d'en sortir. La porte d'entrée était surveillée par deux hommes lourdement armés. Il devinait que les autres portes étaient tout aussi bien gardées. Comme il le devait, Peter se mit à réfléchir, il y avait déjà assez de Nazis dans le ciel. Personne ne voulait les voir courir sur le terrain.

Personne sauf lui bien sûr. Il voulait simplement en voir un, un court instant, et surtout depuis l'autre côté du fil barbelé. La seule bonne chose qui lui venait à l'esprit quand il pensait aux qualités des Allemands était qu'ils parlaient l'allemand. Il voulait désespérément montrer ses notes qu'il avait recopiées à partir des lettres à un Allemand pour que celui-ci lui dise qu'elles ne signifiaient rien de grave.

La nuit dernière, il avait pensé à demander à Monsieur Van der Hoosen de parcourir la lettre mais il n'avait pas réussi à le trouver. Ensuite, Lily lui avait dit que Tante Emma n'était pas rentrée, alors que le bal était terminé depuis un moment déjà. Sa sœur avait donc pensé, comme ils n'étaient pas là ni l'un ni l'autre, qu'ils étaient peut-être en rendez-vous amoureux, tous les deux. C'était à cet instant qu'une terrible idée lui était venue à l'esprit : et si Tante Emma et Monsieur Van der Hoosen étaient de mèche ?

Si ces deux-là étaient membres d'un réseau d'espionnage, cela expliquerait au moins cet étrange lien qui les unissait. Il ne savait pas comment le définir, c'était une sorte de connexion spéciale. Cela n'avait aucun sens auparavant. Mais lorsqu'Emma et Monsieur Van der Hoosen se retrouvaient ensemble dans une pièce, l'air semblait froissé. Était-ce français de dire que l'air était froissé ? Probablement pas. Il était convaincu que Lily aurait trouvé un mot de fille pour le qualifier, mais c'était le cadet de ses soucis en ce moment. Si c'étaient des espions, les subterfuges et les catastrophes seraient innombrables, car ils seraient en mesure de commettre des erreurs de calcul ou de traductions sur les cartes, sur lesquelles ils passaient tout leur temps à travailler.

Peter savait qu'il devrait se sentir fâché, non pire encore, qu'ils devraient les haïr, tous les deux. Mais c'était difficile. Tante Emma était si gentille avec eux, ils s'amusaient beaucoup avec elle. Monsieur Van der Hoosen agissait certes comme s'il avait des doutes sur sa place dans le groupe, mais s'était révélé être un chic type.

La nuit dernière, il avait commencé à parler de son idée à Lily, mais elle ne lui avait même pas laissé le temps de lui parler des lettres, et avait directement pris un ton autoritaire. Elle l'avait traité de misérable garçonnet qui ne cherchait qu'à créer des problèmes. Cette critique le piquait encore. Il aurait du mal à lui pardonner.

Il releva sa tête en entendant des voix. Peter sauta et se cacha derrière l'arbre. Il regarda autour de lui et aperçut un garde en train de patrouiller dans la cour fermée. Un gigantesque Alsacien se tenait aux côtés du garde. Peter sentit son estomac se retourner. Le chien le regardait droit dans les yeux. Il n'avait pas aboyé, mais il s'était arrêté de marcher. Son maître tirait sur la laisse pour le pousser à avancer.

Voyant que le chien était réticent à l'idée de continuer son chemin vers le poste de garde,

Peter jeta un coup d'œil aux abords de l'arbre. Avant de pouvoir prendre une décision sur ce qu'il allait faire ensuite, le garde se mit à siffler. Une porte latérale s'ouvrit et Peter découvrit cinquante hommes, marchant tous en file indienne.

Peter les observa, pensant qu'il s'agissait de prisonniers allemands. Il remerciait silencieusement le destin. Maintenant, il n'avait plus qu'à espérer qu'ils marchent près de la barrière. Il regarda les hommes faire deux fois le tour du terrain. Lors du deuxième passage, ils s'approchèrent de la barrière. Peter était surpris de voir à quel point certains d'entre eux avaient l'air jeunes. Un homme regarda en l'air lors de sa marche et fit demi-tour lorsqu'il repéra Peter. Peter mit son doigt sur ses lèvres. Le prisonnier secoua la tête.

Un autre sifflement retentit et l'homme se mit à courir. Lorsqu'il s'approcha de la barrière, cette fois, il ne tourna pas la tête et ne regarda pas Peter, mais leva négligemment le doigt, signe universel pour dire « attendez un instant ». Peter n'eut pas à attendre longtemps. Un autre coup de sifflet retentit et une poignée de ballons apparurent soudainement sur le terrain. Les prisonniers commencèrent à les frapper de tous côtés.

Après quelques longues minutes, le prisonnier

de Peter vint courir près de la barrière, fit mine de tomber et désigna sa chaussure du doigt lorsque le garde l'appela à rejoindre les autres. Il tarda pour relacer sa chaussure.

« Qui es-tu ? » demanda l'homme en anglais. « Qu'est-ce que tu veux ? »

« C'est une question bien culottée pour quelqu'un qui se trouve derrière un grillage », ne put s'empêcher de penser Peter. Mais au moins, l'homme parlait anglais. Cela allait faciliter les choses.

« J'ai besoin d'aide pour lire quelque chose en allemand. »

Le prisonnier retira sa chaussure et fit semblant d'ôter une pierre de sa semelle. « Tu as de quoi manger ? »

Peter fut surpris par cette question. Il tourna son regard vers les prisonniers qui couraient sans relâche après les balles. Aucun d'entre eux n'était dodu. Certains avaient l'air terriblement maigres. C'était un groupe d'hommes rachitiques.

« Non, je n'en ai pas. Je suis désolé. » L'homme l'était également. « Pouvez-vous m'aider à traduire ces mots ? » Il avait été trop loin et avait rencontré trop de problèmes pour s'arrêter en si bon chemin. Heureusement pour eux deux, le garde le surveillait, mais il ne semblait pas décidé à bouger de l'endroit où il se trouvait.

« Il faut que tu acceptes de faire une chose pour moi avant. » L'Allemand retira ses chaussettes et se mit à les secouer, pour gagner du temps.

« Je ne peux pas vous aider à vous évader, si c'est que vous voulez », répondit Peter.

Le prisonnier sourit d'un air mélancolique. « Je n'oserai pas y penser. Non, ce que je veux, c'est te communiquer une adresse à Dublin. Il faut que tu écrives une lettre dans laquelle tu expliques que tu m'as vu et que je vais bien. »

« Est-ce que c'est une sorte de code ? » demanda Peter. « Je ne veux pas être impliqué dans une affaire de Nazi. »

« Nein. Cette personne fera passer le mot à ma mère, qui vit à Hambourg, pour qu'elle sache que je vais bien. » Il se tourna vers le garde, puis vers Peter. « Tu veux bien faire cela ? »

Peter acquiesça. Quelle autre option avait-il ? Il devait absolument savoir si les lettres de Tante Emma indiquaient qu'elle était une espionne. Il griffonna le nom et l'adresse que l'homme lui dictait. Ensuite, incapable de lire à l'homme les mots allemands à haute voix, il se mit rapidement à les épeler, un par un.

« Qui a écrit cette lettre ? » demanda le prisonnier.

« Cela ne vous regarde pas », répondit Peter. « Je veux simplement comprendre ce qu'elle dit. »

« Si la personne qui l'a écrite est anglaise, alors elle cherche à trahir votre gouvernement. Il y est question d'offrir de l'aide au nouveau gouvernement nazi. »

Peter fronça les sourcils. « Quel nouveau gouvernement nazi ? »

« Une fois que l'Allemagne aura réussi à envahir l'Angleterre, il n'y aura plus de Roi, plus de Parlement. L'Angleterre appartiendra à l'Allemagne. »

« Jamais ! » s'écria Peter avec indignation. Il se leva d'un bond et sortit de derrière l'arbre pour faire face à l'homme plus âgé. Trop tard, il comprit qu'il avait attiré l'attention du garde.

Le prisonnier regarda par-dessus son épaule. Il attacha rapidement ses deux chaussures et se releva. Il se mit à courir pour rejoindre ses camarades de cellule. « Souviens-toi de la promesse que tu m'as faite, petit. »

Peter jeta un coup d'œil à l'Alsacien, qui courait désormais en direction de la clôture, et s'enfuit aussi vite qu'il le pouvait. Il courut aveuglément vers la zone boisée, loin de la route par laquelle il était arrivé. Il courut de toutes ses forces, comme si cela lui permettait de fuir les ennuis qui le poursuivaient. Mais il ne pouvait pas courir assez loin ni assez vite.

Ce ne fut que lorsqu'il s'arrêta pour reprendre sa respiration, se pencher en avant, respirer et haleter, que Peter réalisa qu'il n'avait aucune idée de l'endroit où il se trouvait. Il se retourna, mais ne vit rien d'autre que des arbres, de la forêt et un ciel gris menaçant, qui annonçait probablement de la pluie. Il n'eut pas à attendre longtemps avant que cette menace ne devienne réelle. La première goutte de pluie tomba, en même temps que la première larme de Peter.

CHAPITRE 12

*E*mma appuya son front contre la vitre de la fenêtre, appréciant la sensation de fraîcheur sur sa peau rougie. Pour la énième fois, ses yeux fixaient le jardin du Cottage. Elle souhaitait désespérément voir Peter arriver en titubant dans l'allée, traînant des pieds, l'air penaud, car parfaitement au courant des ennuis qu'il avait provoqués. Espérant des nouvelles de la part des chercheurs, elle attendit des heures au cours desquelles ses émotions oscillaient entre peur et colère. La peur l'emportait toujours à la fin. *« Je vous en prie, faites qu'il soit sain et sauf. »*

« Emma, écartez-vous de la fenêtre », s'écria Stuart de l'endroit où il était assis, sur le canapé.

« Le fait de rester figée là ne fera pas rentrer Peter plus tôt. »

« Dans ce cas, que faudrait-il que je fasse ? » dit Emma en tournant en rond, profondément agacée par le comportement calme et posé de Stuart face à la situation. « Pourquoi n'iriez-vous pas vous joindre à la recherche pour essayer de le retrouver ? »

« Où donc ? » Stuart releva la tête, l'air véritablement perplexe. « Il est probablement dehors en train de chasser des lapins ou des moineaux, ou bien il a retrouvé un de ses camarades quelque part. Pourquoi le pensez-vous obligatoirement en danger ? »

Parce qu'un homme diabolique me déteste. Cette phrase lui brûlait les lèvres. *Parce que je connais un homme tellement mauvais que du poison coule dans ses veines. Parce que je suis la seule à pouvoir prouver que c'est un salaud de traître qui ne reculera devant rien pour blesser les gens auxquels je tiens. Rien.* « Parce que nous sommes en temps de guerre, Stuart », dit-elle. « Parce que Peter est un petit garçon et qu'il ne devrait pas être aussi loin de chez lui. Et s'il y avait un raid aérien ? Et s'il ne revenait pas à temps avant la tombée de la nuit ? »

Stuart s'approcha d'elle et posa maladroitement sa main sur son épaule. Mais elle l'ignora.

Elle ne voulait pas de son réconfort. Elle voulait que Peter rentre à la maison.

Lorsqu'elle entendit le gravier craquer, Emma se précipita vers la fenêtre. Il y avait un taxi devant la porte d'entrée. Sans attendre de voir qui descendait de la voiture, elle courut à la porte pour l'ouvrir.

C'était Andrej. Sans Peter. Le cœur d'Emma s'effondra. Elle l'observait parler au conducteur, qui, quant à lui, était en train de couper le moteur et de sortir un journal.

L'air assourdi, Andrej s'approcha d'Emma, l'attrapa par le coude et la guida de force vers le salon. Sans voix, Emma ne put résister. Il était tellement en colère que cette expression sur son visage lui rappelait cette nuit à Londres, où il avait plaqué le soldat contre le mur. Elle n'avait pas peur de lui, mais elle avait peur de ce qu'il allait lui dire, étant donné son état de rage.

Ses yeux s'arrêtèrent sur Stuart. « Allez-y », ordonna-t-il.

Stuart se leva d'un bond. « Puis-je vous demander ce qui se passe, mon camarade ? »

« Ce qui se passe ? » bafouilla Andrej. « Peter a disparu. Dieu sait où il se trouve ou ce qui va lui arriver si nous ne le retrouvons pas avant que la nuit tombe. Il nous reste seulement cinq ou six heures avant qu'il fasse noir. » Il approcha d'un pas menaçant vers Stuart. « Allez sur place et aidez-nous à retrouver ce garçon. »

L'attitude calme et tranquille de Stuart se dissipa devant le regard d'Emma. « Par où voulez-vous que je commence les recherches, Monsieur ? »

« Pour commencer, prévenez le Lieutenant-Colonel de votre absence. Voyez s'il a des idées, le cas échéant, trouvez quelqu'un qui connaît bien la région et demandez-lui s'il y a des bâtiments abandonnés, qu'un garçon de l'âge de Peter pourrait atteindre à pied. Allez-y tout de suite. »

Stuart exécuta les ordres, sans se retourner, jetant à peine un regard en direction d'Emma. Dès que la porte se referma sur lui, Emma s'éloigna d'Andrej. « Qu'as-tu trouvé ? Est-ce qu'au moins quelqu'un a vu Peter ? »

« Je ne suis pas là pour répondre à des questions Emma, je suis ici pour en poser. »

« De quoi parles-tu ? » Elle recula de plusieurs pas, effrayée par les questions qui allaient suivre.

« Ça suffit. » Il leva sa main. « Dis-moi ce que tu sais, ou ce dont tu as peur, dis-le-moi maintenant. Le temps presse, tu ne peux pas garder ces informations uniquement pour toi. »

« Andrej, je n'ai aucune idée de l'endroit où

peut se trouver Peter. Je te jure que je ne sais rien à ce sujet. »

« À quel petit jeu joues-tu ? Qu'est-ce que tu attends avant de me dire enfin ce que tu caches ? »

« Je ne cache rien… » Elle s'interrompit d'elle-même pour mettre fin à ce mensonge qui lui venait naturellement aux lèvres. Elle cachait bien quelque chose. Mais elle faisait tout cela pour protéger Patrick. Elle se tenait devant lui, l'air défiant. « Je ne cache rien au sujet de la disparition de Peter. »

« Très bien, alors dis-moi ce que tu caches ? Laisse-moi en juger. »

« En juger ? » Comment osait-il ? Elle passa devant lui, déterminée à quitter la pièce, mais il attrapa son bras et la fit tourner vers lui, pour lui faire face.

« Où crois-tu aller ? »

« Trouver Peter. » Elle arrivait à peine à formuler les mots. Elle croisa son regard glacial de ses propres yeux flamboyants. « Je ne vais pas perdre une minute de plus à écouter tes allégations. Tu n'as aucune idée de ce dont tu parles. »

« Oh, Emma, j'en sais plus que tu ne crois. »

Elle arracha son bras pour se libérer de son emprise. Elle lutta contre une intense envie de pleurer. Ses larmes ne seraient d'aucune utilité pour retrouver Peter. « Ne t'avise pas de recommencer à insinuer ce que tu viens de dire, plus jamais. Je ne pourrai pas le tolérer. »

« Tu ne pourras pas le tolérer ? » s'écria Andrej, au bord de l'étouffement. « Ce n'est pas à propos de toi, Emma. Ce n'est pas à propos de Patrick ni de son père. Il est question de Peter. Pour son bien, tu dois me dire qui l'a enlevé, d'après toi. »

« Je ne pense pas que quelqu'un ait enlevé Peter. » Elle priait en silence pour que ces mots sonnent vrai. « Pour une raison que je n'arrive pas à expliquer, je pense qu'il est parti de lui-même. Peu m'importe finalement pourquoi, le plus important, c'est que nous le retrouvions avant la tombée de la nuit. » Elle attrapa sa veste sur le porte-manteau et glissa ses bras dans les manches.

« Tu ne vas pas quitter ce cottage, Emma. Pas avant de m'avoir dit quelque chose, pas avant que tu me dises qui pourrait être impliqué. Tant que tu ne me diras rien, tu resteras ici. »

« Dans tes rêves. » En temps normal, elle serait horrifiée de lui parler comme elle venait de le faire, mais elle n'était pas dans son état normal.

« Je ne pourrais jamais te pardonner si j'apprenais que tu aurais pu éviter cette situation, Emma. Alors je t'en prie, pour l'amour du ciel, aide-moi. »

Emma se sentit submergée par la colère, la peur et un sentiment de culpabilité. Elle saisit la poignée de la porte, à la fois en guise d'appui et pour l'ouvrir. Elle s'appuya dessus un instant avant de se tourner vers lui pour le regarder. Sa voix resta bloquée un moment. « Lily est à l'étage. Reste avec elle. Je vais chercher Peter. »

« Je ne suis pas à l'étage. »

Ils se mirent à tourner sur eux-mêmes, et découvrirent Lily, debout, sur la dernière marche de l'escalier. Son visage était rempli de larmes.

« J'ai bien entendu la voix de Monsieur Van der Hoosen ? »

« Oui Lily, je suis là. » Andrej se rapprocha d'Emma.

« Avez-vous des pistes pour retrouver Peter ? »

Le visage plein d'espoir de Lily déchirait le cœur d'Emma.

« Non, nous sommes toujours à sa recherche », répondit Andrej. Lorsqu'il s'adressait à la jeune fille, sa voix était douce et délicate, aux antipodes du ton abrupt qu'il avait pris face à Emma, quelques minutes plus tôt.

Lily passa devant eux et se mit à observer par la fenêtre devant laquelle Emma était restée postée toute la matinée. « Il pleut », dit-elle doucement. « Peter n'a pas son manteau ni son masque à gaz. » Elle essuya ses larmes. « Est-ce qu'on va le retrouver ? »

Andrej se mit à parler en voyant qu'Emma ne trouvait pas les mots pour la rassurer.

« Je te promets Lily, que je ne rentrerai pas au Cottage sans ton frère. » Andrej se baissa et caressa ses cheveux, d'un geste doux qu'Emma n'avait jamais vu auparavant. « Je pars maintenant et je vais ramener Peter à la maison. »

En guise de réponse, Lily mit ses bras autour de la taille d'Andrej. « Merci. »

Andrej se dégagea gentiment de ses bras tout en lui adressant quelques derniers mots rassurants avant de quitter la pièce. Emma fit une grimace lorsqu'il claqua la porte derrière lui. Le moteur du taxi se mit à gronder et les pneus crissèrent sur le gravier alors qu'il s'éloignait du Cottage.

Les derniers mots d'Andrej résonnaient dans sa tête. « Je ne pourrais jamais te pardonner Emma, si j'apprenais que tu aurais pu éviter cette situation. » Elle plaça ses mains sur son cœur meurtri. Elle ne pourrait jamais se le pardonner non plus.

~

« DITES-MOI OÙ SE TROUVE LE PETIT GARÇON. »

« Nein. »

« Vous avez de la chance que le garde nous observe », dit Andrej au prisonnier, en allemand, d'une voix grave et peu retenue, ne cherchant pas à dissimuler sa rage. « Autrement, je vous aurais brisé la nuque sans hésiter une seconde. Vous me faites perdre mon temps. »

« Parlez anglais, Monsieur », lui cria le garde. Il restait le dos collé au mur, et ne semblait, en apparence, pas du tout intéressé par leur conversation. « C'est tentant de taper sur les Jerrys, mais on n'a pas besoin que la Croix Rouge débarque ici. »

« Je suis sûr que le fait de briser ma nuque serait une violation de la Convention de Genève. » Le prisonnier étudia ses ongles, son allure anglaise impeccable, son attitude détendue.

« Votre refus de m'aider est une violation envers la nature humaine », rétorqua Andrej. Il avait été soulagé d'apprendre que Peter avait été aperçu près du centre de détention. Cependant, il était à bout de nerfs face à ce prisonnier, qui avait parlé à Peter. L'homme avait catégoriquement refusé de coopérer, c'était parfaitement clair. Pourquoi ne voulait-il pas l'aider, Andrej n'arrivait pas à comprendre. Mais il était face à un mystère plus grand : il voulait connaître la raison qui avait poussé Peter à chercher un prisonnier allemand.

« Que vous a-t-il dit ? » tenta Andrej à nouveau.

Le prisonnier haussa les épaules, mais demeurait silencieux.

« Que lui avez-vous dit ? »

Silence. Andrej tapa du poing sur le bureau en métal. « Cet enfant est tout seul, Dieu sait où, et il va bientôt faire noir. Je dois le retrouver. A-t-il dit quelque chose, n'importe quoi, qui indiquerait l'endroit où il comptait aller ? » Andrej devinait que le prisonnier savait quelque chose. Il sentait que l'homme réfléchissait à ses mots, quelle information donner ou au contraire garder pour lui, mais Andrej voulait entendre tout ce qu'il avait à dire.

« Cet enfant est votre fils, *ja* ? »

« Je tiens à lui », répondit Andrej.

« Je ne peux rien vous dire à propos de l'endroit où il pourrait se trouver. » Il se pencha en avant et croisa le regard d'Andrej, sans cligner des yeux. « Mais je vais vous dire une chose : lorsque vous le retrouverez, il faudra que vous le sur-veilliez de plus près. Un petit garçon qui déam-bule en posant de telles questions pourrait se retrouver sévèrement blessé. » Il se remit debout et fit signe au garde. « Ramenez-moi maintenant. »

Emporté par une vague de frustration, Andrej regarda l'Allemand quitter la pièce, sans un re-gard. Que diable pouvait préparer Peter ? Qu'a-vait-il dit ou fait qui pouvait le mettre en danger ? Il s'en alla du centre de détention, mais cette fois, le sentiment d'espoir qu'il avait éprouvé en arri-vant, avait disparu. Il était même plus effrayé que jamais.

EMMA TENDIT LA MAIN VERS LE TÉLÉPHONE, MAIS la retira brusquement, comme s'il s'agissait de braises ardentes. Il s'agissait pourtant bien d'un simple combiné. Elle était malade à l'idée de parler à Malcolm. Mais elle devait savoir s'il était impliqué dans la disparition de Peter. Ce n'est pas comme s'il ne savait pas où se trouvaient Patrick et elle, se mit-elle à penser. Son coup de téléphone de l'autre fois était bien là pour lui rappeler.

Avant de se laisser l'opportunité de changer d'avis, elle attrapa le combiné et demanda à l'opérateur d'appeler le bureau de Malcolm, à Londres. Une voix inconnue répondit au téléphone. Emma s'était vite rendu compte que sa dernière secrétaire n'était pas une lumière. Elle donnait rapidement des détails concernant l'agenda de Malcolm, bien plus librement qu'Emma ne l'aurait fait à sa place.

« Mon employeur m'a demandé de fixer un rendez-vous, disons mardi prochain », dit Emma, sans difficulté pour mentir.

« Oh, Madame, ai-je oublié de vous prévenir, cette semaine, c'est impossible », s'exclama l'interlocuteur de l'autre côté de la ligne. « Monsieur Shand-Collins est en bord de mer toute cette semaine et il y reste jusqu'à la semaine prochaine. »

Emma sentit son estomac se figer. « En bord de mer ? Avait-il un séminaire à Blackpool ? »

« Non, je crois qu'il a dit qu'il avait envie de partir quelques jours à Brighton. »

Emma raccrocha, d'une main tremblante. Elle couvrit sa bouche avec ses deux mains, anxieuse, tentant d'étouffer le son de ses pleurs, pour ne pas que Lily les entende. Andrej avait raison. C'était de sa faute et Peter, le pauvre petit Peter, s'était retrouvé au milieu de tout cela. Elle avait perdu espoir. Enfin presque.

Andrej, toujours à la recherche de Peter, était sa dernière lueur d'espoir. Elle allait pouvoir lui dire toute la vérité maintenant qu'elle savait que Malcolm avait un lien avec cette disparition. Elle avait été stupide de croire qu'il les laisserait tranquilles.

Si seulement elle savait où se trouvait Andrej. Elle reprit sa place devant la fenêtre. À son retour, elle lui expliquerait tout, à commencer par le fait que Patrick n'était pas son fils. Elle était terrifiée à l'idée de confier ce secret à quelqu'un, mais elle devait le faire pour Peter. Elle espérait simplement qu'en essayant d'aider Peter, sa décision n'allait pas mettre Patrick en danger.

LA PLUIE TOMBAIT À VERSE ALORS QU'ANDREJ traversa la zone boisée, derrière le centre de détention des prisonniers de guerre. À la suite de son entretien futile avec l'homme, il décida de réfléchir à une autre solution. Son premier instinct fut d'appeler le Cottage Laurel pour demander des nouvelles. Une Emma en larmes lui confirma ses craintes, ils n'avaient aucun signe de Peter. Elle avait tenté de l'assaillir de questions à propos de l'endroit où il était, de ce qu'il avait entendu et de son potentiel retour, mais il avait abrégé la discussion. Il n'arrivait pas à se sortir de la tête l'idée selon laquelle Emma savait quelque chose qui pourrait les aider. Mais ce n'était pas le moment de penser à Emma. Il s'occuperait de ses mensonges plus tard.

Les nuages avaient obscurci le peu de lumière qu'il restait en cette fin d'après-midi. La visibilité se dégradait rapidement. Andrej essayait d'imaginer ce qui avait pu traverser l'esprit de Peter. Pourquoi ce garçon avait-il décidé de fuguer ? Comme l'endroit où il se trouvait restait un mystère pour lui, Andrej essaya de comprendre les raisons de son départ. Pourquoi Peter était-il parti sans dire un mot ?

« *Parce que personne ne voulait l'écouter.* » Voilà l'abominable et simple vérité. Le petit garçon avait tenté de lui parler, à multiples reprises, directement et indirectement, à propos d'Emma et de ses doutes sur la mère de Patrick. Andrej n'avait pas écouté ni même donné de crédibilité à ses angoisses. Ainsi, il était tout aussi coupable de la fugue de Peter qu'Emma. Il ne se rappelait pas la dernière fois qu'il s'était senti aussi dégoûté par lui-même. C'était un sale égoïste, plus préoccupé par ses propres lacunes sociales que par le bien-être d'un enfant.

Il continuait d'avancer sous la pluie battante. Sans savoir exactement pourquoi, son instinct lui disait que Peter ne s'était pas engagé sur la route. Si c'était effectivement le cas, il y aurait eu plus de chances pour qu'il eût été repéré à l'heure qu'il est. Andrej poursuivait dans la direction opposée. À travers la brume qui s'épaississait, il était impossible de distinguer clairement une maison, une grange, ni même un champ. Malgré ces difficultés, Andrej continua son chemin.

Près d'une heure plus tard, il se retrouva face à un lac. Il essuya les gouttes de pluie qui perlaient sur son front, observa la zone et repéra un petit immeuble. Évaluant sa petite surface, il comprit qu'il ne s'agissait pas d'un réel bâtiment, mais d'un hangar à bateaux. Ceci dit, une recherche rapide s'imposait.

Après avoir inspecté le hangar de plus près, il découvrit que ce dernier était abandonné. Andrej poussa la porte. À son grand soulagement, elle s'ouvrit. Avant que ses yeux ne s'ajustent une fois dans la pièce, quelque chose vint le heurter.

« Monsieur Van der Hoosen », cria Peter. « Je suis tellement heureux de vous voir. »

Andrej s'agenouilla et prit Peter par le bras. « Dieu merci, tu es sain et sauf, Peter. Es-tu blessé ? » D'après ce qu'il voyait dans cette faible lumière, mis à part une voix tremblante, Peter semblait indemne.

« Non, je ne suis pas blessé. » Peter se redressa et essuya une larme, du dos de sa main. « Mais je vais avoir de très gros ennuis, n'est-ce pas ? »

Andrej hocha gravement la tête.

« Je le savais. » Peter s'approcha vers un banc et s'assit. Il s'adossa au mur et ferma les yeux.

Andrej était déstabilisé de voir Peter aussi silencieux. Cela ne lui ressemblait tellement pas. Il le rejoignit sur le banc, content d'enfin pouvoir s'asseoir, certes affaibli, mais soulagé. Il pria silencieusement pour exprimer sa reconnaissance d'avoir retrouvé Peter en vie, et en bonne santé. Mais trouver les mots pour remercier le ciel et savoir quoi dire à Peter étaient deux choses bien distinctes. La première était bien plus facile que la seconde.

La pluie continuait de tomber sur le hangar et montrait peu de signes de relâchement. Andrej attendait que Peter prenne la parole, mais voyant que le garçon ne montrait aucune volonté de commencer une conversation, Andrej ne pouvait plus attendre. « Peter, dis-moi pourquoi tu es parti du Cottage ? »

« Ne serait-ce pas mieux que j'attende que tout le monde soit là pour la grande réunion ? »

« Quelle grande réunion ? »

« Celle où Tante Emma, Tante Joanna, Oncle Will et surtout Lily, me disent à quel point j'ai mal agi en fuguant ? »

« Tu ne penses pas qu'ils méritent une explication après s'être inquiétés pour toi toute la journée ? »

« Parfois c'est horrible d'avoir tant de gens qui s'inquiètent pour moi. »

Andrej sentit une boule se former dans sa gorge et se retrouva incapable de parler. C'était mille fois pire que personne ne s'inquiète de soi. Il ne le savait que trop bien. « Tu préférerais n'avoir personne autour de toi qui s'inquiète de l'endroit où tu es et de ta sécurité ? »

Peter ne disait rien. Ce silence suffisait à Andrej. Du moins pour le moment, il ne voulait pas braquer le petit garçon, de peur qu'il se ferme et ne se confie pas à lui sur les raisons de sa fugue initiale. Obtenir cette information était bien plus important aux yeux d'Andrej que n'importe quelles excuses.

« Je suis désolé, Monsieur. » La voix de Peter était faible et contrite.

« J'accepte tes excuses, Peter. Je suis beaucoup trop soulagé de voir que tu es sain et sauf pour t'en vouloir. » Il s'approcha et ébouriffa les cheveux du petit garçon. « Cela dit, je veux vraiment savoir pourquoi tu es parti sans rien dire à personne. »

La réticence dont faisait preuve Peter rendait Andrej perplexe. Son côté compatissant lui ordonnait de le laisser tranquille et d'éviter le sujet pour simplement ramener Peter chez lui. Mais l'avertissement du prisonnier allemand selon lequel Peter courrait un danger lui revint en mémoire. Jusqu'à aujourd'hui, il avait toujours voulu se protéger en se tenant le plus possible à distance des autres habitants du Cottage Laurel. Mais la disparition de Peter avait tout changé.

Andrej ne voulait désormais plus rester à l'écart des autres. Il ne pouvait plus. Il tenait beaucoup trop à chacun d'entre eux. La sécurité de Peter, le bonheur de Lily, l'avenir de Patrick et Emma… il n'avait pas de mots pour exprimer l'affection qu'il portait à Emma. Du moins, pour le moment, il n'avait pas réussi à en trouver, à haute voix.

La première chose qu'il devait faire pour tous

les protéger était de comprendre ce qu'Emma cachait. À commencer par ce que Peter savait de toute cette histoire. Mais pas ici, pas maintenant.

Andrej se redressa. « Allez, il est temps de rentrer à la maison. »

Peter leva les yeux, visiblement surpris. « Tu ne vas pas me poser un million de questions supplémentaires ? »

« Non, pas un million. Et de toute façon, je ne t'en poserai pas ce soir. Mais nous devons rentrer pour que les autres sachent que tu es sain et sauf. »

« Il pleut toujours et il fait presque nuit. Comment allons-nous nous repérer pour retrouver le chemin du Cottage ? » demanda Peter. Ses mots étaient empreints d'incertitude.

« Je m'en occupe, fiston. » Andrej lui tendit la main et regarda le petit garçon la saisir avec hâte. « Toi, tu restes près de moi et je vais nous sortir de là. »

« D'accord Monsieur, mais puis-je vous dire une chose ? »

« Oui. » Andrej attendit patiemment pendant que Peter semblait soigneusement réfléchir à ses mots.

« Tante Emma n'a rien à voir avec ma fugue. » Il leva les yeux vers Andrej, qui le regardait avec impatience. « J'ai été un mauvais garçon et il n'y a rien de plus à dire. »

« Si tu le dis, Peter. » Andrej poussa la porte. « Si tu le dis. »

Les mots du garçon étaient tout ce dont il avait besoin pour se rassurer.

CHAPITRE 13

« Tu crois que cela existe, un petit frère encore plus pénible que toi, Peter ? » demanda Lily tout en retapant les couvertures et en les bordant sous son matelas. « Parce que moi je ne crois pas. »

« Je suis désolé Lily, je sais que j'ai eu tort. »

Elle ignora ses excuses et continua son serment. « Non, mais sérieusement Peter. Errer dans les bois, dans le noir et sous la pluie, toute une journée, pendant laquelle on était malades d'inquiétude pour toi… Non, mais à quoi tu pensais ? » Elle s'assit au bord de son lit et fronça les sourcils vers lui.

Peter voulait simplement dormir. Le voyage avait été long. Monsieur Van der Hoosen l'avait même porté une grande partie du trajet, mais il était bien trop fier pour l'avouer à Lily. Il était épuisé à cause du froid, de l'obscurité et de la pluie.

« J'aimerais bien dormir, Lily. Est-ce qu'on peut en parler demain matin ? »

« Bien sûr Peter. Tu vas avoir beaucoup de choses à dire demain matin. Quand Tante Joanna et Oncle Will rentreront demain, tu pourras leur présenter tes excuses et tout leur expliquer. »

Peter hocha la tête en guise d'acquiescement. Lily avait raison.

« Et Tante Emma était tellement contente de te voir qu'elle t'a épargné ses questions. Du moins, pour ce soir. Demain, ce sera différent. »

« Je sais », admit Peter. Il était évident que Lily ne le laisserait pas dormir avant d'avoir eu une dernière conversation. Non pas qu'il pensait réussir à dormir de toute manière. Mais il devait prendre du temps pour réfléchir à ce qu'il allait dire, ou ne pas dire, aux adultes demain, pour éviter qu'ils ne découvrent les réelles intentions de sa fugue.

C'était un véritable fouillis dans sa tête. Pourquoi Tante Emma prétendait-elle être la mère de Patrick ? Ces lettres lui appartenaient-elles ? Était-elle une espionne allemande ? Ou ces lettres étaient-elles celles de quelqu'un d'autre ? Peut-être celles de Monsieur Van der Hoosen ?

Cette idée le rendit malade. Il aimait beaucoup Tante Emma. En réalité, il aurait aimé qu'elle soit réellement sa tante. Et il aimait Monsieur Van der Hoosen également. Il ferma les yeux et se mit à gémir.

« Qu'est-ce qui ne va pas Peter ? » demanda Lily. « Tu es malade ? »

« Non, pas vraiment. Je veux juste dormir. »

Lily hocha la tête en guise d'acquiescement et retourna se coucher dans son lit. Elle tira les couvertures et se glissa à l'intérieur. « Je suis ravie que tu sois rentré sain et sauf. » Elle se mit à bâiller. Un court instant plus tard, elle ajouta : « Je suis sûre que tu vas nous raconter une histoire épique demain. »

« Exactement. » Du moins, elle le sera dès qu'il aura trouvé quoi raconter. La promesse qu'il avait faite au prisonnier allemand lui revint en mémoire. Il se retourna. « Lily, tu aurais un timbre ? »

« Oui, bien sûr. Je le donnerai demain matin. » Elle resta silencieuse un instant. « Tu veux écrire à Maman pour la rassurer et lui dire que tu vas bien ? »

« Oui en quelque sorte. » Peter se mit à penser

à la mère du prisonnier en Allemagne. S'inquiétait-elle pour son fils ? Il supposa que même les Nazis pouvaient ressentir de l'inquiétude. Ils avaient causé tellement d'ennuis à tout le monde. Ils devraient au moins ressentir de l'inquiétude vis-à-vis de leurs actions, ce serait la moindre des choses.

Il y avait autre chose qui l'embêtait. Emma s'était jetée sur lui, avait pleuré un peu et l'avait enlacé un nombre incalculable de fois. Mais elle avait à peine adressé trois mots à Andrej. Lui non plus d'ailleurs. Mais à en juger par la façon dont ils se regardaient tous les deux, il comprit que quelque chose allait se passer ce soir. Il espérait simplement qu'il ne s'agirait pas d'une horrible dispute.

« QUELLES EXCUSES INSENSÉES A-T-IL AVANCÉES pour se défendre ? » demanda Iris. Sa voix oscillait entre soulagement et agacement.

Emma partageait la consternation de son amie. « Pour être honnête, Lily et moi sommes soulagées qu'il soit de retour à la maison et qu'il ne soit pas blessé. Nous n'avons donc pas cherché à connaître les détails. Nous lui avons fait à manger, donné son bain et maintenant, il est bordé dans son lit et dort profondément. »

« Qui ça vous ? »

« Lily et moi. »

« Où sont William et Joanna ? » demanda Iris.

« En ville. Ils vont passer la soirée avec leurs amis. Au moment où je leur ai annoncé que Peter était sain et sauf, il faisait trop noir, ils ne pouvaient pas rentrer à la maison en toute sécurité. »

« Donc tu es seule ici ce soir, avec Andrej ? »

« Les enfants sont là. »

« Tu ne m'as pas dit qu'ils dormaient ? » demanda Iris, affichant une mine innocente. Mais Emma savait qu'elle était parfaitement au courant qu'ils étaient endormis et qu'ils le resteraient toute la nuit.

Emma s'assit sur les marches et déplaça le téléphone vers l'autre oreille. Un changement de sujet s'imposait. « Patrick me manque terriblement. Je n'ai jamais été séparée aussi longtemps de lui. »

« Il dort bien, comme Robert d'ailleurs. Alors, ne t'avise pas de te montrer ici et de perturber leur sommeil, de l'un comme de l'autre. Je viendrai demain matin pour te l'amener. »

« Ton frère est toujours avec vous ? » Les craintes d'Emma s'étaient légèrement atténuées lorsqu'elle avait vu Andrej ramener Peter, mais elles persistaient toujours. Malcolm était toujours dans la nature… À attendre et observer…

« Oui, il est là », la rassura Iris. « Il va rester toute la nuit donc tu peux arrêter de t'en faire. Nous sommes tous en sécurité. Maintenant, dis-moi ce que tu comptes faire du reste de ta soirée ? »

« Un long bain chaud et ensuite je vais aller me coucher. »

« C'est tout ? » La voix d'Iris avait repris un ton taquin, comme à son habitude. « Tu ne penses pas qu'il y a autre chose que tu pourrais faire ? »

Emma soupira, elle savait très bien où cette conversation allait la mener. « Ça suffit Iris, je suis fatiguée. »

« Oui, j'imagine que tu l'es. Andrej doit sûre-ment l'être aussi d'ailleurs. »

Emma émit un faible son. C'était véritable-ment dommage que l'Angleterre n'ait pas trouvé un moyen d'utiliser Iris comme arme secrète pour lutter contre les Nazis. Elle n'abandonnait jamais.

« Tu l'as remercié d'avoir joué les héros ? » in-sista Iris. « Comme il se doit, je veux dire ? »

Comme il se doit ? Emma ne pouvait pas dire que c'était le cas. Au contraire, elle avait mis tout en œuvre pour éviter de lui parler. Leur dernière conversation transpirait tellement la rage qu'elle n'avait pas voulu affronter sa colère. Ni ses questions. Pas ce soir. Mais Iris avait raison. Andrej avait été merveilleux dès qu'il avait appris que Peter s'était enfui. Il avait retrouvé Peter et l'avait ramené indemne à la maison. Elle se devait de lui dire à quel point elle était sincèrement et véritablement reconnaissante envers lui.

« Pas comme il se doit non », avoua-t-elle.

« Tâche de le faire. Et Emma, prends ce long bain et assure-toi de t'apprêter correctement avant d'aller le voir. On se voit demain matin, en fin d'après-midi. » Iris raccrocha avant même qu'Emma ne puisse prononcer un seul mot.

ANDREJ SORTIT UNE NOUVELLE CHEMISE DE SON armoire, l'enfila et la boutonna. Il sécha ses cheveux, toujours humides du bain qu'il venait de prendre. D'un point de vue physique, il était épuisé ; d'un point de vue émotionnel, il était éreinté, mais la chaleur qu'il ressentait dans son cœur lorsqu'il repensait à Peter, sain et sauf, lui faisait oublier tout le reste. Il alluma une bougie et s'écroula sur son lit, les bras croisés derrière la tête.

Il regardait la flamme vaciller et son ombre danser sur le mur. Il appréciait volontiers le confort et la chaleur de sa chambre après avoir enduré la pluie fraîche et le vent, lors de son trajet avec Peter, pour rentrer au Cottage. Cela n'avait pas été chose facile de retrouver leur chemin dans le noir. Andrej savait que Peter était parfaitement au courant du danger de marcher le long d'une route sombre, là où les voitures devaient éteindre leurs phares en raison de la réglementation du black-out.

Alors qu'ils approchaient du Cottage, à quelques kilomètres, Peter commençait à avoir du mal à suivre. Andrej avait proposé de le porter, mais Peter avait instantanément refusé. Un kilomètre plus tard, il avait changé d'avis et avait accepté sa proposition, à condition que sa sœur ne l'apprenne sous aucun prétexte.

Un sourire se dessina sur le visage d'Andrej. Peter était un petit garçon formidable. Lily était une fille adorable et finalement ces deux-là n'avaient pas déclenché les mille et un malheurs qu'Andrej appréhendait de vivre en emménageant au Cottage.

C'était un homme nouveau désormais, il avait

bien changé ces derniers mois. Quelle ironie ! Qui aurait cru qu'un déménagement dans un espace plus modeste l'ait autant enrichi. Tout cela était pour le mieux. Il n'avait aucune idée de comment s'adresser à un enfant à l'époque, et voilà qu'aujourd'hui il arrivait à suivre la plupart des conversations avec eux. Il s'était senti terrifié la première fois qu'Emma lui avait mis Patrick de force dans les bras. Désormais, il n'hésitait pas une seconde à prendre le bébé lorsqu'elle avait besoin de libérer ses bras. Au contraire, il avait même apprécié de porter le petit être et la façon de sourire de Patrick lorsqu'il entendait sa voix, l'avait à la fois incommodé et étonné.

Ses pensées envers Patrick le menaient toujours à Emma. Cette adorable, intelligente et merveilleuse Emma. Une âme douce doublée d'une menteuse expérimentée, le tout réuni en une seule femme sublime. Il avait beau être épuisé, il savait pertinemment qu'il ne réussirait pas à dormir, à cause de toutes ces questions qui se bousculaient dans sa tête.

Il tenait beaucoup trop à Emma pour la laisser affronter seule les ennuis qui l'attendaient. Elle cachait quelque chose et ses mensonges d'aujourd'hui étaient bien la preuve qu'elle était trop terrifiée pour dire la vérité à quiconque. Quel que soit son secret, il était convaincu que Peter en savait au moins une partie.

Assez ! Il ne voulait plus y penser cette nuit. Demain, il en parlerait avec Peter et tenterait de soutirer des informations au petit garçon. Quant à Emma, il n'avait pas changé d'avis à son sujet. Il avait la ferme intention de l'épouser afin de la protéger.

Il se pencha en avant pour souffler sur la bougie, mais s'arrêta lorsque quelqu'un frappa à sa porte. Peter, espérait-il, pour se confier à lui.

« Viens, entre », s'écria-t-il.

La porte s'ouvrit lentement et Andrej eut le souffle coupé lorsqu'il aperçut Emma dans le couloir. Elle portait une robe de satin rose nouée à la taille, ses boucles tombaient parfaitement autour de ses épaules. C'était la première fois qu'il la voyait avec les cheveux détachés. Elle était l'incarnation de la beauté. Il sentit son rythme cardiaque s'accélérer alors qu'il s'asseyait.

« Andrej, je suis désolée de t'embêter », dit-elle, d'une voix plus timide que d'habitude. « Je voulais discuter avec toi un moment. Tu étais en train de dormir ? »

« Non. » Andrej traversa sa chambre et s'appuya contre l'armature de la porte. Il était beaucoup plus grand qu'Emma, elle était donc obligée de lever les yeux pour le regarder. Les rapides élans de sa poitrine lors de sa respiration le surprirent. Était-elle nerveuse ?

« Entre. » Il recula. « Où serais-tu plus à l'aise dans le salon ? »

Emma balaya sa chambre du regard. Lorsque ses yeux s'arrêtèrent sur son lit, il ne put s'empêcher de sourire devant le léger rougissement qui avait teinté ses joues.

« Tout compte fait, peut-être bien que je serais plus à l'aise dans le salon. Mais compte tenu de tout ce qu'il s'est passé aujourd'hui, je n'ai pas pensé à apporter du bois pour faire un feu de cheminée. »

« Je comprends, c'était une sacrée journée. Je m'en occupe, je vais aller voir si j'en trouve. »

Andrej était en train de faire crépiter le feu sur la grille de la cheminée lorsqu'Emma revint de la cuisine, un plateau dans les mains.

« Le feu est parfait. » Elle disposa le plateau sur la table et s'assit à ses côtés. « J'ai pensé que tu avais peut-être faim. »

Andrej accepta volontiers une tasse de thé, encore fumante, et fit un grand sourire en guise de reconnaissance. « Je suis affamé. » Il mordit dans un sandwich et en avala trois autres avant de se retourner vers Emma. « Délicieux, merci beaucoup. »

« Ce sont simplement des sandwiches », dit Emma en haussant les épaules.

« Je sais à quel point c'est difficile de préparer un repas, en raison des rations qu'ils veulent bien nous attribuer. »

« Disons que j'attends avec impatience le jour où les magasins retrouveront des étagères remplies de nourriture, comme avant », répondit Emma. Elle sirota son thé et poussa un grand soupir.

« C'était pour quoi ce soupir ? »

« J'étais en train de penser à Scarlett O'Hara », dit-elle, un sourire triste au visage.

« Qui cela ? »

Emma se tourna vers lui. « Scarlett O'Hara est l'héroïne de ce nouveau film américain, *Autant en emporte le vent*. J'en déduis que tu ne l'as pas vu ? »

« Le film avec Vivian Leigh et Jimmy Stewart, c'est bien cela ? »

« Clark Gable. »

« Au temps pour moi. Qu'est-ce qui t'a fait penser à Scarlett à cet instant précis ? »

« Oh, c'est idiot, vraiment », dit Emma, en jouant avec la frange du coussin sur ses genoux.

Andrej dut faire preuve de beaucoup de sang-froid pour ne pas enrouler son doigt autour d'une de ses jolies boucles. Au fond de lui, son côté rationnel lui rappelait qu'il y avait des sujets de discussion bien plus urgents que la filmographie américaine, mais le son de la voix d'Emma l'envoûtait comme le chant d'une sirène. Il pourrait la suivre n'importe où, peu importe la conversation, simplement pour être avec elle. « Dis-moi pourquoi tu as pensé à ce film ? » l'encouragea-t-il à répondre, heureux de voir qu'elle le récompensait par un sourire.

« Atlanta n'avait pas été complètement détruite. Et pourtant, le général Sherman a ordonné qu'elle soit brûlée. Mais la ville a été reconstruite et est finalement devenue un endroit plutôt paisible. C'est idiot, mais d'une certaine manière, cette pensée m'a donné l'espoir qu'un jour, nous puissions en dire de même pour Londres. »

« C'est loin d'être idiot », dit Andrej. La radio BBC Home Service a annoncé des bombardements incessants, nuit après nuit. L'espoir semble être leur meilleure défense. « Donc, j'en déduis que tu admirais le personnage de cette Scarlett ? »

Emma acquiesça. « C'était une survivante. Rien ne pouvait la retenir bien longtemps. Scarlett faisait ce qu'il fallait pour survivre, et ce malgré les incompréhensions ou les désaccords des autres. »

Seul le son du feu crépitant sur la grille se fit entendre, pendant plusieurs minutes. Andrej savait qu'il devait trouver un moyen de poser des questions à Emma pour enfin en connaître les réponses. Il le devait pour Peter. Même pour Patrick. Mais il ne voulait pas l'aliéner.

Bien au contraire, son unique souhait était de l'attirer contre lui et de la garder en sécurité. Il était impressionné de constater à quel point tout le reste lui semblait futile à côté désormais. Il ne voulait qu'elle. Il la voulait en sécurité avec lui. Il était tellement perdu dans ses pensées qu'il ne l'avait pas entendu l'appeler, la première fois. Elle s'approcha de lui et lui toucha délicatement le bras.

« Andrej, j'ai quelque chose à te dire. » Ses yeux étaient grand ouverts, inquiets.

« Non Emma. Pas ce soir. » Il était surpris de se l'entendre dire. Il couvrit sa main à l'aide de la sienne.

« Mais il faut que je… »

Il s'approcha et plaça ses deux doigts sur ses lèvres. Il secoua sa tête, sans dire un mot.

Ses yeux cherchaient les siens.

« Demain, Emma, je t'en prie. »

Elle abaissa délicatement sa main, posée sur ses lèvres, mais pas pour la retirer, elle vint enrouler ses doigts autour des siens et berça leurs mains, entrelacées, sur ses genoux. « Je ne comprends pas. Aujourd'hui, tu étais tellement en colère contre moi, parce que je n'ai pas dit... Je n'ai pas.. » Sa voix s'était éteinte.

« Aujourd'hui, j'ai eu la plus grande peur de toute ma vie. Et oui, j'étais en colère. Mais maintenant, Peter dort sagement en haut et Patrick est en sécurité avec Iris. » Il parlait doucement et calmement, en réponse à son indécision. Il ne voulait pas la rendre nerveuse. Si elle le quittait maintenant, il aurait l'impression que son cœur allait se briser. « Ce soir, personne d'autre ne compte, Emma. C'est juste toi et moi. »

Lentement, il guettait la moindre résistance de sa part, mais n'en ressentant aucune, il prit Emma dans ses bras. Il approcha son visage de ses boucles, appréciant cette odeur de lavande qu'il aimait tant. Il sentit ses doigts caresser ses cheveux, d'un geste doux qui le rendait presque fou de désir.

« Andrej, attends. » Emma recula, les yeux pleins d'incertitude. « Tu ne voudras plus de moi quand tu auras entendu ce que j'ai à te dire. »

« Tu n'en sais rien. » Il approcha sa main de

ses lèvres et l'embrassa tendrement, appréciant la douceur de sa peau.

« Si, je le sais. » Sa voix tremblait. « Tu vas me détester pour ce que j'ai fait. »

Andrej prit son visage dans ses mains et attendit qu'elle lève les yeux pour croiser les siens.

« Ma chère Emma, tu ne peux pas être plus loin de la réalité. Je sais que tu as besoin de me dire ce qui s'est passé, et moi je veux l'entendre. Je te promets de t'aider, peu importent les conséquences. Mais demain, car ce soir, il est question de nous. »

Il retint sa respiration, attendant sa réponse. Lorsqu'elle finit par acquiescer de la tête, il se leva et l'attira vers lui pour l'aider à se relever. Il fit un léger pas en arrière, mais garda sa main liée à la sienne.

« Emma, j'ai vécu toute ma vie tout seul et avant de te connaître, cette situation me convenait parfaitement. Je n'ai jamais espéré mieux, car je pensais que j'arriverais à supporter la solitude. Je regardais de loin, la vie des autres. » Andrej prit une profonde inspiration pour faire appel à son courage. Il n'avait jamais été si honnête face à quiconque. Mais Emma n'était pas quiconque. C'était la femme qu'il aimait.

« Ainsi, lorsque je t'ai rencontrée, tout a

changé. Je n'avais rien prévu, je ne voulais même pas d'ailleurs, mais j'ai commencé à m'attacher à toi et à Patrick, à Peter et Lily. Et tout d'un coup, j'ai eu envie de savoir ce à quoi tu pensais et ce que tu pouvais ressentir. Je voulais être avec vous tous. Et quand j'ai appris pour la disparition de Peter aujourd'hui, j'étais mort d'inquiétude. Je n'ai jamais ressenti une telle peur auparavant. »

Emma fit un pas en avant, mais il secoua la tête. « Laisse-moi terminer, je t'en prie. » Andrej sourit avec gratitude lorsqu'elle serra ses mains.

« Ce soir, quand nous rentrions au Cottage, j'ai eu l'impression de rentrer à la maison. Tu as une idée du nombre d'hommes qui prennent ce sentiment pour acquis, Emma ? Tout cela, une maison chaleureuse avec une femme sublime et intelligente, des enfants en bonne santé, aussi fatigants qu'attachants. Et le bébé… quand je regarde Patrick, je vois toute la beauté et la pureté de ce monde. Ces moments que nous avons passés ensemble ont été les plus précieux de toute ma vie. Et pourtant, je ne les mérite pas. Pas un seul. »

« Ce n'est pas vrai, Andrej », murmura Emma. « Tu as été merveilleux envers chacun de nous. Tu m'as sauvée cette fois à Londres et tu as sauvé Peter ce soir. » Elle s'approcha pour caresser sa joue. « Tu mérites d'être heureux. Tu mérites d'avoir une famille, et d'être entouré de personnes qui tiennent réellement à toi. »

Il secoua sa tête. « Cela n'arrivera jamais Emma. Et je suis prêt à l'accepter. Mais je suis suffisamment tenté par une seule nuit, où je pourrais tout avoir. Je veux cette soirée. Je te veux toi. »

Andrej, en agonie, regardait Emma qui fermait les yeux. Il était envahi par les regrets. Le choix égoïste de ses mots l'avait mis dans une position insupportable.

« Et si on reparlait de ce que j'ai à te dire, Andrej ? Ne veux-tu pas entendre ce sur quoi je n'ai pas été honnête avec toi ? »

« Pas ce soir, non », lui assura-t-il. Son refus était catégorique. « Demain, oui. Rien de ce que tu pourras me dire ne changera ce que je ressens pour toi. Je te promets de t'aider, de quelque manière que ce soit. Mais ce soir, c'est toi que je veux. »

Une déception atroce le frappa lorsqu'Emma s'avança pour se diriger vers la porte. Il l'avait offensée avec sa proposition crue. La honte l'envahissait. Il tenta de présenter ses excuses, mais les mots restèrent bloqués dans sa gorge.

« Andrej, regarde-moi. »

Lorsqu'il se retourna, il comprit qu'Emma avait fermé la porte à clef. Il tendit sa main et elle s'approcha de lui, sans hésitation. Son cœur se remplissait de tendresse alors qu'elle se tenait devant lui et que ses doigts s'amusaient avec les boutons de sa chemise.

« Je veux être avec toi ce soir, Andrej. »

Il entendit le désir dans sa voix. Il n'avait détecté aucune réticence, ce qui le confortait dans son sentiment. « Mais… »

« Chut Andrej », l'interrompit-elle. « C'est à toi de m'écouter maintenant. »

Écouter, il voulait bien, mais il lui était réellement impossible de se concentrer alors qu'elle était en train de retirer sa chemise par-dessus ses épaules. Il se sentait comme ensorcelé par une enchanteresse divine.

« Je t'écoute », lui assura-t-il. Sa voix était aussi rauque que celle d'Emma.

« Quand nous ferons l'amour, je veux que tu me promettes que tu ne penseras à rien d'autre que cette soirée. Ne pense surtout pas une seconde aux erreurs que j'ai pu commettre ou bien aux ennuis qui m'attendent demain. Promets-le-moi. »

« Je te le promets », murmura-t-il. Il attira

Emma dans ses bras, en prenant soin de ne pas l'écraser trop fort contre sa poitrine.

« Je ne suis pas aussi fragile que tu le penses, Andrej. » Elle se pencha vers lui et vint délicatement déposer ses lèvres sur les siennes. « J'ai envie de toi. »

« Tu en es sûre ? »

Sa réponse fut d'attirer ses lèvres contre les siennes, de manière à dessiner un baiser, une permission qu'Andrej attendait depuis si longtemps.

CHAPITRE 14

*L*es instants de calme qui suivirent leurs moments de plaisir venaient apaiser son cœur solitaire. Allongés dans le lit, les doigts entrelacés, leurs respirations battaient à l'unisson. Rien d'autre n'avait d'importance. Atteint par une fièvre d'ivresse qu'il croyait impensable auparavant, Andrej tira la couverture pour couvrir les épaules d'Emma et l'attira vers lui.

« Parle-moi de ta famille. » Emma se releva et dessina le contour de sa mâchoire, du bout de son doigt. Andrej trouvait ce geste amèrement tendre. Il arrivait à peine à émettre un son, encore moins à trouver ses mots pour lui répondre.

« Je t'en prie », murmura-t-elle. « Je veux en savoir plus sur toi. »

Andrej attrapa une de ses boucles et l'enroula autour de son index. Peut-être était-ce dû à la magie du premier instant d'intimité physique qu'ils venaient de partager, ou bien à la révélation qui l'avait frappé lorsqu'il avait compris qu'il l'aimait. Toujours est-il qu'il se sentait assez confiant pour partager avec elle le peu de souvenirs qu'il gardait en lui.

« J'ai tellement peu de souvenirs. J'étais plus jeune que Peter lorsque j'ai été abandonné. Si j'ai un père, je ne me souviens plus de rien à son sujet, ni de mes éventuels frères et sœurs. Il se peut que je sois enfant unique. »

« Et ta mère ? » dit Emma, d'une voix basse et douce pour l'amadouer.

Il se mit à hésiter. Sa mère avait toujours représenté le souvenir le plus douloureux de sa vie. « Je ne suis jamais certain de ce dont je me souviens réellement et de ce que j'ai créé de toutes pièces dans ma tête. »

« Raconte-moi. »

Il s'exécuta. Il commença par le seul souvenir qu'il était sûr d'avoir vécu. Il se revoyait, avec sa mère, dans un train, mais n'avait plus aucune idée de la destination. Il se rappelait la campagne floue qui défilait sous ses yeux, et de la façon dont les wagons ondulaient à toute vitesse. Sa mère por-

275

tait un manteau en laine, vert bouteille, il s'en souvenait bien. Elle avait également un foulard en soie. Il ferma ses yeux et essaya de fouiller davantage dans sa mémoire. Des chaussures usées et éraflées, il les voyait encore. Portait-elle un sac à main ? Non, il ne se souvenait pas du tout de cet accessoire, mais elle serrait un mouchoir blanc dans sa main.

« Elle était peut-être en train de pleurer », suggéra Emma lorsqu'il se tut.

De pleurer ? Andrej n'avait jamais pensé à cette éventualité. Pour être honnête, ses pensées s'étaient principalement focalisées sur son ressenti ce jour-là. Il avait très peu pensé à ce qu'avait pu éprouver sa mère. Ses souvenirs se concentraient sur les sentiments du petit garçon qu'il avait été, qui était parti à l'aventure avec sa mère. La journée s'était terminée par un adieu déroutant et des murmures, qui le hantaient depuis des décennies. *Tu n'as pas ta place dans notre famille, Andrej.*

Après avoir partagé ces mêmes mots avec Emma, pour la toute première fois à voix haute, il attendait sa réponse. Alors qu'elle retenait sa respiration, il comprit à quel point sa réaction comptait pour lui. Il espérait trouver, en la personne d'Emma, la rédemption. Il nourrissait l'espoir de se sentir appartenir à autre chose qu'à son monde isolé.

Mais même si elle ne prononçait aucun mot, cela n'aurait aucune importance à ses yeux. Le fait qu'elle tienne suffisamment à lui pour le laisser la toucher de manière si intime, et son envie de connaître davantage sa vie, étaient tout ce dont il avait besoin, aussi bref soit ce moment. Il sentait qu'il méritait que quelqu'un s'attache à lui. Elle ne pourrait jamais l'aimer. Il le savait et s'était fait à cette idée. Mais d'une certaine manière, elle tenait à lui. Il la serra plus fort contre lui. Ces moments ensemble lui étaient précieux.

« Tu sais ce à quoi je pense ? » demanda Emma.

Il fit courir ses doigts à travers ses boucles. Il ne pouvait détourner son regard de ses lèvres, tant leur douceur le subjuguait. Le fait de ne pas l'embrasser était une véritable torture pour lui. « Dis-moi. »

« Je pense que ta mère a décelé ton talent, un talent qui était bien plus grand que ce qu'elle pouvait endurer. » Emma se pencha pour effleurer ses lèvres du bout des siennes et lui donner le plus doux des baisers. « Ce que tu as interprété comme du rejet, moi je le vois plutôt comme un sacrifice, qu'elle aurait fait pour ton bien. Elle a confié son enfant à des personnes qui avaient les moyens de faire honneur à ton talent, contrairement à elle. Elle ne t'a pas abandonné. Elle a essayé de t'offrir le monde dans lequel tu méritais de vivre. »

« Pourquoi ne m'a-t-elle pas dit cela ? »

« Oh, Andrej. » Emma s'appuya sur son coude. « Ne vois-tu pas que le plus beau cadeau que ta mère ne t'ait jamais offert est la liberté de développer ton talent ? Regarde tout ce qu'elle t'a donné en te confiant à des personnes en mesure d'entretenir ton don. Iris m'a dit que tu es vénéré à l'international et que tu es l'un des plus grands pianistes de musique classique de tous les temps. Tout ce que tu as accompli, tous les endroits que tu as visités et toute la joie que tu as répandue à travers ta musique, tout cela, tu le dois à ta mère, qui t'aimait tellement qu'elle s'est sacrifiée. »

« Sacrifiée », répéta-t-il lentement, comme pour s'obliger à croire ce dont Emma semblait si convaincue. Ce n'était pas une idée facile à accepter. Le plus beau cadeau que sa mère aurait pu lui offrir aurait été qu'elle le garde et qu'elle lui voue un amour inconditionnel, tout comme Emma envers Patrick.

« Elle a fait un choix déchirant et douloureux, Andrej. Ne le vois-tu donc pas ? » demanda

Emma. « Elle t'a laissé partir pour que tu aies tout ce que tu mérites d'avoir, tout ce qu'elle voulait que tu aies. Je ne peux pas croire que tu aies haï ta mère pendant toutes ces années, au lieu de ressentir de la gratitude envers cette femme. »

« Avec toi, tout a l'air si simple », rétorqua-t-il. « Ce n'est pas le cas. »

« Bien sûr que non. Tu ne peux pas savoir si elle a agi pour ton bien ou non. J'imagine que ta mère est restée allongée dans son lit plusieurs nuits, à se demander la même chose. As-tu essayé de la contacter ? »

Il secoua la tête. « Non, je ne voulais pas l'entendre me dire qu'elle m'avait oublié. Et moi, je ne voulais surtout pas être envoyé chez quelqu'un d'autre. » Son regard croisa le sien. La tendresse dans ses yeux lui était presque insupportable.

« Nous ne sommes pas obligés d'en parler maintenant », le rassura-t-elle. Elle l'attira contre elle, sa tête posée sur sa poitrine. Elle ébouriffa ses cheveux alors qu'ils s'allongeaient en silence.

Ce sentiment de connexion, d'excitation et de plaisir, de confiance et d'abandon total envers elle, l'amenait à comprendre ce que l'on ressentait lorsque l'on aimait quelqu'un.

DANS UN MOUVEMENT DÉLICAT, EN PRENANT SOIN de ne pas réveiller Andrej, Emma se glissa hors de ses bras. Elle fut frappée par une bouffée d'air frais lorsqu'elle quitta la chaleur protectrice de son étreinte. Emma poussa un léger soupir en constatant qu'Andrej n'avait pas bougé. Le feu de la cheminée, qui les avait réchauffés, la nuit dernière, n'était plus qu'un tas de cendres froides. Après quelques instants, Emma parvint à trouver sa robe de chambre et sa serviette. Elle s'habilla en vitesse et jeta un coup d'œil à la chambre. Le désordre qui y régnait témoignait de la passion nocturne qui avait eu lieu la nuit dernière. Un sourire joyeux se dessina sur son visage. Son cœur s'emplit d'une timide gratitude envers Andrej pour cette connexion qu'ils partageaient tous les deux. Elle regarda la pendule sur la cheminée. Ce n'était pas le moment de penser à ce genre de choses. Elle devait monter à l'étage avant que les enfants ne se réveillent.

Aussi silencieusement que possible, elle rangea la chambre pour la remettre en état. Lorsqu'elle attrapa le dernier coussin tombé sur le sol, Emma s'approcha pour regarder Andrej une dernière fois. Elle ne savait pas quand, ni même si, elle aurait une nouvelle fois la chance de pouvoir le regarder dormir.

Elle se mit à ressentir le manque de chaleur et l'absence de sentiment de sécurité que ses bras lui offraient et se mit à enlacer les siens autour de sa propre taille. L'acte avec Andrej lui avait paru si naturel. Elle ne pouvait s'empêcher de sourire en repensant à la tendresse de ses gestes. Qui aurait pu croire qu'un homme si musclé puisse être aussi délicat ? Plus fort encore, elle n'arrivait pas à comprendre comme elle s'était donnée à lui, si librement. Mais elle ne le regrettait pas. La nuit dernière était devenue son plus beau souvenir. Personne ne pouvait le lui enlever. Elle en était infiniment reconnaissante.

Elle regarda autour d'elle une dernière fois. La chambre avait retrouvé son état initial. Elle, en revanche, avait changé. Elle tira les rideaux occultants. Le soleil n'allait pas tarder se répandre dans la chambre et à réveiller Andrej. Elle ne voulait pas qu'il la voie avant qu'elle ait repris le contrôle de ses émotions. La façon dont il l'avait regardée hier soir lui avait donné l'impression qu'il pouvait percer son âme à jour.

Pour la première fois depuis le jour où elle avait découvert le corps inanimé de sa cousine, elle sentit une lueur d'espoir. Elle devait consacrer son avenir à la protection de Patrick. Mais après cette nuit, elle s'était autorisée à espérer qu'Andrej trouve une place dans sa vie également.

Elle jeta un coup d'œil dans la chambre de Peter et Lily pour s'assurer qu'ils étaient toujours bien en train de dormir. Elle ferma la porte de sa chambre et prit une douche rapide avant de s'habiller en vitesse. La pièce lui semblait vide sans Patrick et elle se languissait de le revoir. C'était une véritable bénédiction que Peter et Patrick soient tous deux de retour à la maison. Les dernières vingt-quatre heures avaient été un tourbillon d'émotions, à commencer par la panique, la peur et dorénavant… l'espoir.

Emma ferma son armoire à vêtements et s'approcha du berceau de Patrick. Elle tira la couverture et la redressa, en fredonnant doucement, comme à son habitude. Comment allait-elle pouvoir effacer ce petit sourire en coin sur son visage ? Elle savait qu'Iris allait savoir ce qu'il s'était passé, au moment même où elle la verrait. Ensuite, elle la bombarderait de questions. Or, ces questions, elle n'avait aucune envie d'y répondre. Cette folle nuit d'amour, chaque instant magique, restait entre Andrej et elle.

Du coin de l'œil, Emma remarqua que le berceau n'était pas droit. Étrange, car elle n'avait pas dormi dans la chambre, et personne n'était supposé être rentré. Lorsqu'elle se pencha en avant pour restabiliser le lit, un sentiment de malaise l'envahit.

Elle se mit à genoux et observa sous le matelas. Elle sentit son cœur se serrer dans sa poitrine, sur le point de fondre en larmes. L'enveloppe qu'elle avait cachée sous le matelas avait été déplacée. Elle l'attrapa et fit glisser les lettres sur le tapis. Il n'y avait plus aucun doute : quelqu'un les avait lues. Elle avait pris soin de les plier d'une certaine façon la dernière fois qu'elle les avait rangées, mais désormais elles étaient complètement désordonnées. Ses mains tremblaient tandis qu'elle les manipulait, les comptant rapidement.

Elles y étaient toutes. Mais qui avait pu les lire ? Les enfants n'auraient certainement pas touché à ses affaires. Non, bien sûr que non. Pour quoi faire ? Et même s'ils les avaient trouvées, ils n'auraient pas été capables de les lire. Elles étaient en allemand. Personne dans la maison ne parlait allemand.

Personne, à part Andrej.

Andrej, l'homme à qui elle s'était donnée si librement la nuit dernière, l'avait trahie. Il l'avait utilisée. Il s'était joué d'elle. Elle en était malade de se dire qu'elle avait été aussi naïve, aussi peu maline et stupide. C'était impossible. Elle ne voulait pas y croire, mais un simple coup d'œil aux lettres fut la preuve suffisante pour y croire. Il ne pouvait pas y avoir d'autre explication.

Mais pourquoi ? Avait-il essayé de la piéger la nuit dernière ? Elle était venue voir Andrej de son plein gré, il n'était pas venu la chercher. Avait-il simplement attendu que l'occasion se présente pour pouvoir profiter d'elle ? Des questions se bousculaient dans sa tête. Que pouvait-il bien avoir à gagner en couchant avec elle ? Toutes les paroles qu'il lui avait adressées étaient-elles un tissu de mensonges ? Lui avait-il raconté une histoire dans le simple but de la séduire et de susciter sa compassion ?

Elle couvrit son visage avec ses mains et se balança d'avant en arrière. Un rougissement furieux apparut sur ses joues. Elle se sentait tellement idiote. Une vulgaire imbécile.

Dans un mouvement lent et angoissant, tout s'éclaira dans son esprit. Elle ne s'était pas confiée à Andrej au sujet du bébé la nuit dernière, mais elle avait prévu de le faire aujourd'hui. Il le savait, elle l'avait prévenu qu'elle lui en ferait part. Alors pourquoi lui avait-il fait l'amour ?

Un profond sentiment de honte brûlait en elle. Andrej avait-il fait l'amour avec elle pour qu'elle baisse sa garde et avoue que Patrick n'était pas son fils ? Si c'était le cas, ce ne serait plus sa parole contre celle de Malcolm en cas d'accusation de kidnapping. Il y aurait un tiers pour témoigner contre elle.

Pourquoi Andrej voudrait-il la blesser en lui retirant Patrick ? Il savait qu'elle aimait ce bébé plus que sa propre vie. Il ne pouvait y avoir qu'une seule explication.

Andrej travaillait pour Malcolm.

« C'EST POUR UNE OCCASION SPÉCIALE, Monsieur ? »

Andrej tourna son regard vers le serveur et hocha la tête. « Merci. » Il leva sa main pour faire comprendre que son verre d'eau était plein. Il aurait aimé du vin à la place, mais après tout, ils étaient dans un petit restaurant familial à Brighton et non en Savoie.

« Une occasion très spéciale. » Peter prit la parole en voyant qu'Andrej ne répondait pas directement à la question du serveur. « Monsieur Van der Hoosen va se fiancer ce soir. »

« Tous mes vœux de bonheur pour votre mariage. » Le serveur âgé désigna les deux couverts vides. « Souhaitez-vous commander avant que vos invités arrivent, Monsieur ? »

Andrej ouvrit la bouche pour parler, mais se retrouva cette fois-ci interrompu par Lily.

« Du moins, nous espérons qu'il y aura une demande en mariage ce soir », expliqua-t-elle au serveur. « Monsieur n'a pas encore proprement fait sa demande à Tante Emma, n'est-ce pas Monsieur Van der Hoosen ? »

« C'est justement la raison de cette soirée », rétorqua Peter. « Nous attendons simplement que Tante Emma et ses amis arrivent maintenant. »

Andrej ne put s'empêcher de sourire tandis que le serveur s'éloignait et que les enfants continuaient à bavarder. Il était impressionné par la résilience de Peter. La journée d'hier avait été une véritable épreuve pour le garçon. Et pourtant, ce matin, il s'était assis pour raconter aux adultes sa chasse aux lapins, sa conversation imprévue avec le prisonnier au sujet de la météo, et comment il s'était retrouvé perdu dans les bois. Personne n'avait cru à un seul mot de sa bouche, mais ils avaient au moins réussi à lui faire promettre de ne plus quitter le Cottage sans la permission d'un adulte.

Il avait l'intention de parler avec Peter le lendemain matin. Le garçon était au courant de quelque chose et Andrej voulait savoir quoi.

Il avait minutieusement observé Emma pendant que Peter racontait son aventure. Elle avait refusé de croiser son regard pendant toute la durée du récit du petit garçon. Essayait-elle de l'éviter parce qu'elle se sentait trop gênée à cause de leur moment d'intimité de la nuit dernière ? Il espérait que non. Quoi qu'il en soit, il ne comptait pas la presser pour obtenir une explication. Elle avait accepté son invitation à dîner ce soir, à Brighton, et c'est tout ce qu'il attendait d'elle. Il avait seulement été légèrement surpris qu'elle lui demande si elle pouvait convier une amie. Elle voulait peut-être remercier Iris de s'être occupée de Patrick, et avait pensé qu'une invitation au restaurant était le cadeau parfait.

Il tourna son regard vers sa montre. La recherche d'une âme charitable pour surveiller la progéniture d'Iris prenait vraisemblablement plus de temps que prévu.

Lily et Peter avaient également été invités à la dernière minute, mais ils avaient été enchantés à l'idée de sortir avec des adultes. Il espérait qu'Emma n'y voie pas d'inconvénients. Étant donné que les restaurants n'étaient pas limités en termes de rations, Andrej avait pensé que les enfants seraient ravis d'avoir un véritable repas et de pouvoir manger à leur faim.

Ce ne serait pas la plus romantique des propositions de mariage, avec Peter, Lily et Iris à la table, mais ces fiançailles n'avaient pas pour but d'être romantiques. En épousant Emma, il voulait lui offrir sa protection juridique.

Perdu dans ses pensées, Andrej ouvrit la bouche alors que Peter s'exprimait.

« Et si vous nous faisiez part de ce que vous vous apprêtiez à dire, Monsieur ? » demanda Peter.

« Non, non Peter », rétorqua Lily d'un ton paniqué.

« Qu'est-ce qui se passe Lily ? » demanda Andrej.

« Je sais ce qu'elle va dire », grogna Peter.

« Alors, laisse-la parler », suggéra Andrej.

« Vous parlez comme un véritable père quand vous dites cela », dit Peter d'un ton plus qu'approbateur. « C'est une bonne chose si vous devenez le père de Patrick. »

Le père de Patrick. Andrej ressentit alors un bref sentiment de regret l'envahir. L'espace d'une seconde, cette idée se mit à résonner dans son cœur, mais s'effaça aussi vite. Patrick avait besoin de retrouver sa véritable famille. Andrej allait mettre tout en œuvre pour voir ce jour arriver. Emma allait le détester. Il parcourut du regard le couloir, à la recherche de ses invitées. Emma et Iris n'étaient nulle part en vue. Il observa à nouveau sa montre.

« Ne vous en faites pas », le rassura Lily. « Elle va venir. Maintenant, revenons à ce que vous êtes censé dire. »

« Ce que je suis censé dire ? » répéta-t-il, d'un ton soudainement incertain. Faire sa demande à Emma en public devant les autres lui semblait être une bonne idée ce matin. Maintenant, il n'en était plus aussi sûr.

Lily soupira profondément. « Monsieur Van der Hoosen, je vous en prie, concentrez-vous. Vous allez demander la main de Tante Emma, vous devez donc trouver les mots justes. »

« Comme ? »

Peter ne put cacher son amusement. « Écris-lui un petit discours qu'il pourra apprendre par cœur, Lily. »

Lily prit un ton moqueur face à la suggestion de son frère. « Beurk, Peter. Ce n'est pas le moment d'apprendre quoi que ce soit par cœur. Monsieur Van der Hoosen doit trouver les mots qui viennent de son cœur. » Elle se tourna pour faire face à Andrej. « Je pense que vous devez dire à Emma pourquoi vous l'aimez, ce qui la rend spéciale à vos yeux et pourquoi vous voulez passer le reste de votre vie avec elle. »

Le reste de sa vie ? Andrej sentit une douleur dans le creux de son estomac. Maintenant, c'était lui le menteur. Ses mots laissaient entendre qu'il voulait la demander en mariage, mais son intention était de la sortir d'affaire. Non pas que le fait de passer le reste de sa vie avec Emma n'était pas un rêve éveillé pour lui. Quel homme pourrait bien vouloir plus que cela ? Elle était magnifique, gentille, intelligente, généreuse et passionnée. Mais elle était également terriblement en danger. « Je ne suis pas sûr que ce soit une si bonne idée, Lily », hésita Andrej. « Ce n'est peut-être ni le lieu ni le moment, ce soir… »

« Trop tard » interrompit Peter. « Je vois Tante Emma. » Il s'accroupit sur sa chaise et se mit à tendre le cou vers l'entrée du restaurant. Il grogna. « C'est bien Tante Emma, avec son idiot… enfin son ami à son bras. »

Andrej et Lily se retournèrent pour regarder.

Emma se tenait à la porte d'entrée, resplendissante dans une robe en soie, couleur crème, qu'il n'avait jamais vue sur elle auparavant. Un ruban assorti était accroché à ses boucles et elle portait un collier de perles autour de son cou. Stuart, lui, portait un costume et une cravate et se tenait à ses côtés.

« Oh, n'est-elle pas charmante ? » cria Lily.

« Oh tu l'as dit. » Andrej se leva et leur fit signe de les rejoindre à la table. Emma était splendide. Elle avait un air insouciant, mais il savait qu'elle était loin de l'être.

« Je ne sais pas pourquoi elle l'a ramené ici celui-là », grogna Peter.

Andrej se retourna l'air surpris. « Tu n'aimes pas le Capitaine Tollison ? »

Peter haussa les épaules. « C'est un homme bien. J'imagine. Simplement, ce n'est pas une lumière. »

« Ne sois pas désagréable, Peter », rétorqua Lily. « Cela dit, je suis d'accord avec toi, ce n'était certainement pas le bon moment pour l'inviter ici. » Elle posa sa serviette sur ses genoux et croisa ses mains en dessous. « Espérons qu'il reste silencieux pendant la demande. »

Andrej fut soulagé de ne pas avoir à trouver quelque chose à dire à Emma et Stuart, lors de leur arrivée à la table. Il se leva et serra la main du jeune homme. Il avait remarqué que la main gauche de Stuart s'attardait sur le bas du dos d'Emma, comme pour marquer son territoire. Il fronça les sourcils.

« Quelque chose ne va pas, Monsieur ? » demanda Stuart.

« Non », répondit Andrej d'un ton sec, qu'il discerna lui-même. Il ne pouvait pas vraiment en vouloir au jeune garçon. Il ferait preuve d'autant de possessivité s'il était à la place de Stuart.

« Venez vous asseoir entre nous, Capitaine », dit Lily en tirant la chaise vide qui se trouvait entre elle et Peter.

Les enfants avaient rapidement dégagé un siège pour séparer Emma de Stuart.

Andrej sourit, reconnaissant de voir que ses petits alliés faisaient tout pour l'aider. Il attendit qu'Emma soit assise pour lui parler. « Tu es magnifique ce soir, Emma. »

« Ne l'est-elle pas ? » acquiesça Stuart, un grand sourire aux lèvres. « Un jeune homme ne peut être que fier d'avoir une femme aussi splendide à son bras. »

« Merci de nous avoir invités, Andrej », dit Emma d'un ton inhabituellement sec. Son regard s'apaisa lorsqu'elle observa les enfants. « Vous avez plutôt l'air élégant tous les deux. »

« N'était-ce pas une délicate attention de la part de Monsieur Van der Hoosen de nous inviter ? »

« Effectivement. »

Andrej chercha un indice sur le visage d'Emma pour essayer de deviner ce qu'elle ressentait. Il pouvait comprendre qu'elle soit timide après leur nuit d'hier soir. C'était la première fois qu'ils échangeaient un moment intime. Mais quelque chose lui disait que ce n'était pas la raison de son comportement étrange. Son choix méticuleux et contrôlé de mots et son refus de croiser son regard ne témoignaient pas d'une gêne, mais d'un sentiment de colère. Qu'avait-il fait de mal ?

Une fois que le serveur eut pris leur commande, un silence gênant s'installa à table. Andrej regarda Peter et Lily, à la recherche d'un soutien. Peter hochait nonchalamment les épaules. Lily secouait la tête pour l'encourager. Andrej se mit à grogner intérieurement. Quelle mouche avait bien pu le piquer pour prévoir une demande dans un lieu public ?

Il souhaitait se retrouver seul avec Emma. La symbiose qu'ils avaient ressentie hier soir et qui avait réchauffé son cœur, avait disparu. Elle avait été remplacée par un silence confus et inconfortable. Il se racla la gorge.

« Tout va bien, vieux camarade ? » demanda Stuart.

Vieux camarade. Andrej ne put résister et se

mit à froncer les sourcils. Pourquoi avait-il toujours l'impression d'être la troisième roue du carrosse, vieille et chancelante, aux côtés de Stuart ? Pour éviter que cette soirée ne se transforme en véritable fiasco, il devait faire quelque chose. Il prit une profonde inspiration et se lança.

« Emma, j'espère que tu sais à quel point j'ai aimé avoir la chance de travailler à tes côtés ces derniers mois. » Il s'arrêta. « Ces moments passés avec toi ont été les meilleurs souvenirs de toute ma vie. »

Emma continuait de fixer ses mains, visiblement tremblantes. Andrej l'avait bien remarqué.

Andrej sentit une tendresse oppressante envahir sa poitrine, et l'empêcher de s'exprimer sereinement. Il se rappelait du regard effrayé d'Emma lorsqu'il l'avait vue se faire harceler par les soldats à Londres. Il se souvenait de sa détermination à rejoindre la gare, cette nuit, et de son regard défiant lorsqu'elle avait refusé de chercher un abri. Il se remit à penser à toutes les fois où elle l'avait regardé dans les yeux et avait souri si sincèrement. Son rire, sa gentillesse. Tout se lisait dans ses yeux. Il espérait désespérément qu'elle accepte de croiser son regard à cet instant précis.

Il approcha ses mains pour couvrir les siennes, mais elle les fit glisser sur ses genoux.

« Tu es tout pour moi, Emma. Je tiens très profondément à toi et à Patrick, et rien d'autre ne me ferait plus plaisir que de passer le reste de ma vie avec vous deux. » Alors qu'il débitait les mots sans y réfléchir, Andrej savait qu'il était sincère. Il aurait donné n'importe quoi pour épouser Emma. Mais il voulait être avec elle pour toujours. Pas seulement temporairement, et pas uniquement pour la protéger. Il voulait tout ce que cette vie à deux impliquait, tous ces instants de la vie qu'ils allaient partager.

Il n'accepterait aucun refus. Elle tenait à lui. Il le savait, du moins d'une certaine façon. Ne prêtant pas attention aux regards curieux des clients du restaurant, ni au regard confus de Stuart ou aux yeux attentifs des enfants, Andrej se leva et recula sa chaise. Il posa un genou à terre à côté de la chaise d'Emma et leva son menton pour la forcer à croiser son regard.

« Je t'aime, Emma », dit-il tendrement. Ses mots étaient doux et persuasifs. « Veux-tu m'épouser ? »

« Je ne peux pas. » Des larmes coulaient sur son visage.

« Si, tu peux. » Il embrassa ses deux mains, tour à tour. « Je te promets que quoi qu'il arrive, je ne t'abandonnerai jamais. »

Emma secoua la tête. « Non, Andrej, tu ne comprends pas. Je ne peux pas t'épouser. »

« Emma, je t'en prie, ne me repousse pas sans y avoir sérieusement réfléchi. Écoute-moi. Je sais que tu as peur, mais à nous deux, nous pouvons tout affronter. »

Stuart vint se tenir derrière la chaise d'Emma. Il baissa les yeux, en direction d'Andrej. « Elle ne peut pas vous épouser, Monsieur. Nous sommes fiancés depuis quelques heures. » Il sourit. « D'ici demain, Emma sera ma femme. »

CHAPITRE 15

«J'imagine que ce n'est pas comme cela que tu imaginais ta soirée la veille de ton mariage », dit Andrej tandis qu'il fermait la porte de la cave derrière eux.

Emma remerciait l'obscurité qui lui permettait de cacher son visage rougi par la gêne. À partir du moment où Stuart avait fait éclater la vérité à propos de leurs fiançailles, elle avait été incapable de croiser le regard d'Andrej. Mais désormais, Stuart était parti et Andrej était assez proche pour la prendre dans ses bras s'il le désirait.

« Ah parfait ! » dit Andrej en tendant la main pour attraper une chaîne. Une petite ampoule diffusait juste assez de lumière pour dessiner des ombres.

Emma se mit à inspecter la cave exiguë qui allait leur faire office de refuge improvisé pour cette nuit. Elle gesticulait inconfortablement tandis que Peter et Lily commençaient à explorer les environs.

« Je hais les Allemands », fulmina Emma. « Je les déteste. Tous ceux qui sont encore en vie. J'étranglerais sans pitié un Nazi, à mains nues, si je pouvais en trouver un. »

« Certes, mais restons tranquilles. » La voix d'Andrej était si grave que seule Emma pouvait l'entendre. « Essayons de ne pas effrayer les enfants. »

« Je ne chercherais jamais à les effrayer intentionnellement. » Agacée par le comportement visiblement trop calme d'Andrej, alors qu'elle bouillonnait encore de colère suite à sa trahison, Emma recula d'un pas pour s'éloigner de lui. Le talon de sa chaussure se prit dans une corde et elle tomba en avant. Un faible cri s'échappa de ses lèvres alors qu'Andrej se penchait en avant et arrêtait sa chute en la tirant vers lui.

« Tu as tous les droits d'être en colère Emma, mais pas envers moi », dit Andrej. « Ta cérémonie prénuptiale a été interrompue par la Luftwaffe, pas par moi. »

Emma trébucha légèrement lorsqu'Andrej la lâcha brusquement. Elle redressa les épaules et lissa le tissu de sa robe. Il avait raison. Il n'était pas responsable de l'évacuation du restaurant, causée par l'invasion d'un raid aérien. Mais il l'avait trahie et elle ne savait absolument pas comment elle allait réussir à supporter de rester dans ce petit espace confiné, jusqu'à ce que le signal de fin d'alerte soit donné.

« Est-ce que tout le monde va t'appeler Madame Tollison à partir de demain, Tante Emma ? » cria Lily, de l'autre bout de la cave, où elle se trouvait avec Peter pour inspecter les lieux.

« Oui, j'imagine que oui. » Elle lança un regard fixe à Andrej par-dessus son épaule. « Mais en réalité, les choses n'ont pas tellement changé. »

« Je ne suis pas sûr que Monsieur Tollison en dise de même », ajouta Peter. « Pendant le dîner, il n'a pas arrêté de parler de sa nouvelle situation d'homme marié et des nouvelles responsabilités qui allaient avec. »

Andrej se mit à rire. Emma fronça les sourcils.

Inutile de poursuivre cette conversation. Elle essaya de détourner l'attention de Peter du repas

299

CAROLINE MICKELSON

gênant qu'ils venaient de partager... ou plutôt du demi-repas, avant que Stuart ne reçoive un appel pour regagner l'aérodrome. Il les avait donc informés du fait que les rapports radar indiquaient un grand nombre d'avions à l'approche. Au lieu de courir le risque de retourner au Cottage, Andrej avait accepté la proposition du propriétaire du restaurant, consistant à se cacher dans la cave en attendant la fin du raid. Emma n'avait pas d'autre choix que de mettre les enfants en sécurité.

« As-tu trouvé des lits de camp ? » demanda-t-elle.

« Oui, deux », dit Peter en sortant les deux lits de l'endroit où ils étaient entreposés.

Elle restait à l'écart et observait Andrej, qui aidait les enfants à les installer contre le mur.

« J'ai trouvé des oreillers et des couvertures ! » cria Lily. « Peter et moi pouvons partager un lit de camp. Et toi et Monsieur Van der Hoosen pouvez... » Sa voix s'arrêta.

« Oups, très maladroit, Lily », commenta Peter en regardant les deux adultes.

Emma essayait d'ignorer le sourire amusé d'Andrej. « Vous deux, allez-y et veillez à installer cela sur le vôtre. Monsieur Van der Hoosen et moi allons trouver un autre endroit. » Elle observa la cave faiblement éclairée, mais les boîtes et les caisses empilées jusqu'au plafond ne laissaient évidemment guère d'espace pour s'installer en attendant la fin du raid.

« Je doute que l'un d'entre nous arrive à dormir cette nuit, mais au moins vous serez bien installés. »

« Moi, c'est quasiment sûr que je vais dormir », dit Peter. « Si le restaurant est bombardé et qu'il tombe en lambeaux sur nous, je préfère de loin dormir pendant que cela arrive. »

« Ça suffit avec ce discours, jeune homme », le gronda Andrej. « Je pense que nous avons eu bien assez d'émotions pour ce soir. Qu'en penses-tu Emma ? »

Emma ignora sa question et se tourna vers les enfants. « Aucun bâtiment ne va tomber en lambeaux ce soir donc ne parlons plus de cela, Peter. Je suis plus inquiète pour le manque de sommeil que tu vas accumuler, que pour quoi que ce soit d'autre. »

Elle disposa un coussin à chaque extrémité du lit et fit signe aux enfants de s'allonger. Une fois couchés, elle borda leurs couvertures et déposa un baiser au sommet de leurs têtes. « Voilà, j'ai posé vos masques à gaz près de vos chaussures. Maintenant, dormez bien et sachez que je suis tout près de vous. »

« Avec Monsieur Van der Hoosen ? » demanda Peter.

Le souvenir de leur nuit d'amour passionnée de la veille lui revint soudainement en mémoire. Tout semblait si différent aujourd'hui. Évidemment, tout cela, c'était bien avant d'apprendre qu'Andrej était un sale menteur travaillant au service de Malcolm. « Oui, avec Monsieur Van der Hoosen. »

« Tante Emma ? »

« Encore une question Peter et ensuite ce sera tout pour ce soir. »

« Est-ce que les Américains vont venir nous aider à nous battre ? »

L'angoisse dans sa voix brisait le cœur d'Emma.

Andrej s'accroupit près du lit des enfants. « Lors de la dernière guerre, les Américains et les Canadiens sont venus en renfort, Peter, et ils reviendront. Et une fois que tout cela sera terminé, il y aura une grande cérémonie. Je te le promets. » Il ébouriffa les cheveux de Peter puis ceux de Lily et se releva. « Tu vas pouvoir raconter à tout le monde à quel point ta sœur et toi avez été courageux pendant toutes ces épreuves. »

Le grondement des avions au-dessus de leur tête était si fort qu'ils furent obligés d'attendre qu'ils soient passés avant de pouvoir s'entendre parler.

« Je déteste le bruit des avions », dit Lily, une fois que le son s'était atténué.

« À bord de cet avion, Lily, il y a de braves pilotes anglais qui font tout ce qu'ils peuvent pour assurer notre sécurité ce soir », lui répondit Andrej. « Est-ce que tu arrives mieux à supporter ce bruit quand tu penses à ce que je viens de dire ? »

Emma observait Lily, qui secoua la tête puis se mit à bâiller. En quelques minutes, les enfants étaient endormis. Elle s'émerveillait devant leur capacité à s'endormir dans des endroits inconnus.

Elle chercha un endroit où s'asseoir. Il n'y en avait aucun, mis à part les escaliers, sales, qu'ils venaient de descendre. Les planches de bois rugueuses semblaient inconfortables et crasseuses.

« Attends. » Andrej attrapa son bras alors qu'elle se dirigeait vers les escaliers. « Va t'asseoir sur le lit pendant que j'éteins la lumière. »

Emma hésita. Elle ne savait pas où aller, où s'asseoir, ni à qui faire confiance. Elle ne pouvait évidemment pas se fier à son propre jugement. Pas quand il s'agissait d'Andrej. Elle avait fait l'amour avec cet homme. Elle l'avait laissé la prendre dans ses bras, ignorant totalement son double jeu. Et pire encore, elle avait été à deux doigts de lui révéler la vérité à propos de Patrick.

« Allez Emma ! » Andrej lui donna un léger coup de coude en direction des lits. « Ne t'écroule pas dans mes bras. » Il avait raison, il n'était pas question de s'écrouler, de perdre pied ou de s'effondrer. Patrick avait besoin d'elle. Elle prit une grande inspiration. Son unique option était de s'éloigner le plus possible d'Andrej. Demain. Ce soir, elle était coincée avec lui. Elle s'assit, figée, sur l'extrémité du lit et attendit qu'Andrej éteigne la lumière. Le lit grinça sous son poids lorsqu'il vint s'asseoir à côté d'elle. Elle s'écarta de lui.

Un cri de surprise s'échappa de ses lèvres lorsqu'Andrej fit glisser son bras autour de sa taille et l'attira contre lui. « Chut, tout va bien », la rassura-t-il. Sa voix frôlait le murmure. « Ne réveillons pas les enfants. »

« Ne me dis pas comment m'occuper des enfants », lui lança-t-elle.

Sa voix traduisait sa mauvaise humeur. Elle s'était clairement entendue, mais elle était totalement perdue dans ses émotions. Elle espérait désespérément se trouver n'importe où ailleurs, plutôt que dans cette petite cave de restaurant, avec Andrej.

La pire chose qui aurait pu leur arriver durant

cette soirée eut été que Malcolm se trouve à côté d'elle. Andrej. Malcolm. Quelle différence pouvait-il y avoir réellement entre les deux ?

Que Dieu lui vienne en aide, elle avait été dupée. Et elle avait évité la catastrophe de justesse, en refusant au dernier moment de se confier à Andrej. Proposer à Stuart de l'épouser et insister pour organiser la cérémonie le lendemain lui semblait, à cet instant précis, un bon moyen de se protéger de Malcolm. Cette décision lui avait semblé impétueuse, et elle la trouvait déjà futile. Au fond de son cœur, elle savait que Stuart, aussi gentleman qu'il puisse être, ne faisait pas le poids face à Malcolm.

Elle était prise au piège, et pas seulement ce soir à cause du raid aérien nocturne. Des larmes perlaient au fond de ses yeux, mais elle ne voulait pas leur donner la satisfaction de couler. Elle s'assit, immobile aux côtés d'Andrej, sans chercher à essayer de bouger. Elle n'avait aucun endroit où aller.

« Emma. »

Elle l'ignora.

« Il faut qu'on parle. » La voix d'Andrej était grave, mais insistante.

Il pouvait bien aller en enfer avant qu'elle ne gaspille sa salive pour lui répondre.

« Il faut qu'on parle de Patrick », insista-t-il. « Bon sang, Emma, ces ennuis qui te hantent ne vont pas disparaître simplement parce que tu le souhaites. »

Elle mordilla sa langue pour s'empêcher de répondre par des mots peu charitables.

« Tollison est un chic type, mais il n'est pas l'homme qu'il te faut pour t'aider en ce moment. Je le suis. »

Emma serra ses poings. Cet homme avait du culot pour lui parler de la sorte, comme s'il voulait l'aider, alors qu'il attendait en réalité simplement le bon moment pour lui planter un couteau dans le dos.

« Tu pourras m'expliquer ton mariage précipité plus tard. Maintenant, il est temps que tu me dises ce que tu voulais me dire hier soir. Tu sais, avant que je t'arrête, avant que nous… »

« Pas un mot de plus », l'interrompit-elle avant qu'il ait l'occasion d'aller plus loin. Elle ne supportait pas de l'entendre parler de cette nuit comme si elle n'avait aucune importance. À ses yeux, elle en avait beaucoup. Elle se sentait d'ailleurs encore plus idiote en y repensant. Et elle était en colère. « Ne t'avise pas d'essayer. »

« On peut parler d'autre chose, comme du

père de Patrick ? Dis-moi qui il est et pourquoi il te terrifie autant ? »

Un silence, c'est tout ce qu'il obtiendrait de sa part.

« Je peux t'aider Emma », s'empressa-t-il de dire.

Emma se retourna vers lui. Il faisait sombre, elle ne le voyait pas. Elle espérait tellement qu'il y ait assez de lumière pour qu'il puisse voir la colère qui brûlait dans ses yeux.

« Je sais ce que tu veux Andrej, et ce n'est ni pour aider Patrick ni pour m'aider moi. » Elle prit une inspiration calme et profonde. C'était idiot de lui dire ce qu'elle avait appris à son sujet, mais elle ne put s'en empêcher. Maudit Andrej et maudit Malcolm. « Je sais qui tu es », lança-t-elle, d'un ton qui laissait entendre sa rage. « Je sais que tu veux m'éloigner de Patrick et que tu travailles pour Malcolm. Tu m'as menti, encore et encore. »

« De quoi est-ce que tu parles ? »

Elle se raidit lorsqu'Andrej essaya de resserrer son bras sur sa taille. Elle essaya de l'éloigner, mais il la serra davantage contre lui. « Ne me traite pas comme une idiote. »

« Pour l'amour de Dieu, Emma, calme-toi », la réprimanda Andrej. « Tu vas réveiller les enfants si tu ne baisses pas d'un ton. »

Emma savait qu'il avait raison. Les enfants avaient eu une journée bien assez éprouvante comme cela. Ils avaient besoin de dormir, pas d'assister à une dispute.

« C'est un dialogue de sourds. Reprenons depuis le début. Dis-moi ce qui te met en colère. »

Emma avait remarqué qu'il avait pris un ton lent et doux, comme s'il s'adressait à l'idiote du village. Cela dit, elle ne pouvait pas le nier, elle l'avait été. La nuit où elle avait rencontré Andrej à Londres n'était rien qu'une mise en scène. Et non pas une intervention divine comme elle le croyait. Elle se sentait insupportablement stupide.

« Qui est Malcolm ? » La voix d'Andrej interrompit ses pensées.

« Oh, je t'en prie. Ne prétends pas ne pas savoir qui il est. »

Il laissa échapper un soupir d'exaspération. « Je suis sincère. Je n'en ai aucune idée. Je ne veux pas que quelqu'un fasse du mal ni à Patrick ni à toi. Laisse-moi t'aider. »

Elle sentit son cœur se tordre dans sa poitrine. Elle n'avait jamais passé autant de temps loin de son bébé. Elle le vivait mal.

« Je ne cesserai pas de te poser des questions tant que tu ne m'auras pas dit quel danger tu cours, Emma. » Il attendit quelques instants avant de reprendre la parole. « J'ai peur pour toi. »

Peur pour elle ? *Ah, donc il savait bien qui était Malcolm et à quel point il pouvait se montrer cruel.*

« Tu peux me parler de Malcolm ou non, Emma. C'est ton choix. Mais d'une manière ou d'une autre, je trouverai les réponses quelque part. Je pourrais peut-être demander à Laura... »

Le son d'une fusée arracha ses mots, seulement quelques instants avant que le sol ne se mette à trembler sous l'impulsion de la bombe. L'intensité de la lumière signifiait qu'elle était proche. Il serra ses mains sur son front. Parfois, il n'était pas facile de ne pas céder à la panique, et c'était précisément l'une de ces situations. « Laisse Laura en dehors de tout cela », avertit-elle. « Elle n'a rien à voir avec toute cette histoire. »

« Quelle histoire ? » demanda Andrej. « Bon Dieu, Emma. Tu n'es pas comme d'habitude. Qu'est-ce qui a bien pu t'arriver depuis la nuit dernière pour que tu sois aussi hostile ? »

Emma se leva d'un bond. « Ce qu'il m'est arrivé ? Mon Dieu, Andrej, tu as un culot incroyable ! » Elle fit quelques pas hésitants pour s'éloigner de lui. Il faisait bien trop noir pour qu'elle puisse voir où elle allait, mais elle devait désespérément mettre de la distance entre eux. «

Très bien. Je vais le dire à voix haute alors, mais toi et moi, nous savons très bien ce que tu as fait. »

Andrej était à ses côtés avant qu'elle ait fini de parler. Il posa ses mains sur ses épaules. « Dis-le, dans ce cas. Peu importe ce qui te rend aussi colérique, dis-le-moi. »

Emma tenta de s'éloigner, mais Andrej avait une emprise trop forte sur elle. Elle étouffa un sanglot. La nuit dernière, il avait été si tendre, si gentil et elle s'était sentie tellement en sécurité. *La nuit dernière, il s'était moqué de toi. La nuit dernière, il avait couché avec toi pour obtenir des informations dans le but de faire du mal à Patrick.*

De manière peu délicate, il la ramena vers le lit de camp. « Assieds-toi », dit-il avant qu'elle ne le fasse. « Je suis à bout de patience, tu refuses de répondre à mes questions. »

Le hurlement de la sirène d'une ambulance dans la rue supérieure venait compléter l'atmosphère lugubre. Si Brighton subissait les assauts de la Luftwaffe, Emma, elle, pensait à ce qui se passait à Londres cette même nuit. Les bombardements nocturnes étaient sans pitié là-bas et duraient depuis des mois maintenant. Les Allemands avaient-ils prévu de faire subir le même sort au sud de l'Angleterre ce soir ? »

« Je ne peux pas te forcer à me dire quoi que ce soit Emma, mais rien ne m'empêchera de découvrir ce qui te hante. »

« Qu'est-ce que tu comptes faire Andrej ? Fouiller encore une fois sous mon lit pour trouver un nouveau lot de lettres, c'est ça ? » Emma ne pouvait dissimuler le sarcasme dans sa voix.

« Sous ton lit ? Ce que tu dis n'a aucun sens », dit Andrej. Il semblait véritablement confus.

« Mensonges ! Épargne-moi ton air innocent. Ce matin, quand je suis montée à l'étage, tu avais vraisemblablement trouvé les lettres de Malcolm. »

« J'aimerais savoir qui est ce Malcolm », dit Andrej.

« Malcolm… l'homme pour lequel tu travailles… cette ordure qui t'a envoyé pour découvrir où je cachais ces maudites informations que je possède à son sujet », dit-elle en se mettant à pleurer. « Est-ce que cela te rappelle quelque chose maintenant, Andrej ? »

« Mon Dieu, Emma. Tu es sérieusement en train de me perdre. Je n'ai aucune idée de ce dont tu parles. Combien de fois vais-je devoir te le dire ? Je ne suis jamais entré dans ta chambre et je n'ai pas touché à une seule de tes affaires. Je ne le ferais jamais. »

« Menteur. » Emma pouvait à nouveau entendre la rage s'immiscer dans ses mots alors qu'elle parlait. « Qui d'autre aurait bien pu fouiller dans mes affaires ? Qui d'autre parle allemand couramment et aurait bien pu les lire ? Si ce n'était pas toi, alors qui était-ce ? »

« C'était moi, Tante Emma. »

Elle se figea. Un silence assourdissant emplit la pièce.

« Peter », dit Andrej. « Écoute-moi bien attentivement avant de prononcer un autre mot. C'est une discussion sérieuse d'adultes que nous avons là. Je dois être sûr que tout ce que tu t'apprêtes à dire est la pure vérité. Est-ce que tu comprends ce que je dis ? »

« Oui, Monsieur. »

« Lily est réveillée ? » demanda Emma.

« Oui, Tante Emma, mais j'ai très peur. »

« Tout va bien se passer. » Emma mentait. Elle serra ses mains pour les empêcher de trembler. « Nous sommes en sécurité et il ne va rien nous arriver de mal. Nous devons juste trouver un moyen de nous en sortir. »

« Peter, » dit Andrej. « Je pense que tu nous dois une explication. »

« Oui, je sais. Je suis désolée Tante Emma, mais ce n'est pas Monsieur Van der Hoosen qui a lu tes lettres. C'était moi. »

« Mais pourquoi Peter ? » Elle sentit un regret nauséabond envahir son corps. Elle avait accusé Andrej alors que c'était Peter qui avait fouillé dans les lettres de Malcolm. Était-elle définitivement stupide ?

« Tu es sûre que tu veux vraiment la connaître ? » demanda Peter. « La vérité ? »

« Arrête de tourner autour du pot », répondit Andrej pour eux deux. « Parle, Peter. Et fais attention à ne pas inventer un seul mot cette fois-ci. Ce matin, on t'a laissé raconter ton histoire de chasse aux lapins dans les bois, sans rien dire, mais cette fois, il faut que tu nous dises honnêtement ce que tu as fait. La sécurité de Patrick dépend de toi. »

« Je comprends, Monsieur », dit Peter en se raclant la gorge. « Tout a commencé quand j'étais perché dans l'arbre. Je me balançais sur une branche haute un matin quand j'ai entendu Tante Emma, qui parlait à Patrick de sa mère. Sa véritable mère. »

Emma se mit à haleter. Andrej posa sa main sur son bras. Elle avait compris ce qu'il essayait de lui dire. Peter serait beaucoup plus ouvert à la communication si elle restait silencieuse.

« Continue », insista Andrej.

« J'étais confus, mais je ne voulais pas demander à Tante Emma ce que cela signifiait donc je suis venu vers vous, Monsieur », hésita Peter. « Mais vous n'avez pas voulu m'écouter et vous m'avez clairement fait comprendre que je devais rester en dehors des problèmes de Tante Emma. Mais je n'ai pas pu rester à l'écart, parce que j'ai commencé à m'inquiéter pour elle. »

« Inquiet dans quel sens, fiston ? » demanda Andrej.

« Eh bien, c'est évident non ? La véritable mère de Patrick doit être à sa recherche. Si elle ne le retrouve pas, elle va aller voir la police pour demander de l'aide. Et quand la police s'en mêlera... enfin j'ai pensé que c'était mauvais pour Tante Emma. Les voleurs de bébés s'attirent toujours de gros ennuis. »

Emma ne pouvait plus se retenir de parler une minute de plus. Certes, Peter avait mal agi, mais il ne méritait pas autant d'inquiétude. « Peter, je n'ai pas volé Patrick à qui que ce soit. Ce n'est pas mon fils, c'est mon filleul. »

« Alors, qui est la mère de Patrick ? »

« C'était ma cousine, Patricia. » Emma

manqua de s'étouffer en prononçant le verbe «
était ».

« Emma n'est pas la personne interrogée en ce
moment, Peter. C'est à toi que l'on pose des
questions. »

Andrej s'approcha et prit la main d'Emma.
Elle appréciait sa chaleur constante, et l'écoutait
interroger Peter à propos des lettres. Elle essayait
tant bien que mal de se concentrer tout en repensant à la façon dont elle avait horriblement mal
jugé Andrej. Il ne l'avait pas trahie. Elle avait fait
l'amour avec lui et, juste après, l'avait immédiatement cru capable des pires choses.

« Tante Emma, est-ce que tu vas me pardonner, un jour ? » demanda Peter d'un ton anxieux.
« Je t'en prie, dis-moi oui. Je sais que j'ai mal agi,
mais j'étais terrifié à l'idée que tu aies de terribles
ennuis. »

« Oh, Peter. Bien sûr que j'accepte tes excuses.
Mais je t'en prie, dis-moi que tu as bien compris
tout ce que Monsieur Van der Hoosen vient de te
dire à propos de la gravité de la situation. »

« Oui, je te jure que oui. Je vous promets de ne
rien faire avant de vous en avoir parlé à tous les
deux. »

« Ce n'est pas suffisant Peter », dit Andrej. «
Tu dois promettre de ne rien faire du tout. Il faut

que tu oublies ce que tu as vu et entendu. Je ne peux pas insister davantage sur l'importance de ton silence à ce sujet, il en va de la sécurité d'Emma et de Patrick. »

Peter acquiesça instantanément. Il avait l'air sincère, cela ne faisait aucun doute. Ils restèrent assis, en silence, pendant ce qui leur semblait être une éternité, avec pour seul bruit, celui des avions au-dessus de leurs têtes.

« Tu penses qu'ils dorment ? » murmura Andrej.

« Oui. Je ne sais pas comment c'est possible, mais oui. »

Sa voix était étonnamment lisse, calme et tendre. Face à sa générosité, Emma se sentait encore plus mal. Elle l'avait accusé de tromperie et de trahison alors qu'il avait toujours été gentil envers elle. Elle sentit sa gorge se serrer. En réalité, personne ne s'était montré aussi compatissant envers elle qu'Andrej.

« Andrej, me pardonneras-tu un jour ? » Emma retint son souffle, attendant une réponse de sa part, quelle qu'elle soit, pour apaiser sa culpabilité.

Il resta silencieux et l'attira vers lui. Ses doigts caressèrent ses joues et ses lèvres se mirent à chercher les siennes, dans l'élan d'un baiser si tendre que le cœur d'Emma n'en était que plus meurtri. Il vint appuyer son front contre le sien pendant un long moment, avant de le retirer.

« Aide-moi à comprendre Emma », dit-il. « Malcolm est le père de Patrick ? »

« Oui », se força-t-elle à avouer.

« Et tu gardes ces lettres que tu peux utiliser contre Malcolm, au cas où il essaierait d'éloigner Patrick de toi. C'est bien cela ? »

« Oui, exactement. »

« Malcolm sera pendu pour trahison si ces lettres tombent dans les mains des autorités, tu as raison », dit-il. « Mais as-tu pensé à ce que va faire la police lorsqu'elle apprendra que tu retenais ces informations pour ton usage personnel ? »

« Bien sûr que j'y ai pensé », se força-t-elle à admettre. « Mais je voulais désespérément assurer la sécurité de Patrick. Je me fiche de ce qui m'arrive tant que je sais qu'il est en sécurité et loin de Malcolm. »

Andrej l'attira dans ses bras et se mit à la bercer délicatement. Se sentant en sécurité, elle s'accrocha à lui comme à une bouée de sauvetage.

« J'ai peur », lui avoua-t-elle.

« Tu fais bien d'avoir peur. » Il déposa un baiser sur son front. « J'assurerai votre sécurité, à

Patrick et à toi, mais il faut que tu me fasses confiance. »

« Je te fais confiance. » Les mots lui venaient naturellement et sortaient directement de son cœur. Mais ils étaient également terriblement ironiques, étant donné qu'elle était supposée prononcer les mêmes lors du serment pour son mariage avec Stuart. « Je te fais confiance. »

« Alors, donne-moi les lettres. »

CHAPITRE 16

*E*mma se trouvait à mi-chemin de l'escalier lorsqu'elle entendit quelqu'un frapper à la porte d'entrée. Elle hésita. C'était probablement Stuart. Elle ressentit un bref moment de panique. Elle avait été tellement préoccupée par Malcolm qu'elle n'avait pas encore réfléchi à ce qu'elle allait dire à Stuart quand elle le verrait. Après une longue nuit à attendre la fin du raid aérien, ils étaient arrivés au Cottage, tôt dans la matinée. Elle avait passé la journée à travailler au Manoir, mais Stuart n'était pas venu la voir une seule fois. *Il s'était probablement endormi après une nuit de vol épuisante,* pensa-t-elle. Elle savait qu'il était sûrement déçu de ne pas avoir pu honorer leur rendez-vous au bureau de l'état civil. Elle avait beau ne pas être prête à lui parler maintenant, elle ne pouvait pas le laisser sur le pas de la porte. Emma lissa ses cheveux en arrière, réajusta sa jupe et ouvrit la porte d'entrée.

Ses yeux s'écarquillèrent de surprise. Ce n'était pas Stuart. « Bonsoir Monsieur. »

Le Lieutenant-Colonel Blythe hocha la tête et retira son chapeau. « Emma. »

« Entrez, je vous prie. » Elle le fit entrer et referma la porte derrière lui. « Andrej est dans le salon. Je vous en prie, allez-y. » Elle se tourna face aux escaliers.

« Attendez Emma. Il faut que je vous parle, à tous les deux, Andrej et vous. »

La gravité dans le ton de sa voix avait surpris Emma, mais elle ne se laissa pas décourager. Remettre les lettres en lieu sûr, dans les mains d'Andrej, était plus important que tout le reste. « Je suis désolée, Monsieur, mais j'ai quelque chose d'extrêmement important à faire immédiatement. Pourriez-vous en parler à Andrej, sans moi ? Il m'expliquera tout plus tard. »

« Non, je suis venu vous parler de Stuart. »

Un sentiment d'effroi glacial se fit ressentir dans la gorge d'Emma, la rendant incapable de poser cette question qu'elle savait pourtant indispensable.

Il l'accompagna gentiment vers le salon. Emma s'écroula sur le canapé.

Andrej posa son livre lorsqu'ils entrèrent dans la pièce. « Lieutenant-Colonel », salua-t-il avant de s'approcher d'Emma. Il s'assit près d'elle et prit ses mains tremblantes dans les siennes. « Que s'est-il passé ? »

« C'est Stuart. » Emma était incapable d'en dire plus.

« Qu'en est-il de lui ? » demanda Andrej. « Il était en mission aérienne ce soir, n'est-ce pas ? »

Le Lieutenant-Colonel Blythe se racla la gorge. « Oui, le Capitaine Tollison a terminé sa mission et est rentré sain et sauf à la base, il y a plus d'une heure. »

« Oh Dieu merci ! » Le cœur d'Emma battait toujours la chamade. Elle prit plusieurs inspirations profondes. « Quelle est la raison de votre venue ? Stuart vous a-t-il demandé de me transmettre un message ? »

« Non, pas exactement. » Le Lieutenant-Colonel se balançait inconfortablement d'une jambe à l'autre.

« Pour l'amour de Dieu, Blythe, dites ce que vous avez à dire », lui ordonna Andrej. « Vous êtes en train de faire peur à Emma. »

« Oui, bien sûr. Toutes mes excuses, Emma. »

Il s'avança et vint s'asseoir à l'opposé d'elle. Il posa une main sur son épaule. « Tollison et son camarade de vol sont rentrés sains et saufs d'une mission heureuse. Tous deux sont entrés dans le hangar pour déposer un rapport de mission, mais Tollison est retourné dans l'avion lorsqu'un mécanicien a signalé avoir vu quelqu'un, qu'il n'a pas pu identifier, s'approcher du Spitfire. »

La gorge d'Emma se resserra. « Poursuivez », se força-t-elle à dire.

« Tout est allé très vite. L'avion est devenu une boule de feu. Pour l'instant, nous n'avons pas encore réussi à déterminer ce qui a causé l'explosion. »

« Où se trouve Stuart maintenant ? » demanda Andrej.

Emma retint sa respiration. *Je vous en prie, faites qu'il ne soit pas blessé.* Mais le regard du Lieutenant Commandant lui faisait comprendre que ses espoirs étaient vains. Elle avait rarement pensé à Stuart pendant cette journée. Son esprit avait plutôt été hanté par Patrick, Malcolm, elle-même… et Andrej.

Pas Stuart.

« Est-il… » Emma ne put trouver la force de terminer sa question.

« Il est très sévèrement brûlé. » Le Lieutenant-

Colonel se leva et se mit à faire les cent pas dans la maison.

Emma reconnaissait à peine l'homme qui s'agitait devant elle.

« Stuart est en vie. Mais vous devez comprendre qu'il est très sévèrement blessé. Il a été transféré à l'hôpital Royal Sussex County. J'ai parlé au médecin juste avant de venir ici. »

Emma sentit la présence douce et rassurante de la main d'Andrej dans son dos tandis qu'elle essayait tant bien que mal que de se concentrer sur les mots que prononçait le Lieutenant-Colonel Blythe.

« Dites-nous ce que le médecin a dit », dit Andrej.

« Stuart a subi de fortes brûlures sur une partie importante de son corps. Le médecin avec qui j'ai discuté n'en revenait pas qu'il ait survécu à l'explosion. Il traverse des phases de conscience et d'inconscience, et la plupart de ses paroles sont dénuées de sens. »

« Mais il va guérir, n'est-ce pas ? » demanda Emma. « C'est ce que vous êtes en train de dire, non ? »

« C'est ce sur quoi le docteur m'a demandé d'insister pour que vous compreniez, ma chère.

L'état de santé de Stuart est extrêmement fragile. »

Emma s'efforçait de comprendre. Les mots du Lieutenant-Colonel résonnaient comme si elle se trouvait dans un tunnel. « Je ne vous suis pas. »

« Ce que j'essaye de vous dire, Emma, c'est qu'il y a un risque que Stuart ne survive pas cette nuit… ni même les prochaines heures. Ses blessures sont bien plus fortes que ce que son corps peut endurer. »

Le corps d'Emma se mit à trembler, rythmé par des sanglots silencieux.

« Je n'ai pas de mots pour vous exprimer ma peine. » Le Lieutenant-Colonel se racla la gorge et prit un moment pour se ressaisir avant de poursuivre. « Je n'avais pas encore eu l'occasion de vous féliciter pour vos fiançailles. Stuart est un bon garçon et… » Il secoua sa tête, incapable de continuer.

« Permettez-moi de dire un bref mot, à William et Joanna », dit Andrej, alors qu'il se dirigeait vers le seuil de la porte. « Je vais t'emmener à l'hôpital Emma. Laisse-moi juste m'occuper des enfants. »

« Je ne suis pas sûr que ce soit une bonne idée », dit le Lieutenant-Colonel Blythe, une main en l'air pour l'arrêter. « Il serait peut-être plus sage d'attendre demain matin, que je puisse vous donner des nouvelles de son état de santé. »

Emma lança un regard de pitié à Andrej.

Il secoua la tête. « Nous y allons sur-le-champ. »

~

LA ROUTE VERS L'HÔPITAL SEMBLAIT interminable. Emma tourna son regard vers Andrej alors qu'il dirigeait la Vauxhall de William vers le parking. Il n'avait pas dit un mot pendant le trajet, mais son expression inquiète en disait long.

« Je suis terrifiée. »

Andrej secoua la tête, coupa le contact et glissa la clef dans la poche de sa veste. « Je sais que tu l'es Emma. Mais je serai là, avec toi. »

Emma ferma les yeux, mais elle n'avait aucun moyen de faire disparaître le sentiment de regret qui la consumait. C'était de sa faute. Même si les circonstances de l'accident de Stuart restaient incertaines à ce jour, elle savait qu'elles pointaient vers elle. Peu importe qui l'avait poussé à agir, que ce soit sa peur, ses mensonges ou son ennemi, c'était de sa faute. Elle ne s'était jamais autant détestée. « Mon Dieu, Andrej, qu'est-ce que j'ai fait ? »

Il posa délicatement ses mains sur les siennes. « Tu ne devrais pas penser à ce que tu as fait, mais plutôt à ce que tu peux faire maintenant, pour aider Stuart. »

Elle acquiesça. « Tu as raison, je suis désolée. »

« Ne sois pas désolée. Rien de tout cela n'est de ta faute. »

Elle voulut rire nerveusement en pensant à quel point il avait tort d'avoir foi en elle, mais le son qui sortit de sa bouche fut plutôt un sanglot étouffé. « Toutes les décisions que je prends semblent mauvaises. Tout ce que je veux, c'est assurer la sécurité de tout le monde. Mais aujourd'-hui, des gens sont menacés et blessés. Je n'ai jamais voulu que cela arrive. »

Andrej sortit de la voiture et vint lui ouvrir la porte. Il l'aida à descendre et baissa les yeux vers elle. « Tu luttes contre Malcolm pour une noble cause, Emma. Dans n'importe quel conflit, des personnes se blessent. Mais, pour Stuart mainte-nant, et à jamais pour Patrick, il faut que tu gardes l'esprit clair et que tu te battes autant qu'il le faut. »

Emma leva les yeux vers ceux d'Andrej, sa-chant déjà ce qu'elle allait y lire. De la chaleur, de la compassion et de la gentillesse. Et du soutien. Un soutien pour lequel elle était désespérément reconnaissante.

Elle acquiesça. « Allons voir Stuart. »

Andrej prit sa main et la glissa dans le creux de son bras, comme il avait fait cette première nuit où ils s'étaient rencontrés à Londres. Ce soir, il n'y avait pas de frappes nazies ni de menaces de chute de bombes, mais Emma se sentait encore plus effrayée que cette nuit-là.

Andrej et Emma s'approchèrent doucement du lit de Stuart, surveillé par la gardienne de chambre, qui veillait sur ses états de conscience et d'inconscience.

« Votre fiancé est dans un état grave, Madame Bradley », dit la gardienne de nuit alors qu'elle retapait son oreiller. Ses gestes, bien que très doux, déclenchèrent un gémissement de la part de Stuart.

Andrej n'était pas sans avoir remarqué la façon dont Emma avait sursauté en entendant le son de sa voix.

Stuart était allongé, le corps lourdement bandé de pansements. Son visage était presque entièrement recouvert de gaze blanche. Ses mains étaient également bandées, mais Andrej remarqua le bout des doigts noircis de Stuart. Une vague nauséabonde l'envahit. Ce jeune pilote, toujours chaleureux et sincère dans ses paroles, qui avait l'énergie de sa jeunesse, était désormais allongé, inerte, devant eux. Seuls quelques gémissements occasionnels et sa faible respiration laissaient supposer qu'il était encore en vie.

Emma s'approcha du lit et tendit sa main, avec précaution, pour toucher l'épaule de Stuart. « Stuart, c'est moi, Emma. Je suis là maintenant », murmura-t-elle.

Andrej approcha une chaise au chevet du lit et invita gentiment Emma à s'asseoir. Il posa ses mains sur ses épaules, quelques secondes, avant de repartir dans l'ombre. Il se sentait impuissant, il ne pouvait rien faire contre l'angoisse qui ré-sonnait dans la voix d'Emma.

« Andrej est ici également », continua Emma. « Stuart, je suis tellement désolée. » Elle regarda par-dessus son épaule, en direction d'Andrej. Il acquiesça devant son invitation.

« Je suis là pour vous maintenant. » Sa voix se déchirait et elle prit un moment pour se ressaisir avant de poursuivre. « Je vous en prie, accrochez-vous, Stuart. Les médecins ici vont tout faire pour vous aider à retrouver votre force, comme avant. »

Le silence fut l'unique réponse aux supplications d'Emma. Elle se pencha en avant pour blottir sa tête dans les épaules de Stuart. Les siennes tremblaient, entraînées par les sanglots.

Ils restèrent à son chevet durant la nuit. Une horloge agitait, sans état d'âme, ses aiguilles, minute après minute, tandis que les efforts de Stuart peinaient à suivre le rythme des heures qui défilaient.

Andrej observa Emma, qui avait posé sa tête sur son épaule. Au son de sa respiration, il conclut qu'elle avait finalement réussi à s'endormir. Elle avait refusé de nombreuses fois qu'il la ramène au Cottage pour les quelques heures restantes. Il n'avait pas été surpris qu'elle refuse avec autant d'obstination. La loyauté d'Emma était sans faille. C'était une qualité qu'il aimait chez elle.

Son regard se dirigea vers Stuart. Le jeune garçon n'avait bougé qu'à quelques reprises et chaque mouvement était accompagné d'un faible gémissement agonisant. Cependant, il n'avait pas repris connaissance. Il n'avait pas répondu à Emma une seule fois.

Une discrète toux se fit entendre de l'autre côté du rideau.

« Andrej. » La voix était à peine plus forte qu'un murmure.

C'était étrange. Cette voix ressemblait à celle de William. Andrej s'éloigna doucement d'Emma, endormie. Aussi silencieusement que possible, il tira le rideau. C'était William et il affichait une expression grave.

« Approche. » Andrej conduisit William vers le couloir afin qu'ils puissent discuter en privé. « Les enfants vont bien ? »

William secoua la tête. « Ne vous en faites pas pour eux. Joanna et moi avons bien écouté vos mises en garde. J'y retournerai personnellement dans un moment. » Il retira son chapeau et le fit tourner dans ses mains. « Comment va le jeune homme ? »

Andrej secoua la tête.

William fit une grimace. « Je suis navré. »

« Pourquoi êtes-vous venu si tôt ici, William ? »

Le vieil homme le regarda, le visage marqué par l'inquiétude. « Deux policiers sont venus au Cottage hier soir. »

Andrey s'appuya contre le mur, reconnaissant envers William pour son soutien. Cela devait forcément avoir un rapport avec les lettres. Il savait que la police avait interrogé les prisonniers de guerre et était désormais au courant de leur existence. Malédiction. « Qu'ont-ils dit ? »

William se balança d'un pied sur l'autre au lieu de répondre à la question. Andrej ne l'avait jamais vu aussi mal à l'aise.

« Y avait-il un lien avec l'accident de Stuart ? » demanda-t-il.

« Non. C'est bien pour cela que la conversation était déroutante. » William regarda Emma, endormie. « Leurs questions portaient sur Emma. »

« Quel genre de question ont-ils posé ? » Andrej essayait de calmer son impatience grandissante. Impatience, non. Disons plutôt son angoisse.

« Ils ont demandé ce que nous savions à son sujet, depuis combien de temps elle vivait chez nous, ce que nous pensions d'elle. Ce type de questions. »

« Et que leur avez-vous répondu ? »

William semblait surpris par cette question. « Nous leur avons répondu qu'il s'agissait d'une jeune femme charmante, qui travaillait dur et s'occupait merveilleusement des enfants. Nous leur avons dit qu'Emma était en quelque sorte la fille que tout le monde serait fier d'avoir. »

Andrej acquiesça d'un mouvement de tête. « Ont-ils posé des questions plus spécifiques ? »

« Ils ont demandé des informations sur le travail que vous faites tous les deux, mais naturellement, je ne sais pas grand-chose à ce sujet. Ils ont également posé des questions au sujet de ses fiançailles avec le Capitaine Tollison. » William hésita un long moment. « Nous n'avons rien pu répondre, car ils nous ont pris au dépourvu. Joanna et moi pensions qu'Emma et vous… enfin, il est évident que vous tenez l'un à l'autre. »

« Je suis désolé. Je ne peux pas vous expliquer maintenant, mais je le ferai en temps voulu. » Andrej regarda par-dessus son épaule en direction de la chambre de Stuart. « Désiraient-ils parler à Emma ? »

« Oui, ils savent qu'elle est ici avec Stuart. » William se retourna pour s'en aller, mais s'arrêta. « Je dois vous informer du fait qu'ils ont fouillé sa chambre. »

Une question implicite, restée en suspens, flotta entre les deux individus.

« William, écoutez-moi bien attentivement. Emma n'a rien fait de mal. Je vous promets qu'elle n'est coupable de rien, si ce n'est d'avoir assuré la sécurité de Patrick face à quelqu'un qui voulait lui faire du mal. Je veux que Joanna et vous compreniez cela, je veux que vous y croyiez. »

William leva sa main. « N'en dites pas plus. Votre parole nous suffit amplement. Je ferais mieux de rentrer au Cottage, auprès des enfants. Dites-moi seulement que le jeune homme va s'en sortir ? »

La vérité restait bloquée dans la gorge d'Andrej. Il ne put formuler le mensonge auquel ils voulaient tous les deux croire.

« Je suis désolé », finit par dire Will. « Que pouvons-nous faire pour Emma ? »

« Protéger Patrick. »

EMMA RELEVA LA TÊTE LORSQU'ELLE ENTENDIT Andrej tirer le rideau.

« Je suis désolé si je t'ai réveillé », dit-il.

Elle secoua sa tête. « Non, pas du tout. Un aide-soignant est venu à l'instant pour tirer les rideaux occultants. » Elle frotta ses yeux, se redressa et s'étira. « Je pensais que tu étais peut-être rentré au Cottage. »

« Je ne t'aurais pas laissée toute seule. »

Des larmes coulaient dans les yeux d'Emma.

La tendresse dans sa voix était tellement palpable qu'Andrej avait presque du mal à la supporter. « As-tu parlé avec le docteur de Stuart ? »

« Non, c'était William. »

Andrej évitait son regard. Emma comprit que quelque chose n'allait pas. « Les enfants vont bien ? »

« Oui, Emma. » Andrej traversa la pièce et s'arrêta devant elle. Il s'approcha et replaça une mèche rebelle de ses cheveux derrière ses oreilles. « Crois-moi quand je te dis que William et Joanna ont réellement compris l'importance de protéger les enfants au sein du Cottage. »

« Merci, mon Dieu. » Elle ferma les yeux. Elle ne pouvait pas supporter une angoisse de plus désormais. Elle sentit une douleur dans son cœur. Depuis qu'ils étaient arrivés, Stuart n'avait pas répondu au son de leurs voix. Pas une seule fois. À plusieurs reprises, ses yeux s'étaient entrouverts, mais s'étaient immédiatement refermés. Son esprit semblait avoir quitté son corps.

La gardienne avait expliqué que la forte dose médicamenteuse qui lui avait été administrée entravait sa lucidité.

« Je t'en prie, Emma, réfléchis à la proposition de la gardienne concernant le lit. Tu peux y aller, juste le temps de te reposer un peu. »

« Je ne veux pas laisser Stuart tout seul. »

« Il n'est pas conscient du temps qui passe, ma chérie. Je vais rester avec lui et je viendrai immédiatement te chercher lorsqu'il se réveillera. »

Emma secoua sa tête. Elle comprenait qu'Andrej veuille qu'elle se repose, mais elle ne pouvait pas abandonner Stuart. Pas avant d'avoir vu un signe, aussi faible soit-il, permettant d'affirmer qu'il s'en sortirait. Elle avait déjà été bien assez égoïste comme cela.

« Will a-t-il plus d'informations de la part du Lieutenant-Colonel Blythe au sujet de l'accident ? »

« Non. »

Emma tourna son regard vers Andrej. Son ton sec la surprit. « Tu ne penses pas non plus qu'il s'agisse d'un accident, n'est-ce pas ? »

Le silence d'Andrej en disait bien assez long.

Un faible gémissement se fit entendre depuis le lit de Stuart. « Emma. » Le bruit ressemblait plus à celui d'un crapaud qu'à celui d'un humain, mais Emma aurait pu pleurer de joie tellement elle était heureuse d'en entendre le son.

« Oui, Stuart. C'est moi. » Elle aurait aimé pouvoir toucher sa main pour le rassurer, lui faire comprendre qu'il n'était pas seul, mais elle doutait qu'il en supporte la douleur. « Je suis juste là et je ne vous abandonnerai pas. »

« De l'eau. »

Tandis qu'Andrej l'aidait à surélever l'oreiller de Stuart, Emma se débrouilla pour glisser un petit peu d'eau dans sa bouche. Il ferma à nouveau ses yeux tandis qu'Andrej abaissait délicatement sa tête.

« Stuart, dites-moi ce que je peux faire pour vous ? » supplia Emma. Elle aurait fait ou donné n'importe quoi pour apaiser sa douleur.

Ses paupières s'entrouvrirent à nouveau. « Votre oncle… Restez à l'écart de… Il était dans l'avion… »

Son oncle ? Dans l'avion ? Ce qu'il disait n'avait aucun sens. C'était sûrement les médicaments qui parlaient. Elle se tourna vers Andrej, à la recherche de soutien.

« Stuart, qui est l'oncle d'Emma ? » Andrej se pencha sur l'armature du lit. Sa voix était grave et pressée. « Courage, je sais que c'est difficile, mais il faut que vous me disiez qui vous avez vu dans votre avion ? »

Les yeux de Stuart papillonnèrent avant de se refermer. La voix d'Andrej devint plus insistante. « Restez avec moi camarade. J'ai besoin de votre aide. Concentrez-vous sur mes paroles. Qui avez-vous vu à bord de l'avion ? »

Les prochains mots de Stuart étaient incohérents.

Andrej essaya à nouveau. « Je vous en prie, aidez-moi à protéger Emma. Vous avez reconnu cet homme, n'est-ce pas ? »

Emma en avait assez. « Ça suffit les questions. Tu dois le laisser dormir, Andrej. Il est en train de se battre pour survivre. »

« Malcolm. » La voix de Stuart n'était pas forte, mais assez claire pour qu'Andrej et Emma l'entendent.

Emma eut l'impression que la pièce était en train de tourner. *Pourquoi disait-il que Malcolm était son oncle ?* Elle s'accrocha au rebord du lit et essaya de maintenir son équilibre.

« Continuez, mon grand », le pressa Andrej. « Vous l'avez appelé l'oncle d'Emma. Vous connaissez cet homme ? » Les paupières de Stuart papillonnaient et se fermaient, mais Andrej persista. « Il vous a dit qu'il était son oncle ? C'est bien cela, Stuart ? »

Il gémit à nouveau. Le cœur d'Emma était de plus en plus douloureux, à mesure que les minutes défilaient. Les gémissements de Stuart indiquaient que son état d'agonie était insupportable.

Malgré des difficultés, Stuart continua de s'exprimer. « L'oncle d'Emma… Malcolm… voulait lui faire une surprise… il demandait toujours des nouvelles du bébé… »

Emma et Andrej attendaient mais les mots que Stuart prononça ensuite n'avaient aucun sens, puis il s'évanouit à nouveau.

Andrej se pencha sur sa chaise et fit courir ses doigts dans ses cheveux. « Bon sang, Emma. C'est Malcolm qui a fait cela. » Il la regarda fixement, ses yeux à la recherche des siens pour y lire une approbation.

Elle acquiesça stupidement. Elle était incapable de parler, en proie au choc, au dégoût et aux remords qui brûlaient à l'intérieur d'elle. Elle observa Stuart et se remit à pleurer, à verser non pas des larmes de peur, mais des sanglots de honte et de culpabilité.

Andrej s'approcha du lit et la prit dans ses bras. Il lui murmura des mots doux en néerlandais, qu'elle ne pouvait pas comprendre, mais qui apaisaient tout de même ses pleurs. Il ébouriffa délicatement ses cheveux, les bras serrés contre son corps.

« Pas maintenant, mon cœur. Ce n'est pas le moment pour cela. Tu dois être forte à présent. » Il remonta son menton et déposa un tendre baiser sur son front.

Emma s'effondra contre lui, peu fière de puiser dans la force d'Andrej. Il ne lui en restait plus du tout de son côté.

« Je vais te laisser seule avec Stuart. »

C'étaient les derniers mots qu'elle voulait entendre. « Où vas-tu ? »

« Récupérer les lettres dans ta chambre. »

« Je me fiche des lettres pour le moment Andrej. Elles peuvent attendre. »

« Non. » Il désigna Stuart, allongé, presque inerte dans son lit. « Ce n'est pas la fin de tout cela. J'ai bien peur que nous n'en soyons qu'au tout début. »

Andrej posa sa main sur le corps lourdement bandé de Stuart, un court instant. « Bats-toi mon grand. Nous serons là pour t'aider. »

Emma observait la scène alors que le rideau se fermait derrière lui. Elle couvrit son visage de ses deux mains, pour s'empêcher de pleurer. D'autres larmes, visiblement issues d'un réservoir infini de chagrin, coulèrent sur ses joues.

« Emma. » Les mots de Stuart semblaient soudainement lucides. Elle avait clairement reconnu son nom.

« Je suis juste ici Stuart. Veux-tu que j'aille chercher un docteur ou la gardienne de chambre ? Dis-moi ce que je peux faire pour toi. »

Il prit plusieurs inspirations, profondes et laborieuses, avant de reprendre la parole. « Parlemoi de notre vie ensemble. » Les six mots qu'ils venaient de prononcer semblaient lui avoir coûté toute son énergie.

Comme si la Providence lui avait murmuré à l'oreille, Emma savait qu'elle avait le devoir de réconforter Stuart avec sa réponse, car Dieu savait combien de temps il lui restait. « La Guerre ne peut pas durer beaucoup plus longtemps, peut-être encore quelques mois seulement », commença-t-elle. « Après cela, nous irons où tu veux. » Elle ravala la boule qui s'était formée dans sa gorge et s'efforça de garder une voix claire. « Nous pourrons aller au nord du Lake District, pour nous rapprocher de ta famille. Après quelques années, nous pourrions acheter un petit cottage, cela te plairait-il ? »

« Si tu y es avec moi. » Sa voix avait pris un ton léger, tranquille, contrairement aux quelques minutes précédentes.

Emma poursuivit, cherchant désespérément à dire quelque chose pour le rassurer. « Nous pourrions planter des fleurs au printemps. Je sais que tu es un passionné de jardinage. Tu pourrais m'apprendre. Je rêverais d'un jardin rempli de roses. Nous aurions Patrick et qui sait, si Dieu nous le permet, d'autres enfants. »

« Une petite fille bouclée. »

La respiration d'Emma se bloqua dans sa gorge. La voix de Stuart était forte, comme si, par miracle, cette maudite douleur qui le condamnait avait disparu. Il tourna sa tête et fixa son regard sur elle.

« Oui, ce serait formidable. » Elle se rappela la fois où Stuart l'avait taquinée à propos de ses boucles rebelles. Il ne l'avait jamais vue avec les cheveux détachés. Elle s'approcha de lui et retira ses barrettes. Ses cheveux tombèrent sur ses épaules. Son cœur se mit à battre la chamade lorsqu'il leva sa main pour toucher l'une de ses boucles.

« Stuart, merci. » Elle prit délicatement sa main dans les siennes. Il ne bougea pas à son contact. « Merci d'être aussi gentil avec moi, de vouloir m'aider et d'être mon ami… et surtout d'avoir voulu être mon mari. » Elle retint ses larmes lorsqu'il pressa gentiment sa main.

Comment supportait-il la douleur ? Elle se mit à réfléchir au peu d'amis, de véritables amis, qui comptaient dans sa vie. Il en faisait partie. Elle avait encore tellement de choses à lui dire. « Je t'aime, Stuart. »

Un doux soupir vint précéder sa dernière respiration. Alors qu'Emma sentait la force de sa main s'affaiblir, elle savait qu'il était trop tard pour que qui que ce soit ou quoi que ce soit vienne lui faire du mal désormais. Elle baissa sa tête pour la poser contre la poitrine de Stuart et, à travers des larmes silencieuses, lui offrit une prière pour lui témoigner son admiration, devant la vie certes courte, mais riche, qu'il avait menée.

Elle n'avait aucune idée du temps qui venait de s'écouler jusqu'à ce que la gardienne entre et lui touche l'épaule. « Je suis vraiment désolée, Madame Bradley. »

Emma leva la tête et fixa l'infirmière, comme si elle se trouvait en plein brouillard.

« Venez avec moi, ma chère. »

Emma s'autorisa à la suivre vers le couloir. Son cœur et son esprit étaient tous les deux sonnés. Elle s'assit sur un banc et attendit qu'on vienne la chercher lorsque l'infirmière eut trouvé un médecin.

Quelques minutes plus tard, un aide-soignant se tint devant elle.

« Madame Bradley ? »

Elle acquiesça, le chagrin l'empêchant totalement de s'exprimer.

Le jeune homme lui tendit un papier plié. « Un messager a déposé ce mot pour vous. »

Emma s'en empara. Elle attendit que l'aide-soignant soit parti avant d'ouvrir la lettre. Elle cligna plusieurs fois des yeux pour chasser ses larmes, avant de pouvoir lire.

Tout doucement, les mots prirent une tournure cauchemardesque.

Ma chère Emma,

Veuillez m'excuser pour ma réponse tardive suite à l'annonce de vos fiançailles.

Je vous prie d'accepter mes plus sincères vœux de bonheur pour vous et votre futur mari.

Votre serviteur dévoué,

Malcolm

CHAPITRE 17

*L*e dos d'Emma la faisait souffrir. Elle se déplaça doucement sur le banc en bois, essayant de ne pas réveiller Patrick. Il était devenu de plus en plus agité. Désormais habitué à être allaité, il refusait le biberon qu'elle lui présentait. Finalement, épuisé d'avoir crié, il finit par tomber dans les bras de Morphée.

Un agent de bord qui passait lui assura que le train qu'elle attendait allait bientôt partir. Elle se força à sourire jusqu'à ce qu'il soit passé devant elle, mais cette façade, visant à prétendre que tout allait bien, était bien trop douloureuse pour Emma. Des larmes perlaient au fond de ses yeux. C'était incroyable que son corps soit encore capable de verser autant de larmes. Elle avait vécu tellement de choses depuis qu'elle avait appris pour l'accident de Stuart, la nuit dernière. Le souvenir de son sourire généreux et de son caractère avenant lui tiraillait le cœur. Elle ne l'oublierait jamais. Elle n'oublierait pas non plus le fait qu'il soit mort à cause de Malcolm, dans le but de l'effrayer afin qu'elle lui cède les preuves compromettantes qu'elle avait contre lui.

Elle était tout aussi responsable de la mort de Stuart que Malcolm. Comment avait-elle pu être aussi stupide pour penser qu'elle était capable de garder les preuves de la trahison de Malcolm sans courir le risque de devenir complice.

Elle ferma ses yeux et prit une profonde inspiration. Elle devait désormais se concentrer sur une seule chose, réellement importante : Patrick. Tant qu'il n'était pas hors de danger, Emma ne pouvait pas faire payer à Malcolm, les vies qu'il avait ôtées à ses victimes. Elle remonta la couverture sur la tête du bébé tandis que Patrick se blottissait sur son épaule.

Emma se leva et glissa son petit sac sur son épaule lorsqu'elle entendit que son train arrivait en gare.

« Votre train est ici, Madame. » Un agent, avec

lequel elle avait discuté plus tôt, s'arrêta près d'elle et chercha ses bagages du regard.

« Je n'ai pas de bagage », répondit-elle à sa question implicite.

« J'en déduis donc que vous rentrez chez vous. » Il avait un grand sourire. « Je vous souhaite une agréable journée, Madame. » Après avoir effleuré rapidement son chapeau, l'homme partit.

Chez vous. Ce mot résonnait dans la tête d'Emma, la forçant à remettre en question sa décision de fuir. Elle observa les nouveaux passagers qui arrivaient sur la plateforme. La plupart avaient une démarche assurée, comme s'ils savaient où ils étaient et où ils voulaient aller. Elle les observait : des jeunes, des plus âgés, des couples, et des personnes seules qui se rendaient délibérément ailleurs. La maison. Ils rentraient à la maison, auprès de leur famille et de leurs amis. Dans un endroit sûr, où ils avaient leur place.

« Oh, Cora, regardez-moi ce petit bébé. » Deux vieilles dames s'arrêtèrent devant Emma. Elles arboraient toutes les deux un large sourire. La plus grande d'entre elles se pencha pour voir le visage de Patrick. « Quel adorable petit chérubin, il dort si paisiblement. »

Celle qui s'appelait Cora mit sa main sur son

cœur. « Mon Dieu, vous êtes une jeune femme chanceuse, votre bébé est magnifique. » Elle prit un regard rêveur. « Le temps file à une vitesse, vous savez. J'avais à peu près votre âge quand j'ai eu mon petit Jimmy, le premier d'une fratrie de quatre enfants. Et figurez-vous qu'il est lui-même grand-père aujourd'hui. »

« Oui, c'est incroyable comme les années passent vite », songea son amie. Elle se redressa et sourit, les yeux pleins de gentillesse. « Bien, nous n'allons pas vous retenir plus longtemps, ma chère. J'imagine que vous êtes sur le point de rentrer chez vous en ce moment. »

Chez elle ? Non. Elle était en fuite. Elle voulait fuir Malcolm et ses menaces, mais en s'enfuyant, elle était certaine que son fils n'aurait jamais le droit à une vie normale.

Après avoir échangé quelques politesses avec ces deux inconnues, Emma entendit l'annonce d'embarquement. Elle allait y aller, monter dans le train, retourner à Londres afin de… quoi donc ? Élaborer un nouveau plan pour se cacher ailleurs ? Profiter d'un bref moment de répit avant que Malcolm ne recommence à la traquer ? Elle baissa les yeux en direction de Patrick. Il était si petit, si innocent. Du moins, il l'était pour l'instant. Mais combien de temps encore allait-elle pouvoir lui cacher sa peur de Malcolm ? Combien de temps seraient-ils en fuite ? Malcolm avait tué Patricia. Il était responsable de la mort de Stuart. Qui était le suivant sur la liste ? Elle resserra son emprise sur Patrick. Elle devait en finir. Elle en avait assez de fuir.

Elle déposa un baiser sur le front de son fils. « Rentrons à la maison, mon ange. Rentrons auprès de l'adorable petite Lily, du malicieux mais attachant Peter et d'Andrej.» Elle lui devait des excuses. Elle avait eu tort de ne pas lui accorder la confiance qu'il méritait. Mais elle était prête à réparer cette erreur. Peu importent les défis qui les attendaient pour arrêter Malcolm, c'était un combat qu'ils mèneraient ensemble. Et après tout, elle ferait n'importe quoi pour le convaincre qu'elle et Patrick voulaient être avec lui, qu'ils avaient besoin de lui. Elle se mit à accélérer le pas.

～

« TU AS LES LETTRES ? »

« Oui, pour la millième fois, Lily, je te dis qu'elles sont en sécurité. » Peter regretta immédiatement de s'en être pris à sa sœur, mais il avait déjà les nerfs en pelote avec ses questions incessantes.

« Tu n'as pas besoin d'être aussi méchant. »

« Je sais », admit-il. « Je suis désolé. Les adultes ont tous un comportement étrange et personne ne veut répondre à mes questions. Je deviens fou. »

Ils s'assirent en haut des escaliers, en silence. Toutes les minutes, l'un des adultes les surveillait du regard, pour s'assurer qu'ils étaient toujours dans leur champ de vision. Ils avaient demandé deux fois s'ils pouvaient aller jouer dehors, mais Oncle Will avait refusé, sans leur donner d'explication. Tante Joanna et Madame Morrison avaient agi tout aussi étrangement.

« Si seulement je savais où Tante Emma est allée », finit par dire Lily.

« Oui, et bien, nous ne saurons jamais si personne ne daigne nous en parler ici », soupira Peter. « Si seulement nous savions pourquoi Monsieur Van der Hoosen est parti si précipitamment. »

Lily haussa les épaules. « Au moins, il n'a pas remarqué que tu avais volé les lettres de Tante Emma. C'est une bonne chose. »

C'était effectivement une bonne chose. Lily et lui étaient persuadés que les ennuis de Tante

Emma, quels qu'ils soient, découlaient des lettres cachées dans sa chambre. C'est pourquoi ils avaient réfléchi et en étaient venus à la conclusion suivante : s'ils arrivaient à faire disparaître les lettres, les problèmes d'Emma disparaîtraient également. Heureusement pour eux, ils avaient pu mettre la main dessus avant que la police n'intervienne.

« Je n'arrive toujours pas à croire que le Capitaine Tollison soit mort », dit Lily.

Peter acquiesça. Il se sentait triste. Et coupable.

« Nous n'étions pas vraiment gentils avec lui », songea Lily.

« Je sais », soupira Peter. « Ce n'était pas un mauvais garçon. C'est juste qu'il s'était mis en travers de la route de Tante Emma et Monsieur Van der Hoosen. »

Lily soupira. « Visiblement, nous n'avons pas réussi à les faire tomber amoureux, n'est-ce pas ? »

Peter ne prit pas la peine de répondre. Les adultes étaient hors de contrôle. Ils dépassaient même l'entendement.

« Maintenant, dis-moi ce que nous allons faire avec les lettres ? » Lily se tourna vers lui, le sourcil froncé, marqué par son inquiétude. « À quel adulte les confier ? »

« Les confier à un adulte ? » dit-il d'un ton moqueur. « Je doute que ce soit une bonne idée. »

« Alors qu'est-ce que tu comptes en faire ? »

« C'est déjà fait. Je les ai enterrées, là où personne ne pourra les trouver », dit Peter. « Et maintenant qu'elles ont disparu, les problèmes de Tante Emma sont terminés, une bonne fois pour toutes. »

Andrej avait l'impression que sa tête allait exploser... Ou bien était-ce son cœur ? Quoi qu'il en soit, il devenait fou à l'idée de ne pas savoir où se trouvaient Patrick et Emma. Ils avaient beau être partis depuis quelques heures, le temps lui paraissait une éternité.

Il se mit à faire les cent pas sur le quai de la gare, comme un lion en cage. Il n'était toujours pas certain que le fait de quitter Brighton pour retrouver Emma était une décision raisonnable, mais il ne pouvait pas attendre plus longtemps que quelque chose leur arrive. Il avait dû réunir toute sa force pour s'empêcher de partir à la recherche de Malcolm et mettre fin à sa misérable existence.

La seule solution qui se présentait à lui était de trouver Emma dans un premier temps et de la convaincre d'affronter Malcolm ensemble. Elle n'allait pas être contente lorsqu'elle apprendrait qu'il avait quitté les enfants, mais William, Joanna et Iris avaient promis de veiller précieusement sur eux pendant son absence.

Un rapide coup d'œil à sa montre de poche lui indiqua qu'il lui restait seulement quelques minutes pour trouver Emma avant le départ du train. Andrej entendit l'annonce indiquant que le train allait embarquer. Il traversa le quai numéro trois et rejoint la file. Il avait beau ne pas savoir où Emma comptait aller, il savait qu'elle passerait probablement par Londres. Peu importent les faibles chances de réussite, il trouverait un moyen de la suivre, une fois arrivé à Londres. Elle ne resterait certainement pas longtemps dans la ville. Le Blitz avait fait de Londres un véritable cauchemar. Non, Emma ne ferait que passer et s'arrangerait pour y rester le moins de temps possible, car sa priorité était la protection de Patrick. Andrej s'installa sur un siège et essaya de se concentrer sur la lecture d'un journal qu'un passager avait laissé avant de partir, mais en vain. Il ne pensait qu'à une seule chose : retrouver Emma et Patrick et les ramener à la maison. Il replia le journal et le déposa sur le siège vide, qui se trouvait à côté de lui.

Il observa, par la fenêtre, les voyageurs qui attendaient sur la plateforme. Il se leva d'un bond lorsqu'il aperçut Emma et Patrick, emmitouflé dans ses bras, en direction du parking.

Il se tourna vers la sortie et jura après être entré en collision avec un contrôleur.

« Écoutez-moi Monsieur, ce genre de langage n'est pas utile. » Ses pupilles se dilatèrent lorsqu'il leva les yeux vers Andrej. « Dites-moi, vous avez parlé allemand à l'instant, n'est-ce pas ? »

« Non », dit Andrej alors qu'il essayait de dépasser l'homme, qui restait de marbre.

« Vous êtes allemand ? »

« Non, je ne suis pas allemand. » Andrej essaya tant bien que mal de cacher sa frustration dans le ton de sa voix. « Je suis néerlandais. »

L'homme le regarda, d'un œil critique. « Peu importe, vous restez un étranger. » Il étudia les vêtements d'Andrej et se remit à le fixer, d'un air dubitatif. « Vous êtes drôlement bien habillé pour un réfugié. »

« Je ne suis pas un réfugié. »

Le contrôleur le regarda de travers. « Vous

êtes en train d'insinuer qu'il y a quelque chose de mal à être un réfugié ? »

Bon Dieu, pourquoi maintenant ? « Laissez-moi passer, je vous prie. »

Il inclina sa tête sur le côté et se mit à scruter Andrej. « Vous, vous êtes terriblement pressé, n'est-ce pas ? »

Lorsqu'il entendit le sifflet final et l'appel à embarquer, son désespoir le conduit à mentir. « Ma femme et mon bébé sont là-bas. » Il les désigna par la fenêtre. « Nous avons eu un malentendu et je dois les rattraper. » Dieu sait à quel point il était près de la vérité. Et il épouserait Emma, à la seconde où il en aurait l'opportunité. Désormais, le mariage n'était plus un simple prétexte pour la protéger de Malcolm. Il était question de vivre le restant de sa vie avec Emma et Patrick.

« Votre femme, vous dites ? Portait-elle un manteau rouge et un bébé dans les bras ? Je me souviens d'elle. » Il siffla faiblement. « Elle est charmante votre femme, avec ses magnifiques bouclettes et ma foi un corps… » Il toussa, manifestant visiblement sa volonté de ne pas poursuivre sa description. « Attendez une minute, elle a pleuré. Oui. Elle s'est assise sur ce banc, là-bas et s'est mise à pleurer. Pauvre petite. » Il fronça les sourcils. « Que lui avez-vous fait ? »

Andrej étouffa son agacement. *Ce ne pouvait être qu'un mauvais rêve.* « Je ne suis pas étonné. Elle a récemment perdu son… » Il s'arrêta avant de prononcer le mot « fiancé ».

« Vous ne lui avez pas fait de mal ? »

« Je vous jure sur la vie du Roi que je ne lui ferais jamais aucun mal. » Ces mots étaient les plus sincères qu'il ait jamais prononcés. « Il faut que je la trouve pour m'assurer qu'elle est en sécurité. Je veux la ramener chez elle, auprès de ceux qui l'aiment. » Le train fit une embardée.

Le contrôleur secoua sa tête. « Pourquoi êtes-vous toujours là, à discuter avec moi dans ce cas-là ? » Il s'écarta. « Allez-y. Rejoignez votre femme. »

Andrej lui fit un geste de remerciement par-dessus son épaule tandis qu'il courait dans le vestibule. Il tira la poignée, fit glisser la porte pour l'ouvrir et bondit sur la plateforme.

« Êtes-vous bien certain de vous souvenir des instructions que je vous ai données ? » demanda Peter à l'homme qui se trouvait accroupi, derrière le canapé. « Je peux tout reprendre depuis le début si nécessaire. »

L'homme roula des yeux. « Au lieu de t'inquiéter de ma mémoire, tu ferais mieux de te préoccuper de mes jambes, qui sont en train de s'engourdir et de ton criminel en fuite, avant que je puisse me lever correctement. »

Lily se pencha sur le canapé et fronça les sourcils dans sa direction. « Ce n'est pas notre criminel, Monsieur. C'est supposé être le vôtre. Si vous acceptez de coopérer encore un petit peu plus longtemps, vous serez en mesure d'arrêter un meurtrier. »

« Les meurtres sont très sérieux, jeune fille, et je ne peux pas prendre de telles allégations à la légère. »

« Vous ne nous croyez pas ? » demanda Lily. « Après tout ce que nous vous avons raconté à propos de cet homme ? »

« Je n'ai jamais dit que je ne vous croyais pas. Mais vous devez comprendre que je ne peux pas accuser quelqu'un de meurtre en me basant simplement sur vos paroles. »

« Mais si vous entendiez ses aveux, vous pourriez l'envoyer en prison, n'est-ce pas ? » Lily regarda son frère, les yeux grands ouverts. « N'est-ce pas ce que tu disais Peter ? »

« Si Lily. Tout à fait. C'est exactement ce qui va se passer. N'est-ce pas, Agent Barnes ? »

« Si ce n'est pas le cas, ma sœur voudra ma tête sur un plateau. » affirma l'agent.

« Je connais les sœurs terrifiantes », dit Peter, en faisant un clin d'œil à Lily.

« Ça suffit, vous deux », les gronda Iris. « Je reste convaincue que cette idée est de la pure folie. »

« En as-tu une meilleure à proposer ? » demanda Peter.

Iris fronça les sourcils. « Ne sois pas insolent, jeune homme. »

« Je ne voulais pas l'être, Madame Morrison. Sincèrement. Mais tout ce que je vous ai dit, c'est la pure vérité. » Il se tourna vers sa sœur. « N'est-ce pas Lily ? »

Elle hocha la tête, d'un air grave. « Nous l'avons entendu directement de la bouche de Tante Emma. Monsieur Van der Hoosen l'a crue. Je pense que nous devons en faire de même.

« Ne sois pas trop arrogant, jeune homme », le réprimanda le frère d'Iris. « Ce Malcolm dont tu parles ne m'a pas l'air stupide, donc fais attention à ne pas l'agacer. Tu ferais bien mieux de jouer le petit garçon qui a peur et de le laisser croire qu'il a la main sur la situation. Il ne devrait plus tarder.

Iris, va dans la cuisine et garde cette poêle en fer à portée de main. »

Iris secoua la tête. « J'adorerais pouvoir le frapper sur la tête avec cela. » Elle lança un regard à son frère. « Toi, garde ces enfants en sécurité ou bien ce sera ton crâne que j'écraserai avec cet objet. »

Un coup sec retentit à la porte d'entrée et vint interrompre les mots que Peter s'apprêtait à prononcer. Il avala fortement sa salive.

« Attendez-le ici », murmura l'agent Barnes, d'une voix soudainement aiguë. « Restez bien ici, sur ce canapé pour que je puisse venir vous récupérer si besoin. C'est bien compris ? »

Les deux enfants acquiescèrent tandis qu'Iris se précipitait dans la cuisine.

« C'est bon, invite-le à entrer. »

Peter s'exécuta. Il retint sa respiration. Quelques instants plus tard, la porte d'entrée grinça et s'ouvrit.

« Nous sommes dans le salon », s'écria-t-il à nouveau.

« Venez dehors », ordonna Malcolm.

« Désolée, c'est impossible », cria Lily en se tournant. « Nous avons promis aux adultes que nous ne bougerions pas du canapé avant leur retour. »

Silence. Peter se tourna vers Lily. Sa lèvre inférieure tremblait. Aussi étrange que cela puisse paraître, sa peur le rendait encore plus courageux.

« Vos lettres sont ici », dit Peter, d'une voix forte afin qu'elle porte suffisamment. Il s'approcha et serra la main de Lily.

MALCOLM POUSSA PRUDEMMENT LA PORTE DU salon. Le fait que personne ne soit venu lui ouvrir alors qu'il avait toqué lui paraissait suspect. Et bon sang, le fait qu'il soit ici, dans cette maudite masure, lui semblait tout simplement ridicule. Mais les enfants avaient évoqué les lettres lorsqu'ils avaient répondu à son coup de fil, destiné à Emma. C'était une raison suffisante pour qu'il se déplace.

Les deux garnements étaient assis sur le canapé, main dans la main.

« Où sont les adultes supposés vous surveiller ? » demanda Malcolm. « Appelez-les ici. »

« Vous n'avez pas dit s'il vous plaît. »

Un ordre de la part d'une petite fille ? Il serra ses poings.

« Je suis venu pour les lettres que vous avez

mentionnées lorsque j'ai téléphoné. » Il balaya la pièce du regard. Pas une seule lettre en vue. Quelque chose ne tournait pas rond. Les enfants semblaient presque impatients.

Ils mijotaient quelque chose.

La voix de la raison lui soufflait de partir, mais il ne pouvait s'empêcher de faire une dernière tentative. « Donnez-moi les lettres et je partirai. »

« Que contenaient ces lettres ? » Cette fois-ci, c'était Peter qui parlait.

« Où est Emma ? » surenchérit Malcolm.

Les enfants s'échangèrent des regards. Leurs réactions lui confirmaient tout ce qu'il avait besoin de savoir. Une rage s'empara de Malcolm. *Cette garce de menteuse l'avait piégé.*

« Pourquoi avez-vous tué le Capitaine Tollison ? » demanda le garçon.

Les pupilles de Malcolm se dilatèrent. Il y avait seulement deux endroits pour se cacher : derrière la porte ou derrière le canapé. Il marcha doucement vers la porte et s'appuya contre cette dernière, le plus naturellement possible. Son corps s'affaissait contre la paroi. Il n'y avait personne derrière. Emma n'était certainement pas assez stupide pour penser être capable de le piéger en utilisant les enfants pour le forcer à avouer, si ?

« Je suis désolé mon garçon. Je n'ai aucune idée de la personne ou de la chose dont tu parles ? » Il fit un pas vers eux, mais la petite fille poussa un cri, qui le figea sur place.

« Éloignez-vous », cria-t-elle. « Vous êtes un meurtrier. Un meurtrier qui aime les nazis. »

« La ferme. » Malcolm sentit un tremblement familier parcourir son corps, ce sentiment qui surgissait à chaque fois qu'il était sur le point de faire du mal à quelqu'un. Il luttait pour garder son calme. Il y avait forcément un adulte dans les parages. Les enfants ne pouvaient pas être livrés à eux-mêmes. Il ferait mieux de partir avant de perdre la précieuse maîtrise de soi qui lui restait.

« Je ne comprends pas pourquoi vous avez tué le Capitaine Tollison alors que c'est Tante Emma que vous détestez. »

Ce garçon était en train de jouer avec le feu. Il se moquait de lui.

« Nous les avons ces lettres, vous savez ? » dit la fillette. « Nous allons même vous les donner. Mais avant, vous devez nous promettre que vous ne ferez pas de mal à Tante Emma, ni à Patrick, contrairement à Stuart. Ou encore à la véritable mère de Patrick. »

Il ne pouvait pas retenir sa langue plus longtemps. « La mère de Patrick était une pauvre putain... »

« La ferme, Malcolm ! »

Il tourna sur lui-même. Un sentiment de haine s'empara de son corps lorsqu'il aperçut Emma. C'était elle la cause de tous les malheurs dans sa vie. C'était elle qui menaçait chacun de ses gestes et qui l'empêchait de dormir à cause de ses angoisses nocturnes. Personne d'autre n'avait d'indice sur les alliances qu'il avait passé. Personne d'autre n'avait fait de lien entre lui et cette ridicule bonne femme qui était tombée enceinte de son bâtard. Il avait réussi à faire taire Patricia, ce qui devait être synonyme de paix pour lui.

Pourtant, depuis ce jour, Emma avait fait le serment de prendre sa vengeance et l'avait empêché de retrouver le calme qu'il méritait. Elle lui avait volé les lettres dans son bureau alors qu'il assistait aux funérailles de Patricia. Il pouvait encore entendre ses menaces humiliantes. Elle allait le jeter en pâture aux chiens de l'enfer pour venger la mort de cet idiot de Capitaine.

« Tu ne t'en sortiras pas cette fois, Malcolm. » Emma s'approcha de lui.

Bon sang, pourquoi n'avait-elle pas peur de lui. Elle devrait pourtant. Il pouvait si facilement faire glisser ses mains autour de sa gorge et arrêter ses paroles. Il aurait pu la faire taire. Il sentait que ses mains le démangeaient.

« Je ne te laisserai pas t'en sortir pour la mort de Stuart comme je l'ai fait pour Patricia. » Elle s'approcha encore plus près. Elle fixait son visage furieux et stoïque. Les étincelles de rage qui se dégageaient du regard d'Emma le fascinaient. Il comprenait sa colère. La sienne l'habitait en ce moment même. Elle lui criait de la faire taire. Pour de bon.

« Pourquoi tu as fait cela, Malcolm ? » Sa voix résonnait comme dans un tunnel, et s'attaquait directement à lui. Elle ne s'arrêterait jamais. Sa voix… Ses questions étaient sans relâche, inébranlables, insistantes. Il voulait qu'elle y mette fin. Il devait y mettre fin.

« Dis-moi simplement : pourquoi as-tu tué Stuart ? Dis-le. » Elle le provoquait. Elle s'approcha davantage. Sa voix devenait de plus en plus forte. « Tu es un lâche, tu l'as tué, mais tu n'as même pas la force de l'avouer. Dis-le. »

Dans un élan de rage, Malcolm s'attaqua à sa gorge. Alors qu'il enroulait ses doigts autour de son cou, un frisson le parcourut et s'intensifia au fur et à mesure qu'il mettait de la force dans son emprise. Des voix qu'il ne pouvait faire taire envahissaient son esprit. Des cris… Ce devait être les enfants. Il enfonça ses pouces plus profondément dans la chair d'Emma, encouragé par ses halètements.

L'euphorie le rendait étourdi. Il entendit une autre voix, qui se vantait cette fois-ci et parlait d'essence, d'allumettes et de Spitfire. Des flammes se dressèrent.

Puis l'obscurité surgit. Et un silence se fit ressentir.

CHAPITRE 18

*E*mma rentra au Cottage le lendemain matin et tenta de se ressaisir alors que Peter et Lily dévalaient les escaliers pour courir dans ses bras.

« Doucement, les enfants », dit William pour les mettre en garde. « Emma a vécu un cauchemar. »

Un cauchemar. C'était le mot exact pour décrire ce qu'elle avait subi lorsque Malcolm avait mis ses mains autour de son cou. Il avait tellement enfoncé ses pouces dans sa gorge qu'elle avait dû lutter pour respirer.

Joanna apparut dans le couloir, un large sourire aux lèvres. Une fois que les enfants eurent libéré Emma, elle se retourna et la serra fort dans ses bras. « Dieu merci, vous êtes rentrée, ma belle. Nous étions morts d'inquiétude. »

Emma sourit faiblement. « Vous ne pouvez pas vous imaginer à quel point je suis heureuse d'être ici. »

« Viens par-là, il y a un certain jeune homme impatient de revoir sa maman », l'invita Iris en direction de la cuisine.

Emma se laissa guider par les enfants, touchée par leur sollicitude. Pleine de gratitude, elle s'af-faissa dans le fauteuil que William avait tiré pour elle. Elle s'approcha de Patrick. « Bonjour mon ange », fredonna-t-elle tout en le prenant sur ses genoux. « Comment va mon trésor ? » Lorsqu'elle vit apparaître un sourire reconnaissant sur son visage, elle se mit à la fois à pleurer et à rire. « Tu m'as manqué mon cœur. »

Iris déposa une tasse de thé fumante devant Emma. Elle tira une chaise pour s'installer à côté d'elle et se mit à sourire. « Allez, ma belle, sirote ta tasse et raconte-nous. » Elle sourit. « Mainte-nant que nous savons que tu es à la maison, saine et sauve, nous voulons tout savoir. » Une once d'inquiétude vint frapper son visage. « Tu comptes rester maintenant, n'est-ce pas ? »

Emma plaça le bébé dans le creux de son bras et se mit à le serrer fort, de manière possessive. «

Pour l'instant. » Elle posa sa main libre sur sa gorge, toujours douloureuse depuis la tentative d'étranglement de Malcolm.

Iris se pencha en avant et retira délicatement la main d'Emma. Elle sentit son souffle se couper. « Mon Dieu, cet homme est un monstre. Je suis navrée qu'il t'ait fait subir cela. »

« Ne le sois pas. Si Malcolm ne m'avait pas attaquée, il ne serait pas en garde à vue aujourd'hui. Je dois ma vie à ton frère. Lorsqu'il s'est précipité sur le canapé et qu'il a repoussé Malcolm, il a été un véritable héros. »

Iris pressa sa main. « Si tu avais une dette envers lui, ce serait plutôt pour le remercier d'avoir empêché Andrej de tuer Malcolm. Lorsqu'il a débarqué à la porte et qu'il a vu ce que Malcolm était en train de te faire, il avait vraiment l'air prêt à lui briser la nuque. » Elle haussa les épaules. « Autrement, il y aurait eu un homme innocent au bout d'une corde. »

William toussa et regarda fixement les grands yeux ébahis de Peter et Lily. Emma grimaça. Maintenant, sa priorité devrait être d'aider les enfants à se remettre de ce à quoi ils avaient assisté.

« Peter, Lily, je suis désolée que vous ayez vu ce qu'il s'est passé », dit-elle, sentant que ses mots étaient inappropriés. « Vous avez dû avoir terriblement peur. »

Peter haussa les épaules d'un air nonchalant. « Tout cela faisait partie du plan. »

« Oh, honnêtement Peter. » Lily lui lança un regard exaspéré avant de se tourner vers Emma. « Est-ce que la police est venue te voir pendant que tu étais à l'hôpital ? »

Emma secoua la tête. « Ils m'ont posé des dizaines de questions, et m'ont fait remplir des papiers puis passer des entrevues. Ils sont partis tard. »

« Ils sont arrivés assez tôt ce matin », dit William. Il se tourna vers l'horloge. « Andrej doit toujours être pleine discussion avec l'inspecteur en chef. »

Comment allait-elle bien pouvoir remercier Andrej de l'avoir défendue face à la police hier soir ? Il avait su leur forcer la main, tout en restant diplomate, de manière à leur faire comprendre qu'Emma était une des victimes de Malcolm et non sa complice.

« Je n'arrive pas à croire que tu aies conduit la police aux lettres, Peter. »

Il avala d'un coup sa salive. « Alors comme cela, tu es au courant de cette histoire ? »

« Effectivement », lui assura Emma. Les

lettres. Au début, lorsqu'elle avait décidé de les voler à Malcolm, ces lettres semblaient être l'arme parfaite pour empêcher Malcolm de l'éloigner de Patrick. Mais au fil du temps, le fait de posséder de possibles preuves de trahison commençait à lui faire comprendre qu'elles pourraient la mener à sa perte.

Mais lorsqu'Andrej avait quitté la chambre d'hôpital de Stuart, la nuit de son décès, il lui avait assuré qu'il trouverait un moyen de transformer ces lettres, susceptibles de lui porter préjudice, en atout. Mais pour ce faire, il devait d'abord les retrouver. « Est-ce que tu voudrais bien nous expliquer ce qu'il s'est passé ce matin, quand la police est venue au Cottage ? »

« Pas vraiment, non », répondit Peter.

Lily lui donna un coup de coude.

« Nous les avons enterrées », finit par admettre Peter.

« Nous ? » demanda Lily.

Peter fronça les sourcils en direction de sa sœur. « On a toujours comploté tous les deux, Lily. Tu ne peux pas me lâcher maintenant. »

« D'accord. » Elle se tourna vers Emma. « Nous les avons enterrées. »

« Mais pourquoi avez-vous fait une chose pareille ? » demanda Iris.

« Au moins, nous ne les avons pas jetées dans la cuvette des toilettes », affirma Peter. « Donc, nous pouvons montrer à la police l'endroit où elles se trouvent. » Il regarda les adultes. « Et ne vous inquiétez pas, pas de risque qu'elles soient abîmées. Je les ai enveloppées dans du papier kraft. »

Du coin de l'œil, Emma vit que William et Joanna étaient en train de lutter pour garder leur calme face au mécanisme d'autodéfense de Peter. Elle se tourna vers Iris, qui était en train de regarder le plafond, assise. Elle comprit qu'ils n'allaient clairement pas être d'une grande aide sur ce coup-là. Elle redirigea son attention vers les enfants. « Pourquoi les avez-vous enterrées ? »

« Nous étions d'accord sur le fait que ces lettres étaient la cause de tes malheurs et nous avons pensé que tout irait mieux si tu en étais débarrassée », dit Peter d'une voix timide.

« Cela ne vous a pas traversé l'esprit que le fait de détenir ces lettres pouvait potentiellement empirer la situation dans laquelle se trouvait Emma ? »

Les enfants hochèrent la tête, d'un air grave.

« Nous y avons pensé », dit Lily.

« Mais seulement après les avoir enterrées »,

ajouta Peter. « Ensuite, c'était trop tard pour en parler à qui que ce soit. »

Emma ne savait pas quoi dire. Certes, les enfants n'avaient aucun droit de fouiller dans ses affaires personnelles, mais elle savait qu'ils avaient de bonnes intentions. Désormais, les lettres étaient entre les mains de la police. Pour être franche, les actions de Peter et Lily n'avaient causé aucun dommage.

Joanna se releva. « N'oublions pas l'école, il faut que vous vous prépariez. »

Peter écarquilla les yeux. « Mais pas aujourd'-hui, si ? »

En guise de réponse, Joanna leva un sourcil dans sa direction, c'était inutile de parlementer. Les deux enfants se précipitèrent sur Emma pour l'enlacer avant de filer vers les escaliers et se préparer pour la journée qui les attendait.

Alors que William et Joanna s'apprêtaient à les suivre, Emma leur demanda d'attendre. Elle leur devait des excuses également. « Je suis désolée », commença-t-elle à dire « Je sais que j'ai amené le chaos et la violence dans votre foyer. Je ne sais même pas comment vous présenter des excuses dignes de ce nom. »

Les Metcalf échangèrent un regard. « Vous n'avez pas à vous excuser, ma chère », affirma

William. « Nous comprenons votre inquiétude chronique. Nous avons été parents nous aussi, vous souvenez-vous ? » Il prit la main de sa femme dans la sienne. « C'est simplement un réflexe naturel de vouloir tout mettre en œuvre pour protéger son enfant. Nous aurions fait exactement de même à votre place. »

Touchée par leur gentillesse, Emma se força à parler. « Je vous ai menti à maintes reprises. »

Joanna hocha la tête. « Nous nous doutions, dès le début, que certaines choses n'allaient pas. Le jour où vous êtes arrivée, j'ai remarqué que votre livret de rationnement n'était pas de la bonne couleur. Je dois avouer que cette découverte m'a inquiétée, mais nous avons fini par nous attacher à Patrick et à vous, sans oublier Peter et Lily. Aujourd'hui vous êtes devenus des membres de la famille. »

William se mit à sourire. « Nous nous sommes malheureusement rencontrés dans le contexte d'une terrible guerre, mais je suis si heureux de nous voir rassemblés aujourd'hui, et de voir cette maison aussi pleine de vie, après des années de silence. Bon, assez parlé de cette histoire. C'est terminé et nous devons nous occuper des enfants maintenant. » Il tourna son regard vers l'étage.

Les enfants faisaient du bruit là-haut. « Peter est un bon garçon, mais il faut le surveiller. »

Iris sourit du bout des lèvres alors que le couple quittait la pièce. « C'est peut-être cela le plus grand euphémisme de l'année 1940. » Elle prit soudainement un ton grave. « Je suppose que c'est à mon tour de te présenter mes excuses, n'est-ce pas ? » dit-elle. Sans attendre la réponse d'Emma, elle poursuivit. « Tu as tout à fait le droit de m'en vouloir pour avoir accepté le plan de Peter, visant à piéger Malcolm. » Iris roula des yeux en direction du ciel. « Va savoir quel démon m'a possédée quand j'ai accepté ne serait-ce que d'écouter le plan de Peter, et encore pire, d'y participer. Enfin, ce n'est pas comme si tu ne m'avais pas mise en garde sur la cruauté et la vilenie de Malcolm… »

« Iris », tenta de l'interrompre Emma, en vain.

« Je ne savais que trop bien à quel point il était dangereux… mais je savais aussi que je ne pouvais pas vous laisser l'affronter sans défense, Patrick et toi. Il fallait que nous vous aidions. Non pas que je pense qu'il était judicieux de mêler les enfants à tout cela, mais… »

« Iris, je t'en prie », tenta à nouveau Emma, mais son amie se jetait à corps perdu dans ses ex-

cuses, comme si elle se trouvait en pleine
tempête.

« Mon frère a accepté, et tu as vu à quel point
il est imposant. Je lui ai fait confiance lorsqu'il
m'a assuré qu'il protégerait les enfants. Mais ensuite, tu as débarqué dans la pièce, le regard furieux et pendant un instant, j'ai eu peur de… »

Emma s'approcha et vint pincer le bras d'Iris.

« Aie, c'était pour quoi ça ? »

« J'ai eu l'impression que c'était le seul moyen
de t'arrêter », répondit Emma. « Tu n'as pas à
t'excuser. C'est entièrement ma faute, je n'ai pas
été présente pour Peter et Lily. J'aurais dû être là
pour eux, mais au lieu de cela, je me suis enfuie.
J'ai honte de mon comportement de lâche. »

Iris s'approcha pour prendre sa main et la serra
gentiment. « Tu essayais de protéger ton fils, Emma.
Il n'y a pas une mère au Royaume-Uni qui n'aurait
pas fait la même chose. » Elle fit un large sourire. «
L'important, c'est que tu aies réussi à arriver juste à
temps pour pousser Malcolm à bout et l'inciter à
tout avouer. Tu as été brillante sur ce coup. »

Pour Emma, « brillante » n'était pas forcément
le mot adéquat, mais elle appréciait le soutien de
la part de son amie. « William et Joanna t'ont-ils
pardonnée pour les avoir envoyés faire de stu-

pides courses, loin du Cottage, pendant ce cauchemar ? »

Iris haussa les épaules. « Ils n'avaient pas l'air trop fâchés. Je pense qu'ils sont surtout terriblement soulagés que tout cela soit terminé. » Elle se mit à réfléchir un instant. « Tout est terminé maintenant, n'est-ce pas ? »

Emma inspira profondément tout en plaçant Patrick sur son épaule. Elle prit un moment pour réfléchir à sa réponse. « Je ne sais pas », finit-elle par dire. « Ton frère et toi pouvez témoigner des aveux de Malcolm concernant les meurtres de Patricia et Stuart. » Sa voix resta bloquée dans sa gorge lorsqu'elle prononça leurs noms. Elle doutait de sa capacité à pouvoir penser à eux sans éprouver de la douleur, un jour. « Rien que cette information devrait suffire à envoyer Malcolm à la potence. »

« Et que faisons-nous des lettres ? » demanda Iris. « Elles prouvent certainement sa trahison, non ? »

« J'espère que non », répondit Emma. « Si c'est le cas, on me posera beaucoup de questions comme je les avais en ma possession. Andrej les a lues et il ne pense pas que leur contenu soit suffisamment incriminant. Nous devons attendre que l'inspecteur en chef les traduise et nous le confirme. »

« J'aurais préféré que Peter les jette dans la cuvette des toilettes », affirma Iris. « Je ferais mieux de rentrer pour sauver mon mari des griffes de mes enfants. »

Elles étaient à mi-chemin dans le couloir lorsque la porte d'entrée s'ouvrit et qu'elles découvrirent Andrej. Il fixait les yeux d'Emma.

Elle sentit sa respiration se bloquer dans sa gorge. Elle était rassurée de le voir, elle était même enchantée, excitée et le plus important, elle se sentait entière en sa présence.

« Bien. » Iris les regarda tous les deux. « Et si j'emmenais Patrick à la maison avec moi, pour que vous puissiez discuter en tête à tête ? »

« Non. » Andrej marcha dans leur direction. Il s'approcha et prit le petit Patrick endormi dans ses bras. Il déposa un délicat baiser sur la tête du bébé et l'installa sur son épaule. « Non merci, Iris. Il faut que Patrick reste là pour la discussion que je m'apprête à engager avec Emma. »

Un sourire ravi envahit le visage d'Iris, qui les regardait. « C'est vrai ? Très bien, alors je m'en vais. » Elle se tourna et se dirigea vers la porte. « Mais je reviendrais plus tard. » Elle leur fit un rapide clin d'œil et partit, les laissant face à face.

Emma essaya de parler, mais les mots ne sortaient pas de sa bouche. Ses yeux étaient avidement plongés dans ceux des deux personnes qu'elle aimait le plus au monde. Lorsqu'elle vit avec quelle délicatesse Andrej faisait glisser le dos du bébé pour le déplacer, elle sut. Elle aimait cet homme. Et elle voulait qu'il fasse partie de sa vie.

Pour toujours.

« Tu es en sécurité », dit Andrej. « L'inspecteur ne pense pas que les lettres soient une preuve suffisante du comportement discutable de Malcolm. Étant donné qu'il n'y a aucune preuve permettant d'affirmer que tu le faisais chanter, il ne peut pas retenir de charge contre toi. »

« Malcolm ne va pas être inculpé pour trahison ? »

Andrej secoua sa tête. « Mais il sera jugé pour double homicide. »

Emma avait des difficultés à répondre tant ses sanglots étouffaient sa gorge. Rien ne pourra faire revenir sa cousine ni Stuart à la vie, mais au moins, Malcolm allait payer de sa vie, pour leur avoir ôté les leurs. « C'est terminé », finit-elle par dire.

Andrej s'approcha et lui caressa la joue. « Nous devons parler de ce qui nous attend et non plus du passé, désormais derrière nous. »

Emma s'approcha et enroula ses doigts autour des siens. Elle avait besoin de toute sa force pour respirer normalement tant son cœur battait la chamade dans sa poitrine. « Qu'est-ce qui nous attend ? »

Un sourire se dessina sur son visage. « Toi, moi et notre fils. »

« Notre fils. », répéta-t-elle. Sa voix était à peine plus élevée qu'un murmure.

Andrej l'attira vers lui et la serra fort contre lui. « Je t'aime, Emma. Quand je suis entré dans cette pièce et que j'ai vu Malcolm t'étrangler, j'ai su que je voulais te garder auprès de moi pour toujours. Rien d'autre ne compte à mes yeux à part nous trois. J'ai trouvé une famille : vous deux. » Il se pencha et déposa un baiser sur les lèvres d'Emma. « Épouse-moi. Demain, ou du moins dès que j'en aurais eu l'autorisation. »

Emma se mit à rire. « D'accord, si tu es vraiment certain de vouloir… »

Il la fit taire en l'embrassant, un baiser qui vint ôter tous ses doutes quant à la pertinence de sa décision.

ÉPILOGUE

 *ctobre 1942*

CHER ONCLE ANDREJ,

    Nous avons reçu ta dernière lettre il y a deux jours. Le facteur m'a demandé de la donner à Tante Emma et j'aurais aimé que tu sois là pour voir à quel point elle était heureuse d'entendre que tu avais écrit. Après le déjeuner, elle nous en a lu une partie, en évitant les notes censurées et Dieu merci, les passages à l'eau de rose. Lily, pauvre petite fille naïve, n'arrive toujours pas à comprendre pourquoi tu as choisi de rejoindre les soldats et de partir au combat, mais moi oui. Si j'avais été toi, j'aurais fait plus ou moins la même chose.

Tout le monde va bien ici, au Cottage. Tout comme tu m'as demandé, j'aide Oncle Will à chaque fois que je peux. Lily est toujours aussi pénible et agaçante, donc ne t'inquiète pas, tu peux être sûre qu'elle est restée elle-même. Maman et Mamie sont descendues à Londres nous rendre visite la semaine dernière et sont restées quatre jours. C'était super de les voir. Mais comme tu peux t'en douter, nous avons versé beaucoup de larmes quand nous avons dû les raccompagner pour prendre le train et rentrer chez elles. Mon père est toujours retenu dans un camp de prisonniers de guerre, mais Mamie m'a dit que nous devions être reconnaissants parce qu'au moins, des gens s'inquiètent pour lui. Je suppose que c'est vrai. Comme je te l'avais dit dans ma précédente lettre, le Cottage Laurel fourmille de soldats américains. Ils sont très drôles et peuvent parfois être extrêmement bruyants. Tante Iris m'a assuré que plus il y aurait de Yankees sur le territoire, plus vite la guerre prendrait fin. Je ne sais pas si j'y crois, mais c'est rassurant.

Tante Emma va bien. Je sais que tu lui manques atrocement. Comment je le sais ? Je vais te le dire : chaque nuit, après avoir couché Patrick et Willa, soit elle s'assoit et elle lit tes lettres, soit elle t'écrit. Patrick trottine maintenant et il essaye de mettre tout ce qu'il trouve dans sa bouche. Sois rassuré : je veille attentivement sur lui. Et la petite Willa, je dois dire que c'est un bon bébé, en tout cas pour une fille évidemment. Quand tu reviendras, tu n'en croiras pas tes yeux quand tu verras à quel point elle a grandi. En parlant de ton retour, j'aimerais en connaître la date. J'aimerais que la guerre s'arrête, j'aimerais que mon père rentre en Angleterre et que nous puissions retourner à Londres. Mais, comme l'a dit le Premier ministre Churchill, nous devons persévérer, tous autant que nous sommes, jusqu'à la victoire.

Je t'en prie, sois prudent. Je peux t'assurer que je veille sur tes enfants, comme s'ils étaient mes propres frères et sœurs. J'ai hâte de te revoir. En attendant ce jour, je reste à ta disposition,

Peter.

NOTE DE L'AUTEUR

Merci d'avoir lu **Un amour sincère**. J'espère que vous avez apprécié l'histoire. Je vous serais très reconnaissante si vous aviez la gentillesse de laisser un commentaire, aussi concis soit-il, après avoir commandé ce livre numérique. Ainsi, vous pourriez donner envie aux futurs lecteurs de le commander à leur tour. Par ailleurs, votre avis me permettrait de savoir si vous souhaitez que j'écrive d'autres romances ancrées dans la période de la Seconde Guerre mondiale.

C'est toujours un réel plaisir pour moi d'avoir des

nouvelles de mes lecteurs, donc je vous invite à
m'écrire à
ou à consulter mon site internet

NOTES

CHAPITRE 2

1. Surnom donné par les Britanniques aux Allemands durant la Seconde Guerre mondiale

CHAPITRE 3

1. Ancienne unité monétaire anglaise

CHAPITRE 11

1. Référence à l'évacuation des civils en Grande-Bretagne pendant la Seconde Guerre mondiale.

www.ingramcontent.com/pod-product-compliance
Lightning Source LLC
Chambersburg PA
CBHW020933020726

47495CB00002B/473